Books

Das Buch

Alles beginnt als harmlose Unternehmung im Insel-Idyll der Südsee: Acht wildfremde Menschen gehen an Bord eines eilig gecharterten Bootes, auf einen Trip von Tahiti nach Bora Bora. Doch was als kurze Überfahrt gedacht war, wird zur Katastrophe, die Reise endet auf einer abgelegenen Insel, wo ein Kampf ums Überleben beginnt.

Einer der Schiffbrüchigen ist der junge Leon. Anfangs eifrig bemüht, sich im Hintergrund zu halten, rückt er mehr und mehr in den Mittelpunkt des Geschehens. Macht sich dabei Freunde – und Feinde. Begibt sich in Gefahr. Auch und gerade in die, sein Herz zu verlieren.

Im Zuge der Ereignisse geht für ihn letztlich ein großer Traum in Erfüllung – doch um welchen Preis!

Der Autor

Lucien Deprijck ist in Sachen Literatur vielfältig tätig, als Autor, Übersetzer und Herausgeber. Bekannt wurde er mit Romanen wie »Die Wälder der Verschollenen« und »Ein letzter Tag Unendlichkeit«, vor allem aber mit seinem Erzählband »Die Inseln, auf denen ich strande«, der auch in Übersetzungen erschien. In diesen Zyklus von Erzählungen gehört eigenständig der Roman »Gefährtin des Mondes«, der hier zum ersten Mal vorliegt.

Lucien Deprijck

Gefährtin des Mondes

Ein Roman vom
Stranden

Impressum

Bibliografische Information der Deutschen
Nationalbibliothek:
Die Deutsche Nationalbibliothek verzeichnet diese
Publikation in der Deutschen Nationalbibliografie;
detaillierte bibliografische Daten sind im Internet über
http://dnb.dnb.de abrufbar.

 Erste Auflage 2021
© 2021 Lucien Deprijck
Covergestaltung: Vera Cort

Lektorat: Marina Jenkner
Herausgeber: ML Books,
          Bad Aibling & Wuppertal

Herstellung und Verlag: BoD – Books on Demand,
Norderstedt

ISBN: 978-3-7543-2772-2

»Sind Sie eigentlich selbst schon

mal gestrandet?«

Immer wieder gern gestellte Frage

an den Autor dieses Buches ...

1

»Kannibalen?«

Das Wort schallte über die Wasserfläche der kleinen Bucht, eine hart klingende Vokabel in viel zu idyllischer Kulisse.

»Wir sind schon bald im 21. Jahrhundert. Das ist doch Blödsinn!«

»Danach sieht's aber nicht aus.«

Die Stelle, auf die wir hinabblickten, lag unweit einer üppig bemessenen Feuerstelle, in der gut erhaltene, verkohlte Überreste darauf hindeuteten, dass sie vor nicht allzu langer Zeit noch in Betrieb gewesen war. Einige Äste, an einem Ende angekokelt, am anderen, außen, vom Feuer ganz unversehrt, lagen sternförmig um den Feuerplatz. Abseits davon, höher am Strand, ragten die Knochenreste aus dem Boden, dort, wo man sie offensichtlich vergraben hatte. Rippen. Schenkelknochen. Ein Schlüsselbein. Diverse Fragmente.

Vielleicht Tierknochen, dachte ich bei mir, so wie vermutlich auch alle anderen. Die Knochen großer Tiere könnte man doch leicht für menschlich halten. Aber als Tavo im lockeren Boden herumscharrte und die Gesichtspartie eines Schädels zutage brachte, waren weitere Spekulationen eigentlich müßig.

»Vielleicht Affenknochen«, sagte jemand.

»Affen?«, sagte Tavo. »Hier? Wohl kaum.«

»Aber vielleicht wurde nur jemand begraben!«

Tavo scharrte einen Rippenbogen und einen Schenkelknochen ans Licht.

»Eindeutig angesengt«, sagte er. »Die waren im Feuer.«

Daraufhin herrschte eine gespenstische Stille. Wir standen da, im sachten Wind, fünf Männer und drei Frauen, mit ungläubigen, in einer Mimik kindlichen Entsetzens versteinerten Gesichtern. Für einen Augenblick war mir fast zum Lachen zumute. War das hier eine Art Scherz?

Doch es war kein bisschen komisch. Bloß ein Augenblick im Leben, auf den man nicht gefasst war. Auf den man nicht gefasst sein konnte, weil er zu grotesk und zu unwirklich war. Eingebettet in eine Situation, die an sich schon vollkommen überforderte.

»Hier in der Asche sind auch Knochen. Kein Zweifel, was hier passiert ist.«

»Lasst uns sehen, dass wir so schnell wie möglich das Boot wieder flott kriegen«, sagte Rania, die junge Frau mit den langen schwarzen Haaren, die bisher geschwiegen hatte. »Damit wir schleunigst hier verschwinden können!« Sie stand da, bleich und ganz starr, ihre Haltung hatte überhaupt nichts elegant Weibliches mehr, und der sachte Wind wehte ihr Haarsträhnen ins Gesicht.

Alle sahen so ungläubig entsetzt aus. Alle standen so da, wie erstarrt, die Augenbrauen zusammengezogen. Immer wieder blickte einer zum anderen. Fragend. Hilfesuchend. Um Erlösung bettelnd. Als könne es sein, dass irgendjemand anfing zu grinsen und sagte, alles sei bloß Spaß gewesen.

»Hier bleib ich jedenfalls nicht!«, sagte Lilith. »Lieber eine Nacht im Boot, auf offener See, als hier zu bleiben!«

»Wir kriegen das Boot nicht so schnell wieder flott!«, entgegnete Tavo, der am ehesten dazu angetan war, die Nerven zu behalten. »Der Motor ist völlig hin. Es ist leck. Wir können froh sein, dass wir diese Insel erreicht haben. Um diese Dinge können wir uns erst morgen kümmern.«

»Morgen? Ich würde sagen, wir kümmern uns sofort darum. Ich will bloß hier weg!«

»Und wohin?«, blaffte Jakut. »Wir haben doch überhaupt keine Ahnung mehr, wo wir sind! Und selbst wenn wir den Motor reparieren – es ist kaum noch Treibstoff da. Damit kommen wir nirgendwohin!«

Tavo erhob beschwichtigend die Hände. »Ruhig, ruhig!«, mahnte er. »Es wird gleich dunkel werden. Ob wir wollen oder nicht, wir werden hier übernachten müssen. Wir sollten irgendwo ein Lager aufschlagen. Es muss ja nicht genau hier sein. Morgen können wir dann weitersehen. Die Insel erkunden und sehen, ob wir mit dem Boot noch etwas anfangen können. Also holt alles her, was wir brauchen können. Vor allem müssen wir ein Feuer in Gang bringen. Nachts kann es um diese Jahreszeit noch recht kühl werden.«

»Aber locken wir damit nicht vielleicht jemanden an?«, fragte Jakut und sprach damit meine eigenen Gedanken aus. Es musste jedem klar sein, wen er dabei im Sinn hatte.

»Diese Küste sieht unbewohnt aus.«

»Und das da?«

»Hat vor mehr als drei, vier Monaten gebrannt. Seitdem ist offenbar niemand hier gewesen.«

Ich stand da und hatte ein Gefühl, ich beobachtete nicht nur die anderen, sondern auch mich selbst. Als sei ich nichts weiter als ein unbeteiligter Betrachter. Als beträfe mich das alles gar nicht. Ich betrachtete sie, wie sie dastanden, halb um den Feuerplatz geschart, sichtlich in einem Widerstreit. Einerseits spontan geneigt, diesen unseligen Ort zu verlassen, andererseits aus tiefstem Inneren dazu getrieben, sich eher noch zusammenzudrängen und die Nähe der anderen zu suchen, die einen gewissen Schutz zu gewähren schien. Auch ich empfand keinerlei Impuls, mich zu entfernen. Obwohl diejenigen, mit denen ich dort stand, doch völlig Fremde waren. So fremd, dass ich von einigen kaum die Namen kannte. Wir waren acht Menschen, die bis vor wenigen Tagen nichts miteinander zu tun gehabt, nicht einmal von der Existenz der anderen gewusst hatten.

Wer waren diese Leute? Ich hatte nicht die geringste Ahnung. Es interessierte mich nicht einmal besonders. Niemand schien sich ernsthaft für den anderen zu interessieren.

»Wo sind wir hier überhaupt?«, fragte Lilith. Auch sie war bisher kaum mehr als ein Name für mich. Ihre Frage klang nicht sehr freundlich. Eher vorwurfsvoll.

»Ja, genau«, fiel Brisky ein. Da er in den vergangenen Tagen am meisten von allen gesprochen und seinen Namen mehrmals ins Spiel gebracht hatte, wusste ich ihn. Alle wussten ihn. Auch dass er, der Älteste von uns, jetzt sprach, und ebenso wenig freundlich wie seine Vorgängerin, war bezeichnend. »Gibt es in der Nähe keine anderen Inseln? Die erreichbar wären?«

Tavo blieb sehr bedächtig. »Wie gesagt, darum können wir uns morgen kümmern. Jetzt gibt es Wichtigeres zu tun.«

Tavo. Wenn ich heute an ihn denke, dann sehe ich ihn meistens so, wie er damals dastand, an diesem allerersten Tag. Er war ein Musterexemplar seiner Art, mit dem vollen schwarzen Haar und der glatten, straffen Haut der Polynesier, groß, von stämmiger Statur. Sein Haar war kurz geschnitten, nach europäischem, vielmehr amerikanischem Muster. Auch sein perfektes Englisch hatte einen deutlichen amerikanischen Akzent, er hatte eine Zeit lang in Kalifornien gelebt, so viel hatten wir bereits an Bord des Bootes erfahren. Wie bei den meisten Südsee-Insulanern war sein Alter für uns nicht ganz einfach zu bestimmen, doch seine leicht ergrauten Schläfen gaben einen Hinweis darauf, dass er älter war, als er auf den ersten Blick aussah. Er wirkte ruhig, bedächtig, flößte Vertrauen ein. Jedenfalls den meisten von uns.

Für ihn, den eingeborenen Bootsführer, waren diese Fahrten Routine, sein Boot, die *Croix du Sud*, nur eines von vielen, die Passagiere von Insel zu Insel durch den ganzen Archipel beförderten. Eine schöne – und preiswerte – Art zu reisen. Gefährlich war das beileibe nicht, die Entfernung zwischen den Inseln war überschaubar, Tavo kannte sie, er war hier zu Hause. Bereits hunderte Male zuvor hatte er die Strecke, die wir gefahren waren, hinter sich gebracht, und ohne den geringsten Zwischenfall.

Doch diesmal war alles anders gekommen. Wir waren noch nicht lange unterwegs gewesen, als der Motor ein seltsames Geräusch machte. Was uns, seinen Passagieren, nicht im Geringsten auffiel, ihm, dem Bootsführer, aber sehr wohl. Er hatte die Klappe im Heck geöffnet, die Zugang zur Maschine gewährte, und dort herumgewerkelt, bis seine Hände und Unterarme ganz schwarz waren. Da der Motor anschließend gelaufen war und seinen Dienst also wenigstens nicht versagte, hatten wir uns darüber keine Sorgen machen müssen. Zumal auch Tavo keine hatte erkennen lassen.

Schon nach wenigen Stunden war dann das Feuer ausgebrochen. Der Motor, offenbar völlig überhitzt, war in Brand geraten und mit ihm das halbe Boot, es hätte nicht viel gefehlt und es wäre völlig in Flammen aufgegangen. Nur mit Mühe hatten wir das Feuer löschen können, acht Menschen in panischer Eintracht, einander fast völlig fremd. Den meisten standen die rußigen Spuren jetzt noch ins Gesicht geschrieben. Es gab keine Funkverbindung mehr, wir waren offenbar völlig vom Kurs abgekommen und stundenlang, den Rest des Tages dahingetrieben. Und auch den folgenden. Stunde um Stunde war vergangen, eine Zeit, die uns unendlich vorgekommen war. Nichts, was wir hatten tun können als wieder und wieder – völlig fruchtlos – an der Maschine herumzubasteln, immer dieselben Fragen zu stellen und uns in unseren Kommentaren endlos zu wiederholen.

Am Abend dieses zweiten Tages auf See, nach den ergebnislosen Reparaturversuchen, als die Dunkelheit einsetzte, war Wind aufgekommen, starker Wind, und mit ihm die Angst, die es uns bislang gelungen war zurückzudrängen. Wir hatten dagehockt und die Stunden gezählt, ich war dann und wann in Schlaf gefallen, immer nur für geraume Zeit, nie für lange, und den anderen war es ganz offenbar ebenso ergangen. Bis wir irgendwann in dieser Nacht irgendetwas gerammt hatten, vermutlich eine Untiefe, ein Riff. Das Boot war leckgeschlagen, es hatte schnell Schlagseite bekommen und wir hatten nach Kräften schöpfen müssen, einen ganzen weiteren Tag und eine Nacht lang.

Beinahe vierundzwanzig Stunden ununterbrochenes Wasserschöpfen! Immer im Wechsel, während sich die See beruhigt hatte, bei abflauendem Wind. Dann endlich war dieses Stück Land in Sicht gekommen. Von dem niemand sagen konnte, was es war. Tavo wusste nur so viel, dass wir uns irgendwo auf den äußeren Inseln befanden. Inseln, die gewöhnlich niemand ansteuerte. Vermutlich weil sie klein waren und weit abseits lagen.

Nur dass unsere Freude darüber, wieder Boden unter den Füßen zu haben, nicht von Dauer gewesen war. Wenn sie überhaupt jemals bestanden hatte. Denn so unverhofft, ganz plötzlich auf einer einsamen Insel am Rande der Welt zu stehen, erschien zumindest mir eher wie der Schrecken nach dem Grauen, und wenn die anderen Glücksmomente hätten erkennen lassen, dann wäre mir das aufgefallen. Zumal unsere Entdeckung dann jedes Gefühl der Erleichterung im Keim erstickt hatte, kaum dass wir die Insel überhaupt betreten hatten.

Ich weiß noch, dass ich schon an diesem ersten Abend versuchte diese Leute einzuschätzen auf das hin, was uns hier noch erwartete. Denn jetzt, plötzlich, bestand diese Notwendigkeit. An wen konnte man sich halten? Wem war überhaupt zu trauen? Nacheinander betrachtete ich diese Menschen, die ich noch lange nicht bereit war, als meine »Gefährten« anzusehen. Auf dem Boot, anfangs, war ich noch davon ausgegangen, dass die meisten von ihnen irgendwie zusammengehörten, hatte unwillkürlich Paare vermutet. Der drahtige, mittelgroße Kerl mit dem Hut und die etwas mollige Blonde? Und die rassige junge Schönheit hatte ich Brisky, dem silbergrauen Herrn mit der protzigen Goldkette zugeordnet, obwohl sie gut seine Tochter sein konnte. Einer von diesen braungebrannten gutsituierten Kerlen, deren Frauen im Laufe ihres Lebens immer jünger werden.

Um Rania nicht augenblicklich wahrzunehmen, hätte man blind sein müssen. Sie war atemberaubend hübsch, von schlanker, graziöser Gestalt, mit langem schwarzen Haar, auf den ersten Blick eine indische Schönheit aus dem Bilderbuch. Zu meiner Überraschung stellte sich immer mehr heraus, dass die Blonde zu ihr gehörte, sie waren anscheinend gemeinsam auf Reisen. Die genauen Zusammenhänge kannte ich noch nicht. Lilith war ziemlich klein, ebenfalls gut gebaut, doch hart an der Grenze von schlank. Sehr hart. Wobei sie zu den glücklichen Frauen gehörte, denen das nicht mal schlecht stand. Sie sprach englisch mit einem undefinierbaren Akzent.

Der drahtige Kerl mit dem Hut war offenbar allein, wie ich, und zu Brisky gehörte ein etwas milchgesichtiger junger Bursche, Jakut, sein spät geborener Sohn, wie sich herausstellte. Er konnte nicht älter als sechzehn oder siebzehn sein. Schließlich gab es noch eine stille Frau, schlank, mittelgroß, mit leicht dunklem Teint und einer schwarz gerandeten Brille, in einem schlichten Kleid, züchtig und hochgeschlossen. Das hatte wohl religiöse Hintergründe, denn anfangs hatte sie ein weißes eingeknicktes Häubchen getragen, bevor es – vermutlich im Kampf gegen das Feuer – verloren gegangen war. Wie ich selbst hatte sie bisher wenig gesprochen.

Doch es blieb nicht viel Zeit, in Gedanken zu versinken. Wir mussten uns wohl oder übel in der Bucht einrichten. Der Lagerplatz, den wir aufschlugen, befand sich ein Stück abseits von dort, wo die Überreste des Feuers lagen, aber als bald darauf die Flammen einer neuen Feuerstelle die Szenerie beleuchteten, konnten wir sie im Aufflackern sehen. Wir holten vom Boot, was wir brauchten, aber es war nicht viel. Der Brand hatte fast alles in Mitleidenschaft gezogen. Sogar zwei der Decken, die wir mitnahmen, waren angesengt und würden zum Schutz nicht mehr allzu viel taugen. Wobei man hier weder niedrige Temperaturen noch Schlangen zu fürchten hatte, die es in diesen Breiten gar nicht gab.

Es fiel sofort auf, dass sich alle bereitwillig an Tavo hielten und sich seinen Anordnungen fügten. Alle bis auf Brisky und sein Sohn. Wobei der Junge den Alten in seiner ablehnenden Haltung sogar noch übertraf. Er äußerte sich laut und barsch und setzte dabei eine hochnäsige Miene auf. So ziemlich als Erstes erging er sich in der

Verkündung, er werde auf dem Schiff übernachten.

»Nein«, sagte Tavo. »Das ist zu unsicher.«

»Wieso?«, brauste Jakut auf. »Wieso ist das Schiff zu unsicher?«

»Es ist kein Schiff, es ist ein Boot, und nach dem Feuer kaum mehr als ein Wrack, und es ist leckgeschlagen. Wir werden uns morgen früh einen Überblick verschaffen, wie es steht. Bis dahin sollten wir alle gemeinsam an Land bleiben.«

»Darüber haben Sie nicht zu bestimmen!«, maulte Jakut. Ein reizendes Kerlchen.

»Doch«, sagte Tavo. »Es ist mein Boot.«

»Ja«, sagte spöttisch Brisky. »Ein feines Boot! Sie haben uns damit fast umgebracht!«

Tavo ging nicht darauf ein. Mürrisch fügten sie sich also und belegten ihre Plätze am Lagerfeuer. Wir anderen rückten etwas zusammen. Wodurch Rania mir noch ein Stück näher kam. Und dagegen hatte ich nicht das Geringste einzuwenden.

So verbrachten wir eine unruhige erste Nacht, es gab vermutlich niemanden, der selig schlief. Ich selbst lag noch lange da und starrte in die Dunkelheit, nachdem das Feuer ein Stück niedergebrannt war. Wenn ich die Augen eine Weile geschlossen hatte, öffnete ich sie immer wieder, wie um nachzusehen, ob das alles immer noch da war. Ich auf einer einsamen Insel, mit völlig Fremden, an einem Lagerfeuer!

Dann spürte ich etwas an meiner Schulter, erwachte erschrocken aus tiefem Schlaf. Tavo, der bisher Wache gehalten hatte, hockte über mir, ich glotzte ihn entsetzt an, weil ich im ersten Moment überhaupt nicht wusste, wo ich war.

»Übernehmen Sie die Wache«, sagte er. »Vielleicht besser, wenn einer die Augen offen hält. Legen Sie ab und zu etwas Holz nach, nur so viel, dass das Feuer nicht ganz ausgeht, und wecken Sie nach einer Weile den Amerikaner.«

Er meinte Carmichael, den Mann mit dem breitkrempigen Lederhut.

Also hockte ich mich hin und rieb mir den Schlaf aus dem Gesicht.

Nachtwache halten. Irgendwie war das aufregend. Ich kannte so was aus Western und Abenteuerfilmen. Sofort war auch diese Situation unwirklich, wie alles am vorigen Tag. Ich saß an einem Lagerfeuer im Nirgendwo mit einer kleinen Runde daliegender Gestalten, fühlte mich durch Tavos Vertrauen ein wenig auserwählt und musste nach einer Weile schmunzeln. Das hier war zu verrückt!

Wieder betrachtete ich die schlafenden Menschen, die mir noch fast ganz fremd waren, einen nach dem anderen. Ein wenig hatte ich sie in den vergangenen Tagen an Bord schon kennengelernt, aber dort hatte eine große Distanz geherrscht, jeder war davon ausgegangen, dass unser Zusammensein sich lediglich auf weitere Stunden begrenzte. Jetzt saßen, lagen wir hier gemeinsam auf einer abgelegenen Insel, ohne zu wissen, für wie lange wir weiterhin dazu verurteilt waren, miteinander auskommen zu müssen. Jakut, der Junge, schlief tief und fest, mit völlig entspanntem Gesicht. Sein Vater atmete hörbar mit leicht geöffnetem Mund. Die schlanke Frau mit der schwarzen Brille öffnete dann und wann die Augen und blickte schlaflos ins Nichts, von Lilith konnte ich nur ein Gewirr blonder Locken sehen. Direkt neben mir lag Rania, eine schlafende Schönheit, sie sah aus wie eine indische Prinzessin. Wahrscheinlich war sie ein Biest, wie viele Frauen, die so schön waren und es wussten, von Kindesbeinen an. Die schon als kleine Mädchen jeden um den Finger wickelten und als Teenager alte Männer nervös machten. Die Ratschläge eines Onkels fielen mir plötzlich ein, ich musste darüber lachen.

Lass die Finger von schönen Frauen. Die bist du auch schnell wieder los. Entdecke lieber die Schönheit in einer, die nicht jedem gleich auffällt.

Pflichtschuldig betrachtete ich daraufhin die graumäusige, bebrillte Frau. Vielleicht, mit Kontaktlinsen, und wenn sie das Haar öffnete ... Aber sie war ja offenbar schon mit ihrem Glauben verheiratet, ihre Aufmachung und das Häubchen hatten da keinen Zweifel gelassen.

Als am Horizont bereits ein dunkelroter Streifen erkennbar war, weckte ich Carmichael für den

Rest der Nacht, der ebenso erschrocken, fast panisch dreinblickte wie ich drei Stunden zuvor. Dann lag ich im Dämmerlicht, betrachtete die indische Prinzessin und bekam mal wieder überhaupt nicht mit, wann ich einschlief.

2

Das Licht einer leuchtenden Sonne über dem Horizont enthüllte wenig später ein erbärmliches Bild. Vor uns lag das Meer, endlos, im Vordergrund die überschaubare Bucht, in der wir mit Mühe gelandet waren. Darin das Boot, nicht weit vom Ufer, halb vollgelaufen, mit starker Schlagseite nach Steuerbord.

»Es sinkt!«

»Unsinn! Es wird nicht sinken. Nicht wenn wir es leerschöpfen und den Schaden reparieren!«

»Ja, und zwar sofort!«

»Lasst uns doch erst mal nachdenken, bevor wir was tun!«

»Nachdenken? Wir sollten uns lieber beeilen!«

»Womit? Es leerzuschöpfen? Seht ihr nicht, dass das Ding absäuft? Es ist doch schon abgesoffen!«

»Und was sollen wir stattdessen tun? Gar nichts?«

Wir alle waren aufgeregt, unter Schock. Jeder wehrte sich gegen das, was eigentlich völlig auf der Hand lag.

»Natürlich können wir es wieder leerschöpfen. Das haben wir schließlich zwei Tage lang auf See getan, und es hat funktioniert!«

»Ja, weil wir pausenlos geschöpft haben. Genau das hat über das Ausmaß des Schadens hinweggetäuscht ... der offensichtlich viel größer ist als angenommen.«

»Genau das müssen wir untersuchen, anstatt hier rumzustehen und unsere Zeit mit Reden zu vergeuden!«

Tavo hatte während dieses Durcheinanders nichts gesagt, nur dagestanden und das Wrack angestarrt. Jetzt hob er unwillig die Hände, um sich Ruhe zu verschaffen.

»Dieses Boot wird uns nirgendwo mehr hinbringen!«, sagte er mit fester Stimme. »Ohne Motor und leck, wie es ist.«

»Aber wir können es vielleicht reparieren!«, sagte der Junge aufgebracht. »Abdichten.«

»Womit denn?«, fragte Tavo. »Die Verschalung ist geborsten, Kunststoff. Was schlagen Sie vor, Planken drübernageln? Abgesehen davon, dass wir keine haben. Und auch sonst nichts, womit wir es abdichten könnten.«

»Irgendwas müssen wir doch tun können!«, tönte Brisky. Er schrie beinahe. »Wir müssen es doch wenigstens versuchen! Oder wollen Sie nur tatenlos dastehen?«

»Nein«, sagte Tavo. »Das habe ich nicht gesagt. Vielleicht können wir es mit vereinten Kräften aus dem Wasser ziehen. Ich werde zunächst mal abtauchen, um mir den Schaden anzusehen.«

»Ich komme mit!«

Sie tauchten, Tavo und der Junge. Brisky watete ein Stück ins Wasser, wir anderen warteten am Ufer. Völlig angespannt und in der widersinnigen Erwartung, alles werde sich schnell auflösen. Man werde das Leck finden. Einen Weg, es abzudichten. Dieses Boot wieder flott zu machen. Und das womöglich innerhalb einer Stunde. Wieder zurück an Bord, war unser einziger Gedanke. Wieder auf See. Zurück. Dorthin, wo wir hergekommen waren. Tavo, unser Bootsführer, musste es wissen, er hatte es doch in der Hand, uns wieder in Sicherheit zu bringen. Es waren verzweifelte Hoffnungen, wie Menschen in Konfliktsituationen sie vermutlich immer haben. Sie mündeten alle in den einen Wunsch: dass ein sich anbahnender Albtraum rasch verfliegen und einer gewohnten Realität Platz machen würde, in der alles seine alte Ordnung hätte.

Doch das Hin und Her um das Boot dauerte schließlich den ganzen Vormittag, nur unter äußersten Mühen gelang es uns im Verlauf weiterer Stunden, es mit Tauen an den Strand zu ziehen, wenigstens so weit, dass es beim Höchststand der Flut nicht mehr ganz im Wasser lag. Weiter ging es nicht. Aber auch so beseitigte der Anblick des Rumpfes alle Zweifel. Was uns nicht davon abhielt, noch eine Weile sinnlos weiter zu diskutieren. Wir alle wussten ja, was das bedeutete: dass wir hier festsaßen, uns aus eigener Kraft nicht retten konnten.

Eigentlich waren wir an diesem Tag noch gar nicht bereit, das Boot aufzugeben. Und weil darin unsere einzige Chance lag, war das auch verständlich. Immer wieder wurde das diskutiert: ob es nicht möglich wäre, es zwei oder drei Tage über Wasser zu halten. Schließlich war es uns ja vorher gelungen. Dass der Riss sichtbar immer weiter aufklaffte, wurde dabei bereitwillig außer Acht gelassen. Erneut wurde am Motor gebastelt und geschraubt. Was keinen Sinn hatte, solange das Problem der Seetüchtigkeit nicht gelöst war.

Dabei mussten wir uns schnell um ganz andere Probleme kümmern. Probleme, die viel dringlicher waren. Die Gefahr, ihre Lösung lange aufzuschieben, bestand eigentlich nicht. Denn sie waren profan und forderten unmissverständlich ihr Recht.

Es waren Hunger und Durst.

Wir hatten noch einen Wasservorrat in Kanistern, aber weit würde uns das nicht bringen.

Eine Erkundung der Insel schuf ein klares Bild. Sie war klein, etwa eine Meile lang und höchstens eine halbe breit, flach, gesäumt von Strand und einem Ring seichten Wassers. Ein flacher, gezackter Rücken aus hellem Felsgestein zog sich quer darüber hin und bildete auf unserer Seite eine kleine Landzunge, die unweit unserer Bucht ein

Stück ins Meer ragte. Dieser Felsgrat war offensichtlich der eigentliche Sockel der Insel, um den sich, den Meeresströmungen geschuldet, die Insel zu ihrer heutigen Gestalt geformt hatte. Einen Wasserlauf gab es nicht, nur aus dieser felsigen Formation sickerte an der Südflanke, im Innern der Insel, spärlich Süßwasser, nicht mehr als ein Rinnsal. Zu wenig, um acht Menschen auf die Dauer zu versorgen. Also galt es, Regenwasser aufzufangen.

»Und wovon sollen wir uns ernähren?«

Die Frage stand im Raum, als der Tag bereits zu Ende ging und wir wieder am Lagerfeuer saßen. Die Insel gab nicht viel her. Nichts, was das Jagen wert gewesen wäre, bloß Kleintiere und einige Vogelarten. Die Vegetation war tropisch, Büsche und Bäume wucherten üppig. Doch Kokospalmen wuchsen hier keine. Das Angebot essbarer Früchte war überschaubar. Einer allein hätte hier gut eine Weile überleben können. Aber acht?

Allzu große Sorgen machten wir uns noch nicht. So erschrocken und ängstlich wir auch waren, zweifelte doch niemand von uns daran, dass wir von einer überschaubaren Zeit von einigen Tagen sprachen. Man würde uns suchen. Wir würden einen Weg finden wegzukommen. Irgendwie.

»Wir setzen Fisch auf die Speisekarte«, sagte Carmichael lakonisch. Seine Äußerungen hatten meist etwas Spöttisches. »Was sonst?«

»Genau das«, sagte Tavo. »Wir werden fischen.«

»Und womit?« Brisky gefiel sich immer als Klug-scheißer, der die entscheidenden Fragen stellte.

»Mit etwas Glück.«

Tavo würde schon wissen, was zu tun war. Er lebte hier, er war Insulaner. Die Gelassenheit, die er ausstrahlte, gab eine gewisse Sicherheit. Es war alles, woran wir uns für den Augenblick klammern konnten. Um die Wellen von aufstei-gender Panik unter Kontrolle zu halten, mit wel-chen die anderen ebenso wie ich zu kämpfen hat-ten. Was ihren Gesichtern deutlich anzusehen war.

Die Bestandsaufnahme dessen, was wir vom Boot hatten retten können, fiel insgesamt ernüch-ternd aus. Es war eine ganze Menge, aber wenig Nützliches. Die Decken. Ein Erste-Hilfe-Kasten, in dem sich jedoch nur noch etwas Verbandszeug, Latexhandschuhe und eine angerostete Schere befanden. Mehrere Stücke Segeltuch. Ein kurzes Drahtseil und diverse Leinen. Ein paar verdreckte Handtücher aus dem Maschinenraum. Eine alte Werkzeugkiste, aus der fast alles verlorengegan-gen war. Immerhin gab es neben einem Sammel-surium von Schrauben und Haken noch diverse Zangen und Schraubschlüssel. Teile eines Blech-geschirrs, ein verbogener Teller und drei Tassen. Ein arg verbeulter Wasserkessel. Eine Lederta-sche und ein Rucksack. Einige leere Plastikfla-schen. Einiges davon war eigentlich nur Müll: ein Plastikfisch, die Attrappe eines Schwertfischs. Ein

Dosenöffner (aber wir hatten keinerlei Konserven). Ein angesengter Rettungsring. Zwei kaputte Thermosflaschen. Immerhin konnten wir die aufschraubbaren Becherkappen verwenden.

Unsere persönliche Habe war im Wesentlichen das, was wir am Leib oder in den Taschen trugen. Carmichael hatte seinen Rucksack retten können. Zu unserer Verblüffung kam daraus außer einer Feldflasche und einem Fernglas nichts zutage als ein großer Vorrat an Tabak, mit dem er seine Zigaretten drehte. Nachdem wir mit dem Fernglas einmal alle Horizonte nach Land abgesucht hatten, war auch das ziemlich nutzlos. Lilith, die Blonde, besaß noch einen Lederbeutel, eine Art Handtasche. Alle anderen Sachen, Taschen oder Jacken waren verlorengegangen, das meiste durch das Feuer.

Als wir die Sachen zusammentrugen und unweit unseres Lagerplatzes aufhäuften, war es Brisky, der uns auf eine Stelle aufmerksam machte, wo sich Reste von verkohltem Holz und Asche mit Sand und Steinen mischten.

»Sehen Sie sich das mal an«, sagte er. »Sieht nach einer weiteren Feuerstelle aus.«

Es schien so, auch wenn sie fast ganz verschüttet war und es lange her sein musste, dass hier ein Feuer gebrannt hatte.

»Was bedeutet das?«, fragte Jakut.

»Dass diese Insel ein gern angesteuerter Platz ist, um ein Feuerchen zu machen.«

»Oder dass jemand hier längere Zeit campiert hat«, sagte Lilith. »Ich wüsste allerdings nicht, warum man hier länger bleiben sollte als nötig.«

An diesem zweiten Abend nahmen wir – zu meiner grenzenlosen Enttäuschung – in unserem Lager nicht dieselben Plätze ein. Rania saß mir gegenüber und war in der Hauptsache damit beschäftigt, die immer wieder weinende Lilith zu trösten. Später saß sie da und blickte gedankenverloren in die Flammen. Ab und zu trafen sich unsere Blicke, dann guckten wir meist ungeschickt woandershin. Einmal lächelte sie, ein wenig gequält.

3

Die Frage, wie viel Wasser wann an wen und von wem ausgegeben wurde, hatte bereits den ganzen abgelaufenen Tag überschattet. Immer wieder hatte deswegen Streit in der Luft gelegen. Der Durst war schon jetzt ein Problem, und beinahe jeder hatte Vorstöße unternommen, sich am Wasservorrat zu bedienen. Es hatte böse Blicke gegeben, Diskussionen, bis hin zu verbalen Attacken, wenn jemand nach Meinung eines anderen ungebührlich viel beanspruchte und sich ganz einfach satt trank. Während andere offenbar bereits die Notwendigkeit im Sinn hatten, mit dem, was da war, sparsam umzugehen, solange die

Frage der weiteren Versorgung nicht geklärt war. Zwei- oder dreimal waren Stimmen lauter geworden, und es hatte bis zum Ausbruch von Handgreiflichkeiten nicht viel gefehlt.

Nun, am nächsten Morgen, brach der Konflikt offen aus. Wir hatten uns kaum erhoben, da entlud sich die ganze Unsicherheit und Angst in einer unschönen Szene.

Wie es aussah, hatte Carmichael den Kavalier spielen und den Frauen Wasser holen wollen und Tavo hatte es ihm verweigert. Was einen Disput heraufbeschwor. Alles wäre vermutlich noch glimpflich abgegangen, wenn sich nicht Brisky und der Junge eingemischt hätten. Schnell war eine heftige Diskussion um die Wasserrechte entbrannt.

»Sie bestimmen also, wer hier Wasser bekommt und wer nicht!«, sagte Brisky, laut und provozierend.

»Nein«, sagte Tavo. »Alle bekommen Wasser. Aber alle gleich viel und alle nur so viel wie nötig.«

»Und das bestimmen Sie?«

»Darum geht es nicht. Das ist eine Regelung, die wir alle treffen sollten.«

»Ich sehe nur, dass Sie hier die Regeln aufstellen!«

Tavo passte sich der Lautstärke seines Gegners nicht an, er sprach weiterhin ruhig, betont sachlich. Was Brisky jedoch nur umso mehr zu reizen schien.

»Notwendige Regeln. Wir sollten das Wasser rationieren, denn wir wissen nicht, ob …«

»Diese Bevormundung reicht allmählich! Es geht mir gehörig auf die Nerven, dass Sie sich hier zum Anführer aufschwingen! Mit welchem Recht? Sie sind der Führer dieses Bootes, das uns hergebracht hat, aber soweit ich sehe, nicht mal sein Besitzer. Sie haben uns in diesen Schlamassel reingeritten. Und jetzt führen Sie hier das große Wort!«

»Wenn hier jemand große Worte führt, dann doch Sie!«, giftete Lilith.

»Sie sind ja auch nicht gerade kleinlaut!«

»Ich finde es sehr vernünftig, das Wasser gerecht an alle zu verteilen.«

»Das liegt aber nicht allein in seinen Händen. Und ich halte es für übertrieben, das Wasser zu rationieren. In diesem Klima gehen wir ohne ausreichend Wasser vor die Hunde.«

»Wir sollten uns lieber Gedanken machen, wie wir schleunigst hier wegkommen!«, blaffte Carmichael. »Genau damit das Wasser noch reicht. Bevor es uns ausgeht. Denn wenn es uns ausgeht, dann gute Nacht!«

»Aber genau deshalb müssen wir es rationieren!«, rief Rania, und das Aufklingen ihrer Stimme brachte alle für eine Sekunde aus dem Konzept.

Tavo nutzte die entstehende Pause als erster. »Wir können hier nicht weg«, sagte er ruhig. »Nicht mit dem Boot und nicht sonstwie.«

»Warum bauen wir uns kein Boot?« Es war Jakut, der die Frage in den Raum warf.

»Das können wir nicht«, sagte Tavo.

»Oder ein Floß? Irgendetwas, was uns von hier wegbringt. Die Entfernung zu anderen Inseln kann so groß nicht sein.«

»Für uns alle ein Floß bauen?«, spöttelte Carmichael. »Mann, das da draußen ist nicht der Mississippi. Das ist der Pazifik!«

»Na, und?«

»*Na, und?* Wohin sollen wir uns denn wenden? Wir haben doch überhaupt keine Ahnung, in welcher Richtung es Land gibt.«

»Er wird es wissen!« Lilith deutete wenig respektvoll mit dem Finger auf Tavo. »Sie kennen sich doch in diesen Gewässern aus?«

Tavo atmete tief, hatte es mit der Antwort nicht eilig. Was Brisky nur wieder auf die Palme brachte.

»Er hat offensichtlich nicht die geringste Ahnung. Aber will uns vorschreiben, was wir zu tun haben!«

»Die Wahrheit ist, dass ich nur eine ungefähre Vorstellung habe. Wir sind sehr weit abgekommen. Ehrlich gesagt, weiß ich nicht, wo wir uns befinden. Diese Insel passt nirgendwohin. Ich habe keine Vorstellung, wo sie liegt. Es ist also wahr: Wenn wir uns aufs Meer begeben, gehen wir ein großes Risiko ein.«

»Aber es ist unsere einzige Möglichkeit!«

»Nein. Auf einem Floß werden wir nur so lange überleben, wie unser Wasservorrat reicht. Und da er nur noch für wenige Tage reicht, dürfte er aufgebraucht sein, bevor wir ein Floß auch nur fertig gebaut hätten. Außerdem haben wir kein festes Ziel, und selbst wenn es uns gelingt, ein Segel zu konstruieren, sind unsere Möglichkeiten zu steuern sehr begrenzt. Die plötzlich auftretenden Stürme in dieser Region habe ich da noch gar nicht auf der Rechnung. Eine solche Unternehmung ist in jeder Hinsicht Wahnsinn.«

»Also müssen wir hier auf dieser Insel warten, bis uns jemand findet …« Ranias Miene war kindlich erschrocken.

»Nur hier haben wir die Möglichkeit, uns Nahrung zu verschaffen – und hoffentlich ausreichend Wasser.«

Brisky stand mit verkniffener Miene da, die Fäuste geballt.

»Ich werde nicht untätig hier warten, bis die Sonne mir die Knochen bleicht. Ich sage: Wir machen uns an die Arbeit! Und zwar sofort!«

»Ach«, sagte Lilith. »Dann stellen Sie jetzt hier die Regeln auf?«

»Und warum auch nicht? Vielleicht vergessen Sie, dass ich es ursprünglich war, der das Boot gechartert hat, um nach Bora Bora zu kommen.«

»Und das gibt Ihnen das Recht, den Ton anzugeben? Wir haben für die Überfahrt genauso bezahlt wie Sie!«

»Ja, nachdem Sie Wind davon bekommen hatten, dass es diese Möglichkeit gibt. Ich wünschte, Sie« – er wandte sich an Carmichael – »hätten es nicht überall herumposaunt!«

Duane Carmichael hatte ebenso wie wir anderen auf der Passagierfähre keinen Platz mehr bekommen, und er war der erste gewesen, der herausgefunden hatte, dass Tavos Boot sich anschickte, nach Bora Bora abzulegen, ein redseliger Mann am Tresen einer der Bars am Hafen von Papeete. Von ihm aus hatte es sich bis zu uns allen herumgesprochen.

»Es war genug Platz an Bord«, wehrte er sich. »Und Sie waren doch einverstanden damit, dass wir uns Ihnen anschließen!«

»Allerdings wünschte ich jetzt, wir wären ohne Sie alle gefahren!«

»Das«, eiferte sich Lilith, »wünschen wir uns auch, darauf können Sie wetten. Dann wären wir nämlich jetzt nicht mit Ihnen auf dieser grässlichen Insel!«

Tavo schob sich dazwischen, in dem Bemühen, die Situation zu entschärfen. Doch vergebens, wie sich zeigte.

»Schuldzuweisungen bringen uns kein bisschen weiter«, sagte er. »Sie alle haben diese Fahrt gemacht. Und noch einmal: Es ist mein Boot.«

»Ein feines Boot! Ein alter, abgewrackter Kahn, das ist es! Fiel ja fast schon auseinander. Und Sie hatten nicht mal nennenswerte Vorräte an Bord.«

»Für die ersten Tage hat's gereicht. Ich war ja eigentlich auch nicht auf acht Passagiere eingestellt.«

»Ist Ihr Boot überhaupt für so was zugelassen?«

»Oh ja, darauf habe ich noch gewartet!«, sagte Tavo, »Klar, jetzt kommt die Nummer! Wenn wir zurückkommen, werden Sie mir Schwierigkeiten machen. Komisch, vor ein paar Tagen haben Sie noch nicht danach gefragt.«

»Ach, wir hätten uns nie auf diese Fahrt einlassen sollen!«

»Aber Sie haben sich darauf eingelassen! Sie als Allererster! Und jetzt geht es nur darum, aus dieser Situation wieder herauszukommen, um nichts anderes!«

»Das ist genau das, was ich möchte! Genau davon rede ich die ganze Zeit! Sie können sich meinetwegen alle in ihr Schicksal ergeben, doch ich werde versuchen, aus diesem Boot irgendetwas zu bauen, was schwimmt. Es bietet uns Material, mit dem wir arbeiten können. Also, nutzen wir es!«

»Das können wir vielleicht versuchen. Aber wir müssen unsere Kräfte vor allem darauf verwenden, unsere tägliche Versorgung zu sichern. Damit werden wir vermutlich alle Hände voll zu tun haben.«

»Ein paar Fische fangen wird ja wohl nicht den ganzen Tag in Anspruch nehmen!« Sagte Jakut großspurig.

Brisky nickte beifällig. »Jedenfalls sollten wir nicht untätig auf einer winzigen Insel bleiben, die nicht mal unser genialer Bootsführer kennt. Die ganz offensichtlich niemand kennt. Was bedeutet, dass auch niemand hierher kommen wird!«

In der Stille, die daraufhin entstand, – eine Stille, die nur vom Geräusch der anbrandenden Wellen und des Windes in den Bäumen untermalt wurde – nahm vielleicht bei uns allen das Grauen einer bestimmten Vorstellung Gestalt an: Wenn wir nicht hier wegkonnten und auch niemand hierherkam, wie lange würden wir dann hier überleben müssen?

Es war das, was Tavo uns schon die ganze Zeit immer wieder versuchte anzudeuten.

4

Wenn ich heute zurückblicke, sehe ich mich selbst in dieser Situation, wie in einem Film, den man sich nach Jahren noch einmal anschaut. Dessen Bilder man lange mit sich herumgetragen hat, die aber im Fortgang der Ereignisse überwuchert wurden von Begebenheiten und Erlebnissen, die in der Folgezeit geschahen. Bruchstücke des eigenen Lebens bleiben, anders als ein Film, aber doch tief im Gedächtnis haften, auch wenn man noch so sehr verdrängt. Und versucht, es zu vergessen.

Als könnte man ernsthaft einen so über die Maßen ungewöhnlichen Abschnitt der Vergangenheit in Bedeutungslosigkeit versinken lassen!

In Büchern und Filmen sind Schiffbrüche und das Stranden auf Inseln immer von einer Abenteuerlichkeit umwoben. Als wäre es ernsthaft etwas Erstrebenswertes, in eine Situation zu geraten, die das Äußerste an Gefahr für das eigene Leben darstellt. Natürlich, hinterher, im Nachhinein verlieren alle üblen und prekären Phasen unseres Daseins im Zuge einer verharmlosenden Rückbeschau an Bedrohlichkeit und Schrecken. Wir sind bestrebt, die Geschehnisse zu verklären. Oder sie verklären sich ganz von selbst. Der Hang, sie mitzuteilen und im Zuge dieser Berichte zu beschönigen und auszuschmücken, wächst, man neigt dazu, die Dinge und vor allem die eigene Rolle im Geschehen zu glorifizieren. So erzählen manchmal Menschen vom Krieg und von Einsätzen in einem Beruf, der Gefahren und Risiken mit sich bringt. Die Konturen einer Ausnahmesituation werden deutlicher, man erliegt der Versuchung, von den Erlebnissen zu berichten.

Schließlich erzähle ja auch ich sie jetzt, schließlich doch.

Damals befand ich mich in einer Situation, die man dramatisch (und verklärend) als Scheideweg bezeichnen könnte. Ich war jung, gerade dreiundzwanzig, und wusste nicht recht, wohin der Weg mich führen würde – oder dass es überhaupt einer war. Alles befand sich in der Schwebe, und alles Mögliche hätte passieren können. Eigentlich dachte ich damals, dass die Dinge sich gerade großartig entwickelten. Der eingeschlagene Weg als TV-Journalist schien sich als Glücksgriff zu erweisen. Wenn man als Junge davon träumt, später Archäologe zu werden (was auch ich tatsächlich früher getan habe), dann träumt man von bedeutenden Ausgrabungen und sieht sich in einem zeltlagerartigen Camp mit einem Team von Abenteurern, die eines Tages – und das ziemlich rasch – auf Artefakte stoßen, Knochen, Fragmente von Mauern und Tempelanlagen. Man sieht sich bestimmt nicht in einem Büro sitzen und Daten katalogisieren oder seine Zeit in Bibliotheken verbringen, bis man keine Bücher mehr sehen kann. Wenn man beschließt, Schauspieler zu werden, sieht man sich in großen Filmprojekten, die über Nacht Weltruhm bringen. Ganz gewiss nicht in kleinen Nebenrollen oder als Statist. Und wenn man als Journalist zum Fernsehen geht, dann projiziert man sich in wichtige Projekte, Dokumentationen und Berichterstattungen, die einen auf direktem Weg zu bedeutenden Auszeichnungen führen. Versetzt sich im Zuge von immer wiederkehrenden Spinnereien in ferne Länder, auf andere Kontinente, nach Afrika, Australien, Südamerika. Fährt im Geiste in Jeeps und Konvois durch Krisengebiete, durch Dschungel und

Wüsten. Oder findet sich – noch besser – in luxuriösen Hotels an Stränden, irgendwo unter einer großen, generösen Sonne, sitzt in Bars oder unter Sonnenschirmen, lernt fremde, exotische Menschen kennen. Es sind Kinderspinnereien, die sich erstaunlich lange halten, wenigstens im Stillen, selbst wenn man eigentlich schon begriffen hat, dass die Wahrscheinlichkeiten so nicht gelagert sind, die Realität anders aussieht.

Denn sie sieht anders aus. Sah immer anders aus, in allem, was ich bisher versucht hatte. Viel Glück gehört dazu, Gönner und Förderer, die Gunst des Augenblicks, wenn viele Bedingungen zusammenkommen, man zur rechten Zeit am rechten Ort ist.

Aber genau das schien jetzt einzutreffen. Ich befand mich in der Südsee, in einer Region der Erde, die mit Abenteuerlichkeit kaum mehr behaftet sein konnte. Ich war Teil eines Teams, hatte einen Vertrag und einen Auftrag in der Tasche. Nur weil jemand – warum auch immer – Gefallen an mir gefunden und Spaß daran hatte, einem jungen Kerl Chancen zu bieten. Ein alter Mann, hohes Tier bei einem Sender, dem es damals gefiel, in mir sich selbst zu entdecken, den jungen Mann voller Träume und Illusionen, der er selbst einmal gewesen war. Zweifellos strahlte ich damals diese Überzeugung aus: dass mir die Welt gehörte. Dass ich zu allem bereit und durch nichts zu stoppen war.

Natürlich, ich war nur Teil des Teams und eigentlich noch fern von großer Verantwortung, kam mir aber vor wie ein König. Dreharbeiten auf Tahiti und auf Bora Bora!

Die Wahrheit ist, dass ich nicht mehr war als ein eingebildeter Dummkopf und mich für großartig hielt. Als sei mein Glück bereits für immer gemacht und das Leben könne fortan keine Sorgen mehr bieten.

Schon auf dem Flug mit einer klapprigen Propellermaschine, von Australien aus hinüber auf die Inseln, hatte ich mich als vollendeter Abenteurer gefühlt, und allein dieser Flug war mir ungemein gefährlich vorgekommen. Jeden Augenblick, dachte ich, könne so eine alte Kiste abschmieren, und fühlte mich folglich begnadet und vom Schicksal begünstigt, als wir schließlich auf Tahiti landeten.

Das alles war so ungeheuer abenteuerlich, mehr an Gefahr ging kaum noch! Dachte ich. Ernsthaft.

Ich weiß noch, ich fühlte mich damals groß, wie auserwählt. Kam mir vor wie ein harter Bursche, nur weil ich zur Vorsicht (vermutlich jedoch bloß aus Routine) einen Fallschirm hatte anlegen müssen und es uns bei der Landung so durchschüttelte, dass ich wahrhaftig annahm, es sei nur knapp noch glimpflich abgegangen. War mit zittrigen Beinen der Maschine entstiegen, mit dem Gefühl, erst mal einen kräftigen Schluck zu brauchen.

Ja, war das Leben nicht gut zu mir? Jetzt endlich, doch noch.

Lachend hatten wir eingecheckt, in einem Hotel, wo in der Halle an der Decke große Ventilatoren kreisten, und eine Dame mit schmalen, schräg stehenden Augen und einem herrlich exotischen, volllippigen Mund hatte uns eingewiesen.

Und dann diese Fahrt nach Bora Bora, nicht auf einem der Liner, sondern auf einem in die Jahre gekommenen Boot, gesteuert von einem kräftigen, ganz stilechten Insulaner mit der seltsam glatten Haut der Menschen in diesen Breiten.

Es hatte doch alles so gut angefangen!

Und jetzt, hier, nach den Tagen einer ungemütlichen, allzu abenteuerlichen Überfahrt, nach Brand und Havarie und dem Wasserschöpfen an der Seite von gänzlich Fremden befand ich mich auf einer unbewohnten Insel am Ende der Welt. Die keine anderen Spuren menschlicher Anwesenheit zeigte als einen nur leicht verwitterten Lagerplatz mit angesengten Knochenfragmenten. Fragmenten menschlicher Überreste, die aus dem groben Sand ragten.

Gestrandet im Abseits, ohne Funkverbindung. Nur wenige Jahre später, und es hätte vielleicht auch dort im Nirgendwo stabile Funktelefonnetze gegeben. Direkte Verbindungen zur Außenwelt. Doch zu jener Zeit hätte für uns keine andere Verbindung bestanden als eine simple, profane, läppische Flaschenpost.

Nein, damals, in dieser Bucht, notgedrungen an der Seite all dieser Fremden, die nichts anderes im Sinn hatten als bloß wieder von dort wegzukommen, kam ich mir gar nicht mehr groß vor, und nicht auserwählt. Ganz im Gegenteil. Ich hatte Angst, entsetzliche Angst. So eine Scheiß-Angst, dass ich nahe daran war, mir in die Hosen zu machen.

Nur dass ich wie betäubt war und dieses Gefühl hatte, mir hilflos selbst zuzusehen, nur das bewahrte mich davor, schon zu diesem frühen Zeitpunkt die Nerven zu verlieren. Ich war tatsächlich wie gelähmt. Vielleicht ein bloßer Schutzmechanismus: Ich konnte und wollte es nicht glauben. Wollte es einfach noch nicht wahrhaben.

Wartete einfach nur darauf, dass dieser Albtraum ein Ende nahm.

5

»Pfui Teufel!«

Lilith spuckte angewidert das Stück einer Frucht aus, die sie angebissen hatte, in Nachahmung Tavos hatten sie und Carmichael den ersten Versuch gewagt. Dieser kaute tapfer eine Weile, aber auch sein Gesicht verzog sich immer unmissverständlicher.

»Sind Sie sicher, dass die essbar sind? Vielleicht sind sie ja schlecht.«

»Nein«, sagte Tavo. »Das sind Noni. Sie schmecken ... na ja, nicht besonders. Aber wir dürfen nicht sehr wählerisch sein. Leider gibt es hier keine Kokospalmen.«

Wahrlich kein sehr paradiesisches Angebot: Noni und Pandanus. Beides nicht sehr saftig und alles andere als süß. Große, leuchtend rote und saftige Beeren hatten sich laut Tavos Warnung als giftig erwiesen – zu unserem Schrecken; vieles in der Natur war tatsächlich nur trügerisch verlockend. Das Fruchtfleisch von blassgelben Baummelonen war matschig und schmeckte faulig, war aber immerhin saftig. Wenn wir erwartet hatten, hier links und rechts nach Bananen und Apfelsinen greifen zu können, dann sahen wir uns gründlich getäuscht. Das Erscheinungsbild dieser Insel war seltsam ambivalent. Die Vegetation war tropisch, alles wucherte üppig, doch das meiste in einem Wust von grünen Blättern. Immerhin waren davon einige essbar, wie wir noch lernen sollten.

Als erstes begruben wir an diesem Tag die Knochenfragmente, deren ständiger Anblick wenig dazu angetan war, unsere Stimmung zu bessern. Zwar hatten wir sie bereits notdürftig verscharrt, doch jetzt beseitigten wir jede Spur vergangener Feuerplätze.

Dann machten wir uns an den Versuch, das Wrack der *Croix du Sud* höher an den Strand zu ziehen. Was mir ganz unmöglich erschien, das

Boot war zu groß und zu schwer. Doch Brisky, ganz Ingenieur, improvisierte mit den Seilen eine Art Winde, positionierte uns strategisch, gab Kommandos. Ich bezweifelte den Sinn all dieser Manöver, aber schließlich gelang es uns tatsächlich, das Boot vorwärtszubewegen, dorthin, wo der felsige Grat, der sich über die Insel zog, dem Rumpf Stütze und Halt gab. Es war eine Knochenarbeit.

Im weiteren Verlauf des Tages packte jeder das an, was ihm am dringlichsten erschien. Während Brisky und Sohn sich am Wrack zu schaffen machten, das sie ganz offensichtlich als ihre Trophäe betrachteten, widmete sich Tavo den Methoden des Fischfangs. Carmichael zog es vor, über die Insel zu streifen, um, wie er sagte, Früchte zu sammeln, vornehmlich aber wohl in der verzweifelten Hoffnung, noch weitere und attraktivere Nahrungsquellen auftun zu können. Am liebsten hätte ich mich ihm angeschlossen, aber da Rania sich an Tavo hielt, um ihm behilflich zu sein, gesellte ich mich zu ihnen. Lilith saß apathisch am Feuerplatz, mit verweinten Augen, und die Frau mit der Brille blieb zunächst bei ihr. Ohne viel zu sagen. Was einen Verdacht bestätigte, der mir mittlerweile gekommen war. Von Anfang an hatten wir ganz selbstverständlich Englisch zu unserer Verkehrssprache erkoren, es hatte sich sofort so ergeben, noch an Bord des Bootes, allein schon wegen Carmichael und den Briskys, die aus Neuseeland stammten. Aber vielleicht verstand das arme Ding gar nicht alles, ihre Englischkenntnisse waren am Ende nur begrenzt. Ich hatte mitbekommen, dass sie sich manchmal mit Tavo auf Französisch verständigte.

Nach einer Weile tauchte Carmichael auf, mit einem ganzen Arm voll Früchte, setzte sich hin und rauchte, zog aber noch einmal los, und auch die schlanke Frau mit der Brille, die ich im Stillen immer bloß »die Nonne« nannte, verschwand irgendwann zwischen den Bäumen. Lilith war anscheinend wieder eingeschlafen, jedenfalls lag sie reglos am Feuerplatz. Rania und ich standen unten am Wasser und warteten auf Tavo, der zum Wrack gegangen war. Dann und wann blickte sie hinüber zum Strand.

»Sie machen sich Sorgen?«, fragte ich, froh, endlich für einen Moment ganz allein mit ihr zu sein und ein Gespräch beginnen zu können.

Sie warf mir einen Blick zu, aber er war alles andere als ermutigend. Ihn unterkühlt zu nennen wäre noch sehr geschmeichelt.

»Und wenn«, sagte sie. »Geht Sie das was an?«

Das war deutlich.

Nicht dass sie sehr zugänglich gewirkt hätte, in den vergangenen Tagen, an Bord des Schiffes. Hatte vielmehr eine fürstliche Gelassenheit an den Tag gelegt. Zu Höflichkeiten schien sie nicht geboren zu sein und gab sich zuweilen sehr distanziert. War das Überheblichkeit? Offenbar, wie sich jetzt erwies. Eigentlich war jedes weitere Wort überflüssig, und vielleicht wäre es das Beste gewesen, kein weiteres zu verschwenden. Aber in unverhofften Situationen zu reagieren, ist immer eine Sache des Augenblicks. Man hat nicht viel Zeit nachzudenken. Ich war drauf und dran mich abzuwenden und mit einer patzigen Antwort zu empfehlen, aber dann nahm ich mir ebenso viel Zeit wie sie, den Blick einfach nur zu erwidern. Oder ihrem standzuhalten, wie man es nimmt.

»Nein«, sagte ich. »Oder sagen wir mal lieber: Ja und nein. Ist Ihnen vielleicht aufgefallen, dass wir seit Tagen in Schwierigkeiten sind und – wie man so sagt – in einem Boot sitzen?«

»Und da sehen Sie die Zeit gekommen, dass wir uns alle verbrüdern. Und machen sich Sorgen darüber, ob ich mir Sorgen mache. Reizend.«

»Na ja, ich selbst habe mir Sorgen gemacht, wegen Lilith. Und dachte bloß, Sie machen sich auch welche.«

Die Antwort war Schweigen. Eisiges Schweigen.

»Übrigens, ich heiße Leon.«

Sie ließ sich dazu herab, mich erneut anzusehen. »Aha«, sagte sie. Und nichts weiter. Obwohl ich geduldig wartete.

»Und Sie heißen Rania, richtig?«

»Wenn Sie's wissen, warum fragen Sie dann?«

Ich schnaufte. Und überlegte einen Augenblick. Überlegte, ob ich sie einfach ins Wasser schubsen sollte. Dazu hatte ich jetzt wirklich Lust.

»Okay. Hab schon verstanden. Wie ich hörte, ist Ihre Familie sehr wohlhabend. Und einflussreich. Da kann man sich natürlich nicht mit irgendwelchen dahergelaufenen Leuten abgeben.«

Sie warf mir bloß wieder einen vernichtenden Blick zu.

»Also, dann spielen Sie mal weiter die Hochnäsige!«

»Was ich spiele oder nicht, das geht Sie gar nichts an! Mein ganzes Leben geht Sie nichts an, niemanden. Und ich hab Sie nicht um Smalltalk gebeten.«

»Es war bloß eine nette Geste. Eine Sache der Höflichkeit. Wie es unter zivilisierten Menschen üblich ist. Und jedenfalls kein Grund, so kratzbürstig zu sein!«

»Ach, lassen Sie mich doch einfach in Ruhe!«

Ja, das hielt ich jetzt auch für eine glänzende Idee. Also wandten wir uns wieder den Bemühungen um die Nahrungsbeschaffung zu.

Mit der, sagte ich mir, rede ich nie wieder ein Wort! Und wenn sie mich auf Knien anfleht!

Tavo kam gerade zurück und musterte uns ein wenig irritiert. Wir standen vermutlich da wie verstockte Kinder, einander abgewandt, während er uns eröffnete, wie gut es gewesen wäre, Netze zu haben, er bedauerte den Wegfall dieser Möglichkeit des Fischfangs nachhaltig. Immerhin gab es diverse Seile und Leinen, die wir vom Boot gerettet hatten, und mit dünnen Kunststoffleinen und biegsamen dünnen Stämmen aus dem Dickicht des Inselbewuchses konstruierten wir an diesem Tag Angelruten. Vielmehr leitete Tavo uns an, es zu tun, während er mit großer Geschicklichkeit Speere zurechtschnitzte. Damit waren wir stundenlang beschäftigt. Dass wir beide dabei stumm blieben wie die Stockfische und uns so geflissentlich wie möglich ignorierten, wird ihn vermutlich gewundert haben.

Die Wasserversorgung blieb indessen ungeregelt, und jeder tat so, als ginge sie oder ihn das nichts an. Eine unleidige Angelegenheit, die zunächst jeder verdrängte.

Nach geraumer Zeit tauchten die beiden Briskys auf und betrachteten ziemlich respektlos unsere Bemühungen. Ich erwartete schon, dass sie uns sagen würden, wie wir es besser machen könnten, aber sie schwiegen. Stattdessen präsentierten sie ihren Fund, eine Axt.

»Die war noch im Rumpf«, sagte Brisky senior. Da es mittlerweile heiß war – die Sonne brannte auf uns herab –, hatte er sein Hemd geöffnet, das einen eindrucksvollen Blick auf seine üppig silbergrau behaarte Brust freigab. »Damit können wir was anfangen. Ich sehe nicht ein, warum wir nicht versuchen sollten, ein Floß zu bauen. Mit der Axt dürfte das kein Problem sein. Seil haben wir auch genug.«

»Das haben wir doch bereits besprochen«, sagte Tavo. »Ich dachte, das wäre abgehakt.«

»Da haben Sie falsch gedacht. Sie mögen aus dieser Gegend stammen und hier ganz gut Bescheid wissen. Aber ich bin als Ingenieur und Handelsvertreter in der Inselwelt schon ganz schön herumgekommen, oben in Indonesien, und wie ich schon sagte, ich habe keinesfalls vor, hier zu versauern und jeden Tag Striche in Bretter zu kerben, bis ich verrecke.«

»Wenn Sie es schaffen – wenn wir es gemeinsam schaffen – uns mit ausreichend Wasser und Nahrung zu versorgen, ist der Bau eines Floßes eine Option. Vorher nicht.«

»Und ich sage Ihnen noch einmal: Das haben Sie nicht zu bestimmen!«

Und damit ging er kurzerhand davon, den Jungen im Schlepp, und vielleicht bloß aus reiner Provokation gingen sie zum Wasserkanister und tranken beide. Wir blickten ihnen nach, als sie anschließend zwischen den Bäumen verschwanden.

»Was für ein widerlicher Kerl!«, sagte Rania. »Wirklich unausstehlich!«

»Da ist er nicht der einzige«, murmelte ich. Was mir einen giftigen Blick einbrachte. »Allerdings muss ich zugeben, dass er darin jeden um Längen schlägt.«

Auch Tavo musterte mich, und irgendwie war dieser Blick vorwurfsvoll.

Später, als wir soweit fertig waren und Rania hinübergegangen war, um nach Lilith zu sehen, folgte er mir zum Wasserkanister, wo ich einen Schluck nahm, nur einen einzigen großen Schluck, bemüht, mich verantwortungsvoll zu zeigen.

»Schön«, sagte er, »dass wir einer Meinung sind, was diesen Brisky und seinen Sohn betrifft. Es wäre aber noch schöner, wenn Sie Ihre Meinung vielleicht mal kundtun, wenn er dabei ist.«

»Was soll das heißen?« Fragte ich, reichlich verblüfft.

»Bei den Auseinandersetzungen sagen Sie gar nichts. Sie halten sich aus allem heraus. Ähnlich wie Carmichael. Der ist auch keine große Hilfe. Schauen Sie mich nicht so böse an. Ich sage Ihnen nur, wie es ist. Solange ich allein dastehe, kann ich wenig gegen die beiden ausrichten. Brisky ist ein arroganter Typ, der es gewohnt ist, Befehle zu geben und Leute herumzuschubsen. Sein Sohn und er unterstützen sich gegenseitig. Sie werden sich im Laufe der Zeit immer mehr Freiheiten herausnehmen und die Dinge nach und nach in die Hand nehmen, wenn wir es nicht gemeinsam verhindern, da können Sie ganz sicher sein.«

Immer noch verblüfft und etwas vor den Kopf gestoßen, brachte ich zunächst kein Wort heraus. Ich hatte das Gefühl, ich müsse mich irgendwie empören und dagegen wehren, aber gleichzeitig fühlte ich auch, dass er recht hatte. Ich kam mir vor wie ein ertappter Schuljunge.

»Es ist nicht so meine Art, mich in den Vordergrund zu drängen«, sagte ich schließlich. »Mich einzumischen. Ich halte mich tatsächlich lieber zurück.«

»Ja, und Carmichael tut dasselbe. Seine zynischen Bemerkungen werden uns auch nicht viel helfen. Und die Frauen … nun, die sind auch eher zurückhaltend. Diese … Lily scheint die einzige mit etwas Temperament zu sein – aber die hat anscheinend ihre eigenen Probleme.«

Wir blickten hinüber zum Lagerplatz, wo sich Lilith gerade erhob.

»Wissen Sie wirklich nicht, wo wir sind?«, fragte ich.

»Glauben Sie, ich tue nur so? Ich habe meine Ahnungslosigkeit eher noch verwischt. Die ganze Zeit, als wir so dahingetrieben sind und versucht haben, das Boot vor dem Sinken zu bewahren, habe ich alles genau beobachtet: das Meer, die Strömung, unsere Richtung. Wir sind verdammt weit abgekommen in den zweieinhalb Tagen, ich schätze, an die hundertfünfzig Meilen Südost. Es können auch zweihundert sein. Ziemlich sicher gehört diese Insel bereits zu einem anderen Archipel.«

»Tuamotu«, sagte ich.

»Möglich. In der zweiten Nacht, als ich so lange geschlafen habe, hat unser König Allwissend das Steuerruder übernommen und den Kurs geändert. Da fing es an. Umso weniger kann ich sagen, wo wir sind. Ach ja … wenn man vom Teufel spricht …«

Brisky kam mit Jakut zurück, auch sie hatten Früchte und einige Ausgrabungen dabei, offenbar Wurzeln.

»Ich will Ihre kleine Unterredung ja nicht unterbrechen«, sagte er, »aber allmählich haben wir Hunger, und dagegen sollten wir langsam etwas tun.«

»Wir haben auch was geholt«, sagte Carmichael im Näherkommen. »Ich glaube, fürs Erste kann uns die Insel ganz gut ernähren.«

»Fürs Erste ja«, bestätigte Tavo. »Eine Zeit lang können wir uns an Früchte halten. Doch nicht lange. Was haben Sie da?«

Brisky hielt die Wurzeln hoch. Längliche Knollen an dicken grünen Stängeln, unförmig, sie sahen aus wie verbeult.

»Batata«, sagte Brisky. »Süßkartoffeln. Davon gibt es hier eine Menge.«

»Das sind keine Süßkartoffeln«, sagte Tavo, hörbar widerwillig, denn ihm war klar, dass er damit die nächste Auseinandersetzung heraufbeschwor.

»Wissen Sie das sicher?«

»Ziemlich sicher.«

»Nun, für mich sehen sie sehr nach Süßkartoffeln aus, und sie schmecken auch so.«

»Was immer das ist, Batata jedenfalls nicht. Nicht, wie ich sie kenne. Vielleicht etwas Ähnliches, eine Abart. Und damit muss man vorsichtig sein, manche sind giftig. Überhaupt sollten wir mit dem, was wir essen, sehr vorsichtig sein. Das kann schlimme Folgen haben.«

»Aber so ein Experte scheinen Sie nicht zu sein, wenn Sie sich auch nicht sicher sind«, sagte Jakut.

Brisky biss demonstrativ in eine der kleineren Knollen und kaute.

»Eindeutig Batata«, sagte er.

»Wie auch immer«, sagte Tavo, »ich habe Sie gewarnt. Und jetzt sollten wir vielleicht alle von den Früchten essen. Sie versorgen uns auch mit Flüssigkeit. Dann werde ich mich an den Fischfang begeben.«

Also aßen wir alle, gemeinsam und auch wieder nicht. Wir saßen nicht einträchtig im Kreis, sondern verteilten uns über die halbe Bucht.

»Wir sollten auch einen Sonnenschutz bauen«, befand Tavo. »Mit etwas von dem Segeltuch.« Man brauchte nur in die Runde zu blicken: Einige von uns sahen arg erhitzt aus. Ich bekam unwillkürlich ein schlechtes Gewissen, weil ich – genauso wie Carmichael – meinen Hut gerettet hatte. So rot im Gesicht und an den Armen wie Lilith und der junge Brisky war ich sicher nicht. Im Gesicht auch dank meines sorgsam gepflegten Bartes, der allerdings nun langsam aus den Fugen ging.

Brisky und sein Sohn aßen stolz ihre Knollen, als einzige; was sie davon für die Allgemeinheit ausgelegt hatten, blieb unberührt. Im Geiste sah ich die beiden schon daliegen und sich krümmen, und das würde ihnen vielleicht endgültig das Maul stopfen und sie lehren, Tavos Ratschlägen zu folgen. Einige Stunden, dachte ich, spätestens in der kommenden Nacht würde sich erweisen, wie gut ihnen ihre vermeintlichen Süßkartoffeln bekommen würden.

Doch unglücklicherweise geschah nichts dergleichen. Im Gegenteil, es ging ihnen prächtig. Als Tavo daraufhin am nächsten Tag selbst ein Stück von den Wurzeln probierte, gab er zu, sich wohl geirrt zu haben. Es schien sich wahrhaftig um die besagten Batatas zu handeln, eine Sorte, die ihm fremd war. Brisky feixte nur und stand da wie ein Pfau.

Und das machte unsere Probleme nun wirklich nicht kleiner.

6

Die Versuche mit dem Fischfang verliefen zunächst ergebnislos. Nicht, dass es uns nicht gelungen wäre, welche zu fangen – es waren überhaupt keine da, die wir hätten fangen können. Jedenfalls sahen wir keine. Tavo stakste eine Weile mit einem Speer bewaffnet in der Bucht herum, später in einer anderen auf der anderen Seite. Doch man konnte nirgendwo weit hinaus, der Kranz flacher Buchten um die Insel war sehr begrenzt, mit einem Mal wurde das Meer sehr tief. Das klare Wasser der sandigen Gründe wechselte an einer deutlichen Linie abrupt in ein tiefes Blau, wo der Sockel der Insel bodenlos abfiel.

»Es war ein erster Versuch«, beschwichtigte Tavo. »Sicher haben wir bald mehr Glück.«

Der Genuss der Früchte resultierte in einem nur unvollkommenen Sättigungsgefühl. Sie waren erfrischend gewesen und hatten den Magen gefüllt. Aber für lebenslang trainierte Allesfresser war es eine magere Kost. Bereits an diesem Abend träumte ich von einem saftigen Stück Fleisch oder Fisch, und einigen der anderen ging es sicherlich ebenso.

Lilith hatte sich in der Tat beruhigt, auch wenn die Röte ihres Gesichtes fälschlich einen aufgeregten Eindruck erweckte. Diese scheinbare Erhitztheit gab ihr sogar einen subtil erotischen Anstrich. Unweigerlich sah sie aus wie ein Mädchen, das sich gerade erst mit jemandem im Heu gewälzt hatte.

Am Lagerplatz wurde das Feuer bereits zu neuem Leben erweckt, wohl mehr, um sich als gesellschaftlicher Treffpunkt auszuweisen und weniger wegen der Temperaturen, denn es war immer noch sehr warm. In der Nähe des Feuers entsprechend zu warm, ich hielt mich etwas abseits.

Als ich schließlich die Dämmerung nutzte, um noch ein wenig umherzustreifen, bevor die Dunkelheit uns an den Schlafplatz verbannen würde, geriet ich an den Strand der gegenüberliegenden Bucht. Abseits der anderen zu sein, war ein sonderbares Gefühl. Es war wohltuend – und gleichzeitig bedrückend. Ich spürte in mir das Bedürfnis, alleine zu sein, wenigstens für einen Moment, mich ganz unbeobachtet einfach mal gehen zu lassen. Denn ständig den Blicken anderer ausgesetzt, war man auch immer um Haltung bemüht, ein Stück weit war es eine andauernde Komödie. Entsprechend schnaufte ich durch, ließ einfach die Schultern hängen.

Trotzdem war es aber auch etwas unheimlich, in zunehmender Dunkelheit an einem Ort zu sein, der nicht fremder hätte sein können. Da war ein Impuls, sofort wieder zurückzugehen, in die Nähe des Feuers, in die Gesellschaft der anderen. Die Angst, die mich plötzlich überfiel, kam mir beinahe kindlich vor.

Doch ich verscheuchte meine unbestimmten Befürchtungen und ging noch ein Stück durch die Bucht, solange es noch nicht ganz dunkel war. Bis ich merkte, dass ich dort überhaupt nicht alleine war. Denn als ich so unschlüssig dahinschlenderte, traf ich unverhofft auf jemanden. Auf Rania.

Ausgerechnet Rania!

Ich war regelrecht erschrocken. Und es war mir sofort ein wenig peinlich. Denn es musste so aussehen, als sei ich ihr gefolgt. Und ich wollte bestimmt nicht, dass sie glaubte, ich liefe ihr auch noch nach.

»Oh«, sagte ich. »Sie! Ich hätte Sie beinahe nicht gesehen.«

Mit der etwas dunkleren Schattierung ihrer Haut, dem schwarzen Haar und dem dunkelroten, sariartigen Kleid ging sie im Dämmerlicht tatsächlich fast unter, sitzend, auf dem Endstück einer Baumruine, die fast ganz im Ufergrund versunken war.

»Ich wollte nur einen Moment alleine sein«, sagte sie. Dem Inhalt nach schien diese Eröffnung nahtlos an unser voriges Gespräch anzuknüpfen, und etwas anderes war nach dessen Verlauf wohl auch gar nicht zu erwarten. Ich betrachtete es als Wunder, dass sie sich überhaupt dazu herabließ, mit mir zu sprechen.

»Keine Angst«, sagte ich. »Ich lasse Sie in Ruhe. Bin gleich wieder verschwunden.« Ich wollte durchaus den Beleidigten spielen und sie spüren lassen, dass ich an weiterem Austausch nicht im Geringsten interessiert war. Wenn ich auch im Eifer des Augenblicks meinen Schwur bereits gebrochen hatte.

»Bleiben Sie nur«, sagte sie, zu meiner grenzenlosen Überraschung – und Erleichterung. »Ich meine: wenn Sie wollen. Dann können wir gleich gemeinsam zurückgehen.«

Darüber war ich so verblüfft, dass ich bloß dastand und gar nichts sagte.

»Es tut mir leid, wegen vorhin«, sagte sie. »Ich wollte nicht so unfreundlich sein ... und so ... Wie haben Sie das genannt?«

»Kratzbürstig.«

»Ja, richtig. Und außerdem auch noch hochnäsig.«

Sofort war es mir fast wieder peinlich, dass ich das gesagt hatte. Jetzt, da sie sich so versöhnlich gab. Es war ein Unterschied wie Tag und Nacht. Ihre Stimme klang jetzt süß wie Honig, sanft und leise und hauchte immer so dahin. Manche Menschen sind einfach gesegnet, dachte ich, das volle Programm. Der Akzent, den sie hatte, machte alles nur noch reizvoller. Ihre Stimme klang schön. Aber auch ein wenig belegt.

»Haben ... haben Sie geweint?«

»Ein bisschen.«

»Dabei wollte ich Sie aber nicht stören.«

Sie lachte, kurz und laut, es klang erfrischend und ganz unerwartet, nach dem, was sie eben preisgegeben hatte.

»Ich war schon fertig damit. Es hat nicht lange gedauert. Manchmal ist es einfach gut, mal ein bisschen zu weinen. Ich bin zwar nicht so eine ... eine Heulsuse wie Lilith. Aber gut ist es manchmal.«

»Ihr scheint das alles ziemlich nahe zu gehen.«

»Halb so schlimm«, sagte sie, zu meiner Überraschung. »So ist sie immer. Etwas hysterisch. Das legt sich. Sie ist bald wieder okay.«

»Bei dieser Situation ... Ich kann verstehen, dass es sie mitnimmt.«

»Ja, natürlich. Aber Lilith bricht auch in Tränen aus, wenn ihr der Bus wegfährt. Sie ist wie ein Kind. Ich habe gelernt, sie nicht zu lange zu bemuttern. Wie Sie gemerkt haben, ist sie ja auf andere Art ... sehr resolut. In jeder Beziehung leicht reizbar. Sie wird sich schnell wieder fangen.«

Die Bemerkung, ob sie da nicht eher sich selbst beschrieb, musste ich mir in diesem Moment wirklich verkneifen.

»Wie ist das eigentlich mit Lilith und Ihnen ... Sie kennen sich wohl schon sehr lange?«

»Ja, ziemlich lange. Eigentlich könnte man auch sagen, wir sind Schwestern.«

Sie blickte mich prüfend an, als habe sie auf meinen reichlich irritierten Blick nur gewartet.

»Ich weiß, das sieht nicht so aus! Und das sind wir ja auch nicht. Nicht richtig. Nach dem Tod meiner Mutter hatte mein Vater eine Beziehung zu einer Frau in Europa. Sie stammte aus Lettland – ein Land, von dem ich damals nicht mal wusste, dass es existiert. Aber es dauerte nicht lange. Diese Frau hatte eine Tochter aus ihrer ersten Ehe, und vorübergehend sah es so aus, als würden wir eine Familie und Lilith würde – sozusagen – meine kleine Schwester. Das hat sich dann zerschlagen. Aber wir sind Freundinnen geworden. Irgendwas hat uns sofort verbunden, auch wenn wir uns nicht oft gesehen haben. Und so verschieden sind. Gerade deshalb wahrscheinlich.«

»Aha. Und Sie? Sind Sie wirklich … Inderin?«

Sie lachte wieder. »Ja. Wirklich und wahrhaftig. Ganz so, wie es auch aussieht. Ich komme aus Kalkutta. Und Sie?«

»Ich? Ich komme aus Wien. Dort lebe ich jedenfalls … schon einige Zeit.«

»Wien? Oh, schön. Das würde ich gern mal sehen.«

Nichts leichter als das! Komm doch einfach mit und bleib am besten gleich da, für immer und ewig, wenn du willst!

»Ja«, sagte ich, »da ist es wirklich schön.«

»Jetzt sehen wir uns nach langer Zeit wieder.« Ich war etwas irritiert, begriff aber schnell, dass sie den Faden ihrer Erzählung wieder aufnahm. »Und haben zusammen diese Reise gemacht. Und dann so was!«

»Das haben wir uns wohl alle etwas anders vorgestellt.«

»Setzen Sie sich doch zu mir«, sagte sie und rückte ein Stück beiseite. Ich konnte sie kaum noch sehen. »Erzählen Sie mir, wie ist es mit Ihnen? Sind Sie alleine unterwegs? Ich meine … auf Reisen.«

»Ja. Aber eigentlich bin ich nicht auf Urlaub hier. Wir filmen – für eine Dokumentation. Diese Fahrt sollte ein Abstecher nach Bora Bora sein.«

»Oh. Aufregend.«

»Na ja. Wahrscheinlich klingt es wenigstens so.«

Dann saßen wir eine Weile schweigend im Dunkeln. Auch das wieder vollkommen unwirklich. Ich befand mich mit dieser unverschämt attraktiven Frau auf einem zum Sitzen wie geschaffenen Baumstück am Strand, so nah, dass ich ihren Geruch einfangen konnte. Der auch nach den tagelangen Strapazen, nach dem anstrengenden Wasserschöpfen und der täglichen Hitze nicht unangenehm war und immer noch den Hauch einer angenehmen Süße ausströmte. Vorausgesetzt, dass wir bald wieder von dieser Insel verschwanden, war das hier die Erfüllung meiner Träume. Immerhin kamen wir uns doch wirklich näher, buchstäblich, in jeder Beziehung. Und das, nachdem wir uns zuerst gestritten hatten. Erfüllte das nicht wirklich jede Voraussetzung einer Romanze?

»Glauben Sie ... dass wir hier wieder wegkommen?«, fragte sie, leise, so unnatürlich nah, wie wir nebeneinandersaßen. Auf einer Fläche, die nun mal nicht größer war.

»Sicher«, sagte ich spontan. Obwohl ich mir alles andere als sicher war. Sofort fühlte ich mich bemüßigt, meine Behauptung zu untermauern. »Die Insel kann gar nicht so abgelegen sein, dass nicht ab und zu jemand hierherkommt.« Und weil ich unwillkürlich an die Spuren des Lagerfeuers und die Knochenreste denken musste und mir aufging, welche Assoziationen das wecken mochte, fügte ich hastig hinzu: »Tavo wird schon wissen, wie wir hier eine Weile aushalten können. Und es wird sicher nicht für sehr lange sein.«

Sie wandte den Kopf und sagte, erst nach einer Weile: »Glauben Sie das wirklich?«

Ich blickte sie an, sah aber nichts als eine Silhouette, ihr Gesicht lag ganz im Dunkeln. Ihre Aura war gewaltig, sie schloss mich ein, ihre Wärme und ihr Geruch, in mir flirrte es, und dieser haarsträubende Impuls, sie einfach zu küssen, erschreckte mich zutiefst.

»Ich weiß es nicht«, sagte ich, während ich mich wieder dem Meer zuwandte. »Aber heutzutage gibt es doch keine einsamen Inseln mehr. Keine wirklich einsamen.«

Zu meinem unermesslichen Schrecken lehnte sie sich an mich, ich spürte sie an meinem Oberarm, es durchfuhr meinen ganzen Körper wie eine Welle.

»Sagen Sie mir lieber, dass alles gut wird. Behaupten Sie es ganz fest.«

Was hier passierte, war absoluter Wahnsinn. Ich war ernsthaft versucht, einen Arm um sie zu legen. Zur Not konnte ich das immer noch als freundschaftliche Zuwendung verkaufen. Aber ich traute mich nicht.

»Es wird bestimmt alles gut«, sagte ich. »Ich weiß es. Ganz ehrlich. Manchmal fühlt man Dinge einfach. Kennen Sie das? So ein ganz sicheres inneres Gefühl ... eine tiefe Gewissheit. Dass ich wieder hier rauskomme. Und Sie auch. Alles kommt in Ordnung, vertrauen Sie mir.«

Ich fand, ich war ziemlich gut.

»Vorsicht«, sagte sie, »ich nehme Sie beim Wort! Und ich kann unausstehlich sein. Falls Sie das noch nicht gemerkt haben sollten …«

»War mir gar nicht aufgefallen …«

In diesem Moment hörten wir die Stimme von Tavo, von rückwärts, zwischen den Bäumen. Er rief nach uns.

»Wir sind hier!«

Rascheln, und Sekunden später war er bei uns. Über dem Horizont war jetzt nur noch ein rötlicher Streifen zu erkennen, der kaum noch Licht gab.

»Oh«, sagte er. »Da sind Sie ja … alle beide.« Was ihn tatsächlich nicht schlecht verwundert haben dürfte. »Sie sollten jetzt besser rüber zum Feuer kommen.«

Ob er irgendwie komisch guckte, war nicht mehr erkennbar. Andererseits hatte auch er nichts erkennen können, was Anlass zu Mutmaßungen gab. Oder gab gerade diese Tatsache Anlass?

»Finden Sie zurück?«

»Ich denke schon«, sagte ich. »Wir kommen sofort.«

Tavo verschwand, beinahe lautlos. Ein Zeichen von Taktgefühl, dass er uns wieder alleine ließ? Wahrscheinlich war es ihm nur zu dumm, uns hinter sich her trotten zu lassen wie folgsame Kinder.

Also gingen wir durch das Gebüsch und die Bäume zurück, ich voraus, Rania dicht hinter mir. Kurzzeitig wurde es fast vollständig dunkel und vermutlich war nicht nur mir etwas beklommen zumute. Aber schon bald sahen wir den Schein des Feuers.

»Es war nett von Ihnen, mich aufzumuntern.«

Unwillkürlich waren wir stehen geblieben, dort, wo man bereits die Schatten der anderen um den Lagerplatz ausmachen konnte, und auch ihr Gesicht konnte ich jetzt, wenn auch undeutlich, erkennen. Wieder kam ich in Versuchung, mich ihr zu nähern, sie einfach zu küssen. Eine Bewegung, eine Geste von ihr, und ich hätte meine Seele verkauft.

»Ich weiß nicht, ob Sie jemanden haben, der auf Sie wartet«, sagte sie. »Das macht es wohl noch schlimmer ... oder überhaupt erst schlimm. Dass man weiß, dass es jemanden gibt, der vor Sorge wahrscheinlich fast stirbt.«

»Oh«, sagte ich, dämlich stammelnd. »Sie ... Sie sind also ... verheiratet.«

»Ja«, sagte sie. »Und das noch gar nicht lange. Das mit Bora Bora sollte eigentlich so eine Art ... Honeymoon sein.«

Ich nickte bloß – und war froh, dass sie aufgrund der Sichtverhältnisse meinen Gesichtsausdruck wohl kaum lesen konnte.

Wir gingen hinüber zu den anderen, zum Feuer, wo wir uns mit einem eher verlegenen Lächeln trennten, und nahmen unsere Plätze ein. Ich registrierte die Blicke, mit denen man uns beäugte, aber niemand sagte etwas, keiner konnte sich zu einer Bemerkung entschließen. Außer Brisky natürlich, der wenigstens irgendeinen Kommentar loswerden musste, ohnehin gerne Wortführer, und jetzt umso mehr, da er seinen Triumph um die Batataknollen sichtlich genoss.

»Da sind ja alle Schäfchen wieder beisammen«, sagte er spöttisch.

»Wer hält Nachtwache?«, fragte Tavo. In der vergangenen Nacht hatte er sich diesen Dienst mit Brisky und der Nonne geteilt.

»Halten Sie das immer noch für nötig?«

»Es schadet sicher nicht.«

Brisky zuckte mit den Schultern.

»Ich übernehme die erste Wache«, sagte Jakut und kam sich vermutlich großartig vor.

»Und dann sind wir wohl dran«, sagte Lilith.

»Gut. Wecken Sie eine der Frauen nach etwa zweieinhalb Stunden. Haben Sie eine Uhr?«

Ich legte mich in den Sand, wie auch die anderen Männer. Die Decken hatten wir den Frauen überlassen. Wieder dauerte es eine ganze Weile, bis ich einschlief, doch dann sehr tief. Nur einmal erwachte ich, wohl schon gegen Morgen. Als ich die Augen öffnete, sah ich Rania, die jetzt Wache hatte, im Schein des heruntergebrannten Feuers dasitzen, den Kopf nach vorn gebeugt, auf die über den Knien verschränkten Arme. Aber sie schlief nicht, wie ich an ihren ständig sacht wippenden Beinen erkennen konnte.

Als sie nach einer Weile den Kopf hob, konnte ich sehen, dass sie wieder geweint hatte.

7

Früh am nächsten Morgen, als einige noch schliefen, entdeckte ich zu meinem Erstaunen Carmichael, eine schief gedrehte Zigarette zwischen den Lippen, den Hut weit ins Genick geschoben. Über der Schulter trug er eine der zusammengerollten Leinen, die wir nach unserer Landung sichergestellt hatten. Auch sein Fernglas hatte er umgehängt. Er lief mir direkt über den Weg, als ich aus dem Gestrüpp in die Öffentlichkeit zurückkehrte.

»Was haben Sie vor?«

»Ich habe da einen Baum entdeckt«, sagte er, »der ist höher als alle anderen.«

»Und?«

»Ich werde hinaufklettern, um mich mal ein wenig umzusehen. Ob irgendwo in der Nähe nicht noch eine Insel ist. Oder vielleicht ein Schiff.«

»Das werden Sie schön bleiben lassen.«

Er warf mir einen fragenden Blick zu. »Wollen Sie's mir verbieten?«

»Natürlich nicht. Es kommt mir bloß nicht sehr vernünftig vor. Sie werden sich den Hals brechen, das ist alles, was dabei herauskommt.«

»Deshalb habe ich ja das hier mit.« Er winkelte den Arm an, über den die Leine gerade von der Schulter zu rutschen drohte, sodass er sie wieder zurechtrücken musste.

»Und wie wollen Sie das benutzen?«

»Mal sehen.«

»Also, ich weiß nicht …«

»Zerbrechen Sie sich darüber nicht den Kopf. Helfen Sie mir lieber!«

»Ich?«

Er paffte ein paarmal an dem dünnen Stängel, so dass dieser in einem Rutsch ein gutes Stück kürzer wurde. Sprach die ganze Zeit mit diesem Ding im Mund. Das faszinierte mich. Wann immer ich das probiert hatte, war mir der Rauch in die Augen gestiegen. Bestimmt war er auch jemand, der gut freihändig telefonieren konnte, das Gerät zwischen Ohr und Schulter eingeklemmt. Was mir auch nie gelang, zu so was hatte ich einfach kein Talent.

»Na ja, ich kann mir Ihren Wunderbaum ja mal ansehen.« Sagte ich und folgte ihm. Wir verschwanden beide im Wust der Inselvegetation.

Die Sonne stand noch nicht hoch, aber es war jetzt schon heiß, wir gerieten schnell ins Schwitzen. Weit mussten wir allerdings nicht gehen, nur einige Minuten. Bis wir zu einer Stelle kamen, wo der Bewuchs sich lichtete und einer der Bäume die anderen sichtlich ein Stück überragte.

»Hier«, sagte er.

Ich blickte hinauf. Ein dicker, in Bodennähe zunächst schief wachsender Stamm verjüngte sich und schoss hoch auf, wo er sich mehr und mehr verzweigte. Ohnehin nur mäßig belaubt, mit dicken, ledrigen Blättern, war er in den oberen Regionen, die zunehmend dem Wind ausgesetzt blieben, nur noch dünn bewachsen. Ein Astende ragte fast nackt wie ein warnender Finger in die Höhe, hinter Blättern und Zweigen nur undeutlich zu sehen.

»Das sind vielleicht zwanzig Meter«, sagte ich. »Wenn nicht mehr.«

Carmicheal schob die Leine von seiner Schulter und warf sie zu Boden, lehnte sich dann gegen den Stamm. »Das Seil brauchen wir vielleicht gar nicht«, sagte er. Schob den Hut noch weiter in den Nacken und wischte sich den Schweiß von der Stirn. Dann kramte er in seinen Taschen nach Tabak und Papier und drehte sich eine neue Zigarette.

Ich betrachtete ihn, so unauffällig wie möglich. Wahrhaftig ein merkwürdiger Typ. Schmal, drahtig. Durchtrainiert, aber mehr Sehnen als Muskeln. Er war Amerikaner, stammte aus dem Mittelwesten, so viel wusste ich. Ich schätzte ihn auf Anfang vierzig. Das schmale Gesicht war zerknautscht, die Mundpartie säumten tiefe Falten.

Er trug ein braunes Hemd, das sich farblich von seiner Haut nicht großartig unterschied. Hemd und Hose hatten überall Taschen. Der dunkelbraune Lederhut mit Nietenband mochte eine persönliche Note sein oder auch bloß Sonnenschutz, aber ich verdächtigte ihn, dass er damit hauptsächlich die Tatsache zu verbergen bemüht war, dass sich die dunkelblonden Haare oben und am Hinterkopf deutlich lichteten. Die selbstgedrehten Zigaretten passten perfekt ins Bild.

»Wir?«, sagte ich. »Sie glauben aber nicht ernsthaft, dass ich dabei mitmache?«

Er grinste bloß, leckte am Papier und drehte zu Ende. Mit einer Hand. Zu meiner großen Verblüffung reichte er mir sein Werk.

»Irving, richtig? Wollen Sie auch eine?«

Mein Name klang etwas verbeult, aber ich sagte nichts. Ich war noch sehr überrascht und mit seinem spontanen Angebot beschäftigt. Wie die Dinge standen, konnte ich schlecht ablehnen. Also nahm ich seinen Tribut entgegen und er machte sich daran, ein zweites Exemplar zu fertigen. Dann nahm er sein Feuerzeug aus der Tasche und steckte sich die Zigarette an. Ich dachte, er würde auch meine anzünden, stattdessen reichte er es mir.

»Wer weiß«, sagte ich, »vielleicht ist das ja Ihre letzte.«

Er grinste schief und sagte: »Kann man nie wissen.«

Wir rauchten einträchtig, stießen weiße Schwaden aus. Die bei ihm aus der Nase kamen.

»Da sind wir in einen schönen Schlamassel geraten!«, sagte er. »Und dann mit diesen Leuten ... Was für eine Zusammenstellung! Erinnert mich an einen alten Film, in dem ein Haufen Leute zufällig in einem Zugabteil festsitzen.«

Er erzählte mir von dem Film und nannte mir Schauspieler, aber ich kannte ihn nicht.

»Ein feines Team. Diese Inderin mit der Aura einer Maharani. Dieses blonde Gift. Brisky und Sohn ... die sich für sonstwas halten. Ein Mauerblümchen in Schockstarre. Und natürlich unser edler Wilder.«

Und ein komischer Kauz mit Hut, der ohne eine Harley Davidson aussieht wie nicht komplett. Dachte ich im Stillen. Und stellte mir die Frage, wie er mich wohl beschrieben hätte, gegenüber den anderen.

»Ja, wirklich, eine bunte Mischung«, sagte ich stattdessen. »Doch das kann man sich in solchen Situationen nun mal nicht aussuchen.«

Er lachte kurz auf. »Wie oft sind Sie denn vorher schon gestrandet?«

»Das ist mein erstes Mal.«

»Klang fast so, als hätten Sie mit so was reichlich Erfahrung. Aber meiner Schätzung nach sind Sie gerade mal Anfang zwanzig.«

Ich nickte. »Dreiundzwanzig«, sagte ich.

»Dann sollten eigentlich Sie da rauf gehen.«

»Können Sie vergessen. Wenn ich von der ersten Treppenstufe zurückschaue, wird mir schon schwindlig. Und ich halte es nach wie vor für keine gute Idee.«

Er zuckte mit den Schultern.

»Frage mich, was Sie überhaupt mit dem Seil wollen.«

»Absichern natürlich«, sagte er.

»Absichern? Wie denn, absichern? Das ist doch keine Felswand. Ich meine: an einer Wand abwärts, im Gebirge, oder zu mehreren. Aber so?«

»Ich wollte es irgendwo hier festmachen und dann beim Aufstieg mein Ende um die Äste winden. Wenn ich falle, muss es ja nicht gerade bis ganz unten sein. Aber ich gehe lieber so rauf. Ist kein Problem. Das Seil würde mich nur behindern.«

Sagte er zu meinem Schrecken, ich konnte es gar nicht recht glauben. Er hatte indessen zu Ende geraucht und machte auch schon Anstalten, seinen Plan in die Tat umzusetzen.

»Äh … darf ich nochmal einen letzten Versuch machen, Sie von Ihrem Vorhaben abzubringen?«

»Dürfen Sie«, sagte er. »Ändert aber nichts.« Und damit machte er sich mit einem kurzen Anlauf an den ersten Teil des Aufstiegs. Der arg schief gewachsene Stamm gab ihm dabei sozusagen Hilfestellung.

»Keine Angst«, sagte er. »Ich weiß gar nicht, wie viele Bäume ich als Junge raufgeklettert bin!«

»Nehmen Sie das Seil lieber mit und ich halte es!«

»Nein«, sagte er, »nicht nötig.«

Der Mann war wahnsinnig, daran bestand für mich kein Zweifel mehr. Was er da vorhatte, war ein Himmelfahrtskommando. Selbst wenn er schwindelfrei war und als Junge noch so viele Bäume erklettert hatte. Konnte schon sein, dass er geschickt war und den nötigen Mut besaß. Doch ohne jede Absicherung bis in eine solche Höhe ... Die Verzweigungen boten einige Sicherheit, aber der Stamm war glatt. Und wurde immer steiler.

Ich hob die Leine auf, die er fallengelassen hatte. »Warten Sie!«, sagte ich. »Ich komme mit.«

»Wozu?«, fragte er, bereits über mir, an der ersten Verzweigung.

»Irgendwo auf halber Höhe kann ich das Seil festmachen und Ihnen dann Leine geben. Das dürfte das Risiko auf ein erträgliches Maß senken.«

»Oder wir brechen uns beide den Hals.«

Schön, dass er das alles so lustig fand!

Also kletterte ich ihm nach, etwas weniger geschickt, aber letztlich erfolgreich.

»Na also!«, sagte er. »Es geht doch.«

Er setzte seinen Weg fort und ich stieg ihm nach, so gut ich konnte. Eigentlich war mir schon sehr bald danach umzukehren, aber diese Blöße konnte ich mir unmöglich geben. Jetzt nicht mehr. Also schlug ich mich tapfer, bis wir eine Astgabel erreichten, die gut auf halber Höhe liegen mochte.

»Hier«, sagte ich, so unbeteiligt wie möglich. Wobei ich tunlichst vermied, nach unten zu sehen. Ich band ein Ende der Leine um den Stamm, er knotete sich das andere um den Leib.

»Ich werde Ihnen immer so viel Seil geben, wie Sie brauchen.« Sagte ich und fühlte mich dabei ziemlich verwegen.

Er schüttelte sacht den Kopf. »Irving, was Sie da tun, ist fast gefährlicher als das ganze Unternehmen. Sollte ich tatsächlich fallen, müssen Sie mein ganzes Gewicht auffangen. Wissen Sie, was das heißt? Verstehen Sie mich nicht falsch, Sie sehen nicht aus wie ein Hänfling, aber das wäre für jeden gefährlich.«

Wie mein Lächeln aussah, weiß ich nicht. Ich hoffe, sehr überzeugend.

»Dann tragen Sie jetzt eine große Verantwortung«, sagte ich.

Er stand da, in einem grotesken Balanceakt, ein Bein gegen den Stamm gestemmt, und blickte mich ganz eigentümlich an, sehr intensiv, für einen Augenblick. Dann lächelte er.

»Sie sind okay«, sagte er. »Und ich werde sowieso nicht fallen!«

Und dann stand ich da, auf dieser Astgabelung in gut zehn Metern Höhe, und sah ihn weiter hinaufklettern, langsam und vorsichtig. Nach unten zu schauen schien ihm wirklich nicht das Geringste auszumachen, und darum beneidete ich ihn. Er prüfte seine Tritte und Handgriffe sorgfältig, zog und schob sich dann erstaunlich behände immer ein Stück weiter.

Ich wusste, ich durfte nicht hinuntersehen, aber in solchen Situationen nützt das alles nichts, man tut es eben doch. Will nur mal kurz ein Auge riskieren, und dann kann man's nicht lassen, in die Tiefe zu schauen, in den Bann geschlagen von der widersinnigen Faszination dieses Anblicks. Mir brach der kalte Schweiß aus. Was für ein Irrsinn, sich auf so etwas einzulassen! Mit einem Mal wurde mir klar, was ich hier riskierte. Nicht weniger als mein Leben. Und das eines anderen. Und dabei ging es weniger um die Höhe und das Schwindelgefühl. Dies hier wäre schon unter normalen Umständen ein Wagnis gewesen. In meinem Fall jedoch ...

Ich öffnete und schloss meine linke Hand, um sie wenigstens so geschmeidig wie möglich zu machen. Richtete den Blick wieder aufwärts.

Carmichael war hinter einem Wust von Blättern verschwunden. Das Ruckeln am Seil verriet mir, dass er vorankam, ich gab, wie vereinbart, ständig Leine nach. Erst nach einer Minute sah ich ihn wieder auftauchen, schon ein ganzes Stück weiter. Er war fast oben.

»Alles klar?«, rief ich, ungeduldig, weil er selbst keine Silbe von sich gab. Hörte eine Antwort, aber verstand sie nicht. Vielleicht war es auch nicht mehr gewesen als ein Laut der Bestätigung.

Dann hing die Leine schlaff, sobald ich nachgab, offenbar hatte sich das Seil an irgendeiner Verästelung verhakt. Ich wollte rufen und ihn warnen, aber als ich nach oben blickte, sah ich, dass er bereits am Ziel war. Höher ging es nicht. Er stand mühsam auf die Unebenheiten des letzten aufragenden Astes gestützt, an den er sich geklammert hielt, und blickte von dort aus umher, setzte dann und wann das Fernglas an. Aus meiner Perspektive sah er nur noch aus wie ein großes Insekt an einem Halm.

Es waren gewiss nur einige Minuten, die er dort oben blieb, aber es kam mir lange vor. Ich konnte nicht verhindern, neugierig nachzufragen.

»Und? Sehen Sie was?«

Erst nach einer Weile kam eine Antwort. »Wasser! So weit das Auge reicht, Wasser!«

Was denn auch sonst, dachte ich. Und doch hatte sein Eifer mich angesteckt, mich dazu verleitet, Großes zu erwarten. Vorüberfahrende Schiffe, vielleicht gar nicht weit von der Insel entfernt. Eine Nachbarinsel, irgendein Stück Land in der Ferne. Etwas, das man ansteuern konnte, ohne zu große Risiken einzugehen. Einen Ausweg aus dieser verflixten Lage. Den Weg zurück nach Hause.

Langsam, umsichtiger als zuvor beim Aufstieg, kam er endlich herunter. Bald bewegte sich das

Seil wieder, ich holte es nach und nach ein, versuchte es so gespannt zu halten wie möglich. Immer mit dem rechten Arm, um die linke Seite zu schonen. Die ganze Zeit auf einen Ruck gefasst, einen gewaltigen Ruck, dem ich mit aller Macht entgegensteuern musste, falls es wirklich so weit käme.

Aber es kam kein Ruck, und schon bald erschien Carmichael über mir, gar nicht mehr weit entfernt. Bis er mich wieder erreicht hatte. Er schwitzte und keuchte, ganz außer Atem. Den Hut trug er immer noch, er hatte ihn die ganze Zeit nicht abgesetzt.

»Nichts«, sagte er. »Absolut nichts. Da ist weit und breit kein anderes Land zu sehen. Von Schiffen ganz zu schweigen.«

Der Weg hinunter war viel schlimmer als der Aufstieg. Was ich in meinem Eifer nicht bedacht hatte. Plötzlich leuchtete mir völlig ein, warum Katzen oft nicht mehr von Bäumen herunterkamen. Mir war mulmig, aber es half nichts. Ich dachte nur daran, dass jeder Tritt, jede Bewegung mich ein Stück weiter Richtung Erde brachte. Als wir unten ankamen, konnte ich nur hoffen, dass man mir meine Erleichterung nicht ansah.

Minuten später waren wir zurück im Lager.

»Wo wart ihr denn?«, fragte Lilith. »Wir haben euch irgendwo rufen hören. Wollten schon nachsehen ...«

Carmichael erstattete Bericht, wobei meine Rolle ein wenig beschönigt wurde, weil es so klang, als wären wir beide ganz oben auf dem Baum gewesen. Und ich beließ es der Einfachheit halber dabei.

Man wusste anscheinend nicht recht, ob man uns mit Bewunderung begegnen sollte oder mit Vorwürfen.

»Warum haben Sie uns nicht eingeweiht?« Dass man ihn übergangen hatte, nahm Brisky hörbar übel. »Wir hätten das gemeinsam machen können!«

»Allerdings«, sagte Tavo. »Das war leichtsinnig.«

»Aber eine gute Idee!« Stellte Lilith entschieden fest. »Und es war wirklich gar nichts zu sehen?«

»Nichts«, sagte Carmichael noch einmal. »Absolut nichts. Immerhin … wenigstens wissen wir jetzt, dass diese Insel verlassen im weiten Ozean liegt.«

Wie er es sagte, hatte ich für einen Augenblick so ein sonderbares Gefühl. Als ob er etwas für sich behielt, irgendetwas vor uns verbergen wollte. Doch was hätte das sein sollen? Hätte er uns nicht auf jeden Fall mitgeteilt, wenn er Land oder Schiffe ausgemacht hätte? Welchen Grund hätte er haben sollen, uns das zu verschweigen?

Ich beschloss, dass ich den berühmten Moment erreicht hatte, in dem man Gespenster sieht, vielleicht typisch für einen Zustand der Überreiztheit in einer Ausnahmesituation wie dieser. Und ganz gewiss hatte ich keine Lust, noch einmal dort hinaufzuklettern und mich selbst zu überzeugen!

8

»Nägel mit Köpfen!«, sagte Brisky, sonnenbeschienen, in der ansteigenden Hitze des Vormittags. »Wir müssen Entscheidungen treffen. Wir können nicht länger warten!«

Er sah imposant aus, braungebrannt, mit seinem silbergrauen, zurückgekämmten Haar und den stahlblauen Augen. Ein Mann, der Autorität verkörperte. Er war nicht bloß ein dummer kleiner Stänkerer, und auch das machte die Dinge nicht einfacher.

»Ja«, sagte Tavo. »Ich glaube, damit haben Sie recht.«

»Am besten, wir fassen unsere Situation mal zusammen. Wir sind auf dieser verdammten Insel gestrandet, und keiner weiß, wo sie liegt. Nichts deutet darauf hin, dass es hierher eine Schiffsverbindung gibt. Oder dass sie an einer der gängigen Routen liegt. Also kommt niemand hierher außer sehr rätselhaften Besuchern ... auf die wir gerne verzichten können.«

Er wies mit einem Arm auf die Region des Strandes, den wir stets gewissenhaft umgingen.

»Wobei ich die Kannibalengeschichte immer noch für Unsinn halte.«

»Das würde ich auch gern«, sagte Tavo. »Aber die Tatsachen sagen etwas anderes.«

»Gerade Sie müssten wissen, ob auch nur im Entferntesten realistisch ist, dass es in diesen Breiten noch Menschenfresser gibt. Wenn es hier noch ernsthaft Kannibalen gäbe, dann hätte die Welt doch davon eine Vorstellung.«

»Eigentlich nicht«, sagte Tavo. »Es gibt keine Inseln mehr, die nicht so weit zivilisiert wären, dass solche Bräuche noch existieren können.«

»Aber vereinzelt eben doch noch«, sagte Carmichael. »Wie man hier sehen kann. So abgelegen die Insel auch ist – jemand ist hergekommen und hat das da veranstaltet. Und diese … Leute kennen den Weg hierher, wissen von dieser Insel. Wissen, dass sie hier ungestört sind.«

»Oft scheinen sie diese Gelegenheit allerdings nicht zu nutzen«, sagte Lilith.

»Aber von Zeit zu Zeit«, sagte Brisky. »Vergesst nicht die andere Feuerstelle, es sind zwei.«

»Dann haben sie eben an zwei Stellen Feuer gemacht.«

»Ja, aber zu unterschiedlichen Zeiten. Die andere Feuerstelle ist deutlich älter. Sie war kaum noch auszumachen. Und vergesst nicht die Baumstümpfe da unten.« Er wies nach Norden, in Richtung der Nachbarbucht. »Da wurde gefällt, die Spuren sind eindeutig.«

»Was nur heißen kann, dass diese Insel wiederholt aufgesucht wird«, fiel Jakut ein. »Weswegen wir ja auch schließlich die Nachtwachen aufstellen. Oder war das wegen der Tiger?«

Niemand sah sich genötigt, auf diesen spöttischen Ausfall einzugehen. Die Angelegenheit war viel zu ernst.

»Es können verschiedene Leute gewesen sein, die hier gelagert haben«, wandte Carmichael ein. »Das wissen wir nicht.«

Lilith nickte. »Immerhin würde das bedeuten, dass diese Insel dann und wann angefahren wird. Von wem auch immer. Aber Sie haben recht, leider wissen wir es nicht.«

»Wir wissen überhaupt verdammt wenig«, sagte Brisky. »Was nicht weiter tragisch ist. Denn ich weiß immerhin so viel, dass wir so schnell wie möglich hier weg müssen.«

»Und ich sage noch einmal, dass wir das nicht können.« Tavos Miene war düster. Ich fragte mich, ob es einen Punkt geben würde, an dem er die Geduld verlor.

»Ich weiß, Sie wollen noch eine Weile fischen und uns von den Früchten ernähren. Bis keine mehr da sind. Und das Wasser endgültig aufgebraucht ist.«

»Das wird auch während einer Überfahrt auf einem Floß passieren, und zwar schneller, als uns lieb ist. Einmal auf dem Floß, können wir unsere Wasservorräte nicht mehr auffüllen. Hier können wir es immerhin versuchen. Und genau das ist das Nächste, was wir tun sollten.«

»Und wie? Was da von den Felsen herunterrinnt, damit können Sie nicht mal einen Vogel tränken!«

»Deshalb sollten wir schleunigst versuchen, etwas zu konstruieren, um das Wasser aufzufangen, irgendeine Vorrichtung. Diese Sache hat Vorrang. Das und der Fischfang. Und wir sollten uns weitere Nahrungsquellen erschließen.«

»Ach, und welche?«

»Auf die Jagd gehen. Auf der Insel gibt es Vögel. Also können wir sie jagen.«

Brisky trat vor, einen Schritt auf Tavo zu. »Und ich bin anderer Meinung. Ich sehe nicht ein, warum wir die Arbeit nicht aufteilen sollten. Schließlich sind wir zu acht. Einige von uns bauen das Floß. Die anderen gehen meinetwegen auf die Jagd.«

»Der Bau eines Floßes ist reine Verschwendung von Zeit und Kraft. Ich werde bestimmt nicht an Bord gehen. Was die anderen betrifft ... fragen Sie sie!«

Brisky schwenkte herum, blickte uns nacheinander an. »Also, was ist?«, rief er. Es herrschte betretenes Schweigen.

Rania sprach als Erste. »Ich weiß nicht, was richtig ist. Aber jedenfalls hat Tavo recht. Auf einem Floß ist es ein Roulettespiel. Ich denke, hier können wir eher überleben.«

Schon während sie sprach, schüttelte Carmichael den Kopf. »Was auch stimmt«, sagte er, »ist, dass uns diese Insel nicht alle ernähren kann. Nicht lange. Ich meine ...«

»Was? Was meinen Sie?«

»Hat jemand von euch schon mal daran gedacht ... schon mal in Erwägung gezogen, dass es das ist, was hier passiert ist?«

Alle starrten ihn an.

»Mann, sprechen Sie nicht in Rätseln!«

»Ich meine, dass diese Insel wirklich völlig abseits am Arsch der Welt liegt und es keine Kannibalen waren, die da ihr Festmahl gehalten haben ... sondern Schiffbrüchige wie wir.«

Wir standen da wie vom Donner gerührt. Als wären wir alle plötzlich gelähmt. Einer suchte den Blick des anderen, jeder versuchte in den Mienen der anderen zu erkennen, was diese Worte dort auslösten. Es waren hektische, panische Blicke. Uns stockte förmlich der Atem. Allein Tavo schien seine Fassung zu behalten.

»Ich habe auch schon daran gedacht«, sagte er. »Natürlich, diese Möglichkeit besteht.«

»Und Sie haben uns nichts gesagt?«, brauste Brisky auf. »Wie ich überhaupt das Gefühl nicht loswerde, dass Sie uns nicht alles sagen, was Sie wissen, und uns schön im Unklaren lassen.«

»Unsinn! Es war nicht mehr als ein Verdacht, und ich wollte niemanden mit wilden Theorien verunsichern!«

»Aber diese *wilde* Theorie wäre doch für uns eher beruhigend gewesen! Wir hätten keine Angst vor marodierenden Menschenfressern haben müssen!«

»Beruhigend?«, rief Rania. »Das nennen Sie beruhigend? Dass hier vielleicht schon andere vor uns festgesessen haben und nicht genug Nahrung finden konnten! Ich kann daran nichts Beruhigendes entdecken!«

Es gab Zustimmung, Fragen, Bemerkungen, insgesamt ein ziemliches Durcheinander. Für eine Weile war es schwer, irgendetwas davon zu verstehen.

Zu meiner, zu unser aller Überraschung trat die Nonne vor und verschaffte sich mit lauter Stimme Gehör.

»Wir wissen ja nicht, ob es so war!«, rief sie. »Und wir werden das auch nie wissen!« Ich betrachtete sie. Sie sah in ihrem schlichten, blass orangefarbenen Kleid mit den kurzen, plissierten Ärmeln aus wie ein Schulmädchen. Es reichte ihr kaum bis zu den Knien, aber irgendwie hatte es etwas Sittsames. Ihr streng und gewissenhaft zusammengestecktes Haar, wenn auch ohne das Häubchen, untermauerte diesen Eindruck. Von der Brille ganz zu schweigen. Ihr starker französischer Akzent bestätigte meine Theorie: Englisch bereitete ihr Schwierigkeiten. Offenbar hatte sie jetzt ihren ganzen Mut zusammengenommen.

»Ah, eine neue Stimme«, sagte Brisky spöttisch.

»Sie haben recht, vielleicht werden wir es nie erfahren. Aber es könnte stimmen. Angenommen, wir sind nicht die Ersten, die es hierher verschlägt. Schon einmal waren Leute auf dieser Insel. Leute, die genauso wenig wegkonnten wie wir, aus welchen Gründen auch immer. Und die irgendwann keine Wahl mehr hatten. Keine andere Möglichkeit mehr gesehen haben, als einen aus ihren Reihen zu opfern …«

»Das sind … Märchen!«, blaffte die Nonne. »Ich will davon gar nichts hören!«

»Ja, vor der Realität weglaufen ist auch eine Strategie! Aber das Schauermärchen bestätigt zumindest, was ich die ganze Zeit versuche plausibel zu machen. Und wenn Sie ein bisschen nachdenken, sehen Sie es auch: Diese Insel kann uns nicht alle ernähren. Weil es hier außer ein paar Früchten und Wurzeln nichts gibt. Und ich bezweifle, ob wir von ein paar Sittichen satt werden!«

»Kann man die Viecher überhaupt essen?« Wie so oft sprang Jakut seinem alten Herrn bei, ein eingefahrener Mechanismus.

»Man kann so manches essen, wenn es nottut«, sagte Tavo. »Und wir haben noch gar nicht jede Möglichkeit ausgeschöpft, wir stehen immer noch am Anfang. Also sollten wir zuerst mal alle Anstrengungen unternehmen, uns Nahrung zu verschaffen, und zwar gemeinsam! Bis dahin müssen wir endlich das Wasser rationieren. Es geht nicht so weiter, dass sich jeder beliebig bedient, so wie es ihm passt!«

»Hätten wir uns gleich an die Arbeit gemacht, mit vereinten Kräften, dann könnte ein Floß längst fertig sein. Es ist Ihre Schuld, dass wir immer noch hier festsitzen – und keinen Schritt weiter sind als bei unserer Ankunft. Und ich lasse mich nicht mehr weiter für dumm verkaufen! Sie haben uns gar nichts zu sagen!«

»Das Wasser reicht vielleicht noch zwei Tage, höchstens drei – wenn wir es rationieren. Es ist ohnehin kaum noch etwas übrig. Und das bedeutet: Heute kein Wasser mehr, für niemanden!«

»Vergessen Sie's! Sie haben hier nichts zu entscheiden!«

»Ja, von Ihnen lassen wir uns gar nichts befehlen!«

Jakut warf sich jetzt ähnlich in die Brust wie die beiden Hauptakteure, die einander mittlerweile direkt gegenüberstanden.

»Ihr aber genauso wenig!«, rief Lilith, die ebenfalls vorpreschte.

»Halten Sie Ihr Maul!«, schrie Jakut.

»Der Erste, der hier sein Maul hält, bist du, Kleiner!« Vielleicht hatte Carmichael eine kavalierhafte Anwandlung. Oder er war einfach nur wütend und hatte genug von Jakuts rotzfrecher Art, wie wir anderen auch.

Es war die Sekunde, in der sich alles entladen konnte. Die Situation war drauf und dran zu eskalieren. Immer noch war es vor allem Tavos

Selbstbeherrschung zu verdanken, dass es noch nicht zu Handgreiflichkeiten gekommen war. Von Statur sah er nicht so aus, als ob er diese Beherrschung nötig hätte. Aber vielleicht war er auch einer dieser lammfrommen Riesen, die trotz ihrer offensichtlichen Körperkräfte keiner Fliege etwas zuleide tun können.

Wir alle standen da, wie in einer Sekunde eingefroren. Dann richteten sich Tavos Augen auf mich.

»Was meinen Sie?«, fragte er.

Aller Köpfe und Augen schwenkten sich auf mich ein. Und mir blieb fast das Herz stehen.

Nicht in diesem Moment, erst später ging mir auf, dass ich wirklich der Letzte war, der noch kein Wort hatte vernehmen lassen. Dass sogar die Nonne, schmal, unscheinbar, zurückhaltend, kaum fühlbar anwesend, mir zuvorgekommen war. Tavos Worte bedingten einen Aufschub von einigen Sekunden. Ich blickte von einem zum anderen.

Natürlich, ich musste jetzt etwas sagen. Ich musste einfach. Wie hätte es wohl ausgesehen, wenn ich nicht reagiert und die Frage hätte ins Leere laufen lassen? Ich durfte nicht mal lange warten. Konnte mir Briskys spöttische Bemerkung schon ausmalen, die förmlich in der Luft lag. Es blieb mir nichts anderes übrig, als die Frage zu beantworten. Und am besten ohne Umschweife.

»Das Wasser wird rationiert«, sagte ich. »Und es wird höchste Zeit, dass wir alle Entscheidungen in eine Hand legen. Damit endlich irgendwas geschieht. Wenn wir überhaupt hier herauskommen wollen, dann müssen wir uns an Tavos Anweisungen halten. Einem müssen wir vertrauen, und das ist er.«

Ich glaube, es geschah zunächst gar nichts, weil einfach die Tatsache, dass ich gesprochen hatte, so verblüffend war. Bisher war ich nur ein Statist gewesen. Immer nur jemand, der reagierte. War hier und da mit Einzelnen ins Gespräch gekommen. Aber hatte nie den Mund aufgemacht, wenn alle beisammen waren. Und wäre nicht mal jetzt dazu bereit gewesen, hätte Tavo mich nicht in diese Situation gebracht.

Briskys Augen begannen zu funkeln, Jakut ballte die Fäuste. Von einem Augenblick auf den anderen stand ich plötzlich mitten in der Schusslinie. Die Verwirrung darüber würde nicht ewig anhalten, tatsächlich erwartete ich jede Sekunde, dass Brisky auf mich losgehen würde, und vielleicht hatte meine Einmischung die Situation nur verschlimmert. Ich glaube, dass ich instinktiv das Richtige tat, vielleicht das einzig Richtige, mich aus der Affäre zu ziehen.

»Carmichael?«, sagte ich.

Er blickte mich mit verbissener Miene an.

»Ja«, sagte er. »Ich glaube, Sie haben recht. Ich bin dafür.«

»Rania?« Selbst in dieser weiß Gott brenzligen Situation war es aufregend, ihren Namen auszusprechen, sie dazu noch einfach so beim Vornamen zu nennen, ich glaube, mein Herz klopfte noch ein wenig schneller.

»Ja«, sagte sie. »Das denke ich schon die ganze Zeit.«

Auf meinen Blick hin nickten Lilith und die Nonne, letztere sehr eifrig.

»Also«, sagte ich, vermutlich sehr fest, aber meine Knie zitterten, »das wäre beschlossen. Die Aufgaben werden verteilt. Tavo, Sie bestimmen die Wasserrationen. Und dann machen wir uns an die Arbeit.«

Brisky trat einen Schritt zurück, von Tavo weg, und damit auch einen auf mich zu, mir zugewandt.

»Sehr schön«, sagte er, durchaus etwas spöttisch. Er war sichtlich erbleicht, ganz offenbar vor Wut, die er nur mühsam unterdrückte. »Aber Sie werden uns nicht daran hindern, mit dem Bau des Floßes zu beginnen. Sie können ja meinetwegen alle hier vor die Hunde gehen. Wir werden jedenfalls dafür sorgen, dass wir von hier verschwinden!«

Er wandte sich ab, Jakut folgte ihm nach einigen Sekunden.

Blanke Wut hatte in den Blicken der beiden Männer gelegen, die Art von Wut, die sehr tief ging und die auf Rache ausgelegt war. Und es war nicht Tavo, auf den ihre Augen gerichtet gewesen waren. Die Blicke hatten allein mir gegolten.

Als sich alle zerstreuten und in sehr loser Formation den Strand hinaufgingen, zum Lagerplatz, war nach einer Weile Tavo neben mir.

»Danke«, sagte er.

Ich nickte bloß und sagte nichts. Vermutlich blickte ich reichlich säuerlich drein, denn Tavo fügte hinzu: »Machen Sie sich keine Sorgen, die werden sich schon wieder fangen. So schlimm wird's nicht werden. Ach, und …«

Er hielt im Abwenden inne, blickte noch einmal zurück.

»… willkommen auf der Insel!«

9

Die Rachelust in den Augen der beiden Abtrünnigen gab mir den ganzen Tag über zu denken, und mich plagten schlimme Befürchtungen. Jetzt werden sie sich zwangsläufig auf mich einschießen, dachte ich. Das werden sie mir nicht vergessen und nur auf eine Gelegenheit lauern, es mir heimzuzahlen. Mir, dem bequemen Schweiger, der keinerlei Komplikationen hatte befürchten lassen.

Aber es ist merkwürdig, wenn man einer gewissen Sorte von Menschen Paroli bietet und Entschlossenheit zeigt, hat das einen ganz unerwarteten Effekt. Sie werden beinahe lammfromm.

Und unerwartet zugänglich. Wie ich bald erfahren sollte.

Noch am selben Tag, nur wenig später, koordinierte Tavo die anstehenden Bemühungen, und alle fügten sich seinen Anordnungen. Nur Brisky und Jakut waren außen vor, wir ließen sie ihrer Wege gehen. Es musste vorerst genügen, dass sie sich zurückgezogen hatten und sich absonderten. Sie zurückzubeordern und auf ihre Mitwirkung zu bestehen, hätte nur neue Streitigkeiten heraufbeschworen. Sie mussten sich absondern, um ihr Gesicht zu wahren. Also ließen wir sie gewähren. Vorerst waren wir froh, sie los zu sein.

Zuallererst machten wir uns Gedanken um die Wasserversorgung. Das betraf die Quelle, die Felsformation, wo das Süßwasser aus dem Gestein sickerte.

»Irgendwie müssen wir das Wasser auffangen«, sagte Tavo. »Irgendeine Vorrichtung konstruieren, eine Art Becken, in dem es sich sammeln kann.«

»Ja, aber wie?«

»Wir müssen sie fest an den Felsen anbringen, damit uns nichts versickert.«

Denn nicht mal mit den Händen konnte man eine nennenswerte Menge abzweigen.

»Diese Blechabdeckung des Ruderhauses«, sagte ich. »Vielleicht können wir daraus eine Art Wanne formen.«

»Mmh«, brummte Tavo. »Schwierig. Aber vielleicht einen Versuch wert. Übernehmen Sie das.«

»Was, ich?«

»Na ja, warum nicht? Probieren Sie's einfach.«

Während ich noch reichlich verdattert dastand, meldete sich Carmichael für den Fischfang, mit den Speeren, Tavo hatte inzwischen mehrere angefertigt, die an einem Ende nadelspitz waren.

»Und wir?« Ranias Frage klang ein wenig empört.

»Eine von Ihnen geht am besten mit zur Quelle, um dort zu helfen. Die anderen plündern den Garten. Früchte sammeln.«

Das schien sie nicht zu begeistern, aber sie sagten nichts. Ich hoffte, dass es Rania sein würde, die sich mir anschloss, doch stattdessen war es, nach einigen fragenden Blickkontakten, Lilith, die an meine Seite trat.

Was soll's, dachte ich. Ich konnte die schöne Prinzessin ohnehin vergessen. Auf sie wartete zu Hause schließlich ein Prinz. Und was hatte ich mir überhaupt eingebildet?

Also trottete ich mit Lilith durchs Gestrüpp zur Quelle.

»Autsch! Warten Sie, nicht so schnell, das Zeug kratzt an den Beinen!«

Das fing ja gut an!

Endlich am Ziel, inspizierten wir die Felsformation, an deren einer Seite, etwa auf Gürtelhöhe, das Wasser hinabsickerte und sich im Boden verlor, der an dieser Stelle feucht und sumpfig war und wo die Vegetation entsprechend üppig aufschoss. Dass dort Moskitos herumschwirrten, trug nicht gerade zur Verbesserung unserer Gemütslage bei.

»Diese Hitze!« Sie stöhnte ausgiebig.

Und was sonst noch, dachte ich.

Sie legte die Hände an die feuchte Felswand und kühlte sich mit den nassen Händen Stirn und Wangen.

»Viel ist das wirklich nicht«, sagte sie.

»Nein.«

Sie seufzte. »Und jetzt?«

Ich betrachtete sie, während sie ein weiteres Mal an der Felswand herumpatschte und die Hände dann dorthin legte, wo ihr weißes Oberteil ein Stück ausgeschnitten war. Alles an ihr war üppig, schlank war wirklich was anderes, aber ein weiteres Mal kam ich zu dem Schluss, dass es ihr gut stand. Ihr Gesicht war, obwohl ein wenig pausbäckig, doch ganz hübsch, irgendwie niedlich, umrahmt von goldblondem Gelocke. Ihre Beine, soweit man sie unter dem hellen Rock sehen konnte, waren fleischig, aber ganz schön. Fand ich. Sie war überall gut ausgestattet, auch dort, wo sie gerade die Hände hinlegte. Drall, dachte ich. Das war vielleicht das passende Wort.

»Sind Sie fertig?«

»Womit?«

»Mich zu inspizieren.«

Es gibt Situationen, in denen es nichts gibt, was man sagen könnte, einfach gar nichts, und genau das tat ich. Jedenfalls zögerte ich so lange, dass sie weitersprach.

»Mit einer Figur wie Rania kann ich nicht dienen.«

Hilflosigkeit äußerst denkbaren Ausmaßes.

»Sie finden sie hübsch, nicht?«

Ich blickte mich um, als hätte ich ernsthaft vor, wegzulaufen.

»Och«, sagte ich, »es geht.«

»Jeder findet sie hübsch. Und das ist sie auch. Einfach wunderschön.«

»Sie ... Sie sind doch auch hübsch.«

Großer Gott! War ich das, der da sprach? Und sagte ich wirklich, was ich da sagte? Ich hier, ausgerechnet. Und Carmichael konnte indessen mit Tavo lustig Fische aufspießen. Was, zum Teufel, machte ich hier überhaupt?

»Finden Sie?«

»Ja, wirklich.«

Genaugenommen war es nicht einmal gelogen. Nicht, dass Lilith so eine ausgesprochene Schönheit gewesen wäre. Auf den ersten Blick. Und überhaupt. Alles, was einem zunächst an ihr auffiel, war, dass sie nicht gerade zu den Schlanksten gehörte. Bevor man dachte, dass ihr das merkwürdig gut stand. Und man sie dann immer wieder anglotzte. Also musste sie doch hübsch sein, irgendwie.

Irgendwie machte sie einen nervös. Man fühlte sich in ihrer Gegenwart ein wenig unbehaglich.

»Na, und was sollen wir jetzt machen?«

»Äh … was meinen Sie?«

»Man erwartet doch von uns Wunderdinge. Irgendwas müssen wir auf die Beine stellen.«

Ja, das mussten wir wohl. Es wenigstens versuchen.

»Wir müssen zum Boot«, sagte ich. »Wegen der Blechverkleidung. Meine glorreiche Idee. Kommen Sie mit?«

»Natürlich. Glauben Sie, ich bleibe hier alleine?«

Als wir unsere Bucht erreichten und das Wrack ansteuerten, sahen wir Tavo und Carmichael mit den Speeren hantieren. Obwohl sie nicht weit draußen waren, reichte ihnen das Wasser beinahe bis zur Hüfte. Von Brisky und seinem Sohn war beim Boot nichts zu sehen, Gott sei Dank.

Es lag jenseits der Flutlinie am Strand, an den felsigen Grat gelehnt, ein wenig schräg, was es zwar einfach machte, an Bord zu kommen, aber weniger einfach, an Deck die Balance zu halten.

»Geben Sie mir die Hand!«

Was ich pflichtschuldig tat, und als sie dann drohte auszurutschen, hielt ich sie, einen Arm um ihre Hüfte. Diese plötzliche Berührung war verwirrend, so völlig unangemessen, und entsprechend verlegen waren wir beide.

»Halten Sie sich hier fest!«

Schon ein kurzer Blick genügte: Meine Idee war völlig undurchführbar. Die Abdeckung war akkurat festgenietet, es schien keinen Weg zu geben, sie ohne große Anstrengungen zu lösen, dabei hätte man sie aller Voraussicht nach zerstört. Und damit vermutlich das ganze Boot. Es war wirklich ein uralter Kahn. Auf neuen Booten wären solche Abdeckungen aus Kunststoff gewesen, wie fast alles. Als ich an den Rändern zerrte, ließ sich das Blech nicht mal verbiegen. Es war viel dicker, als ich gedacht hatte.

»Und jetzt?«

»Vielleicht gibt es an Bord noch irgendwas, was uns nützlich sein könnte. Am besten suchen wir alles nochmal ab.«

Etwa eine Viertelstunde dauerte unsere Inspektion, und alles, was sie erbrachte, war ein Stück Plane, das jemand an der Bordwand befestigt hatte, im Maschinenraum. Wir nannten ihn so, obwohl es eigentlich nicht mehr war als eine Klappe im Heckteil. Offenbar hatte die Plane eine schützende Funktion, denn an der Vorderseite war sie voller Ölspritzer.

»Glauben Sie, das könnte für unsere Zwecke nützlich sein?«

»Wenn wir den Boden aufgraben, können wir das Wasser vielleicht in der Plane auffangen. Ich würde sagen, sie ist wasserdicht.«

Es klang in meinen eigenen Ohren nicht sehr überzeugend. Aber auch für mich war es eine äußerst unschöne Vorstellung, so gar nichts vorweisen zu können, nicht mal einen nennenswerten Versuch.

Also gingen wir zurück zur Quelle. Es war heiß, wir waren beide verschwitzt. Und durstig. Meine Mundhöhle war ausgetrocknet, meine Lippen fühlten sich rissig an und wie mit einer Pelle überzogen.

»Darf ich Ihnen eine Frage stellen?«

Dem Klang nach hatte sie sich zu diesem Vorstoß wirklich durchgerungen.

»Ja, sicher.«

»Woher stammen diese Narben an Ihrem Arm? Sieht ziemlich schlimm aus.«

Diese naheliegende Frage. Auf die ich der Bequemlichkeit halber immer dieselbe stereotype Antwort gab. Die Antwort, die am einfachsten war, am bequemsten. Weil sie mir Erklärungen ersparte. Und selbst wenn sie gefordert wurden, konnte man das leicht in einigen Sätzen abhandeln.

»Von einem Unfall«, sagte ich.

»Ein Autounfall?«

»Ja. Ist schon ein paar Jahre her.«

Sie nickte und blickte mich von der Seite an. »Muss ja ziemlich heftig gewesen sein.«

Da ich nicht mehr dazu sagte, wollte auch sie wohl nicht weiter auf mich eindringen.

»Könnten Sie … mir vielleicht Ihren Hut geben? Nur für eine Weile.«

»Oh … sicher.«

Es war mir ein wenig peinlich, dass ich nicht längst selbst auf die Idee gekommen war, ihn ihr anzubieten. Er war für sie ein wenig zu groß, aber stand ihr sogar. Ihre blonden Locken quollen darunter hervor. Es sah lustig aus.

Dass sie vor mir herging, gab mir eine weitere Gelegenheit, sie zu betrachten. Von hinten, in aller Ruhe. Üppig, dachte ich. Das war das passende Wort. Das dünne weiße Ding, das sie trug, spannte sich um ihren Oberkörper, was sie drunter hatte, schimmerte durch und zeichnete sich ab, in allen Einzelheiten. Es saß ziemlich stramm und schnitt ihr ins Fleisch, das sich dort aufrollte. Das hätte eigentlich nicht sehr attraktiv sein sollen, aber irgendwie war es aufreizend, es machte mich ganz nervös.

Da reinkneifen!

Ich versuchte mich abzulenken und meine Augen auf die Vegetation und meine Gedanken auf die bevorstehende Aufgabe zu richten. Aber nachhaltig gelang mir das nicht. Meine Gedanken sprangen immer wieder zurück und meine Augen hefteten sich an ihre wiegenden Hüften. Die ich eben erst, auf dem Boot, unverhofft umfangen hatte ...

Endlich waren wir da. Ich schnaufte gewaltig, denn dieser Gang hatte mich ganz schön ins Schwitzen gebracht.

»Jetzt müssen wir den Boden aufgraben.«

»Und wie?«

»Na, mit den Händen. Es ist hier ziemlich weich und morastig.«

»Ja. Man sinkt aber ein.«

»Könnte eine ziemliche Sauerei werden. Doch versuchen müssen wir's. Ich werde die Schuhe ausziehen ... und die Hose hochkrempeln. Dann wird es schon gehen.«

Als auch sie ihre Schuhe auszog, brachte das rotlackierte Fußnägel zum Vorschein. Es kam so überraschend und war so seltsam unpassend, dass ich vermutlich sehr verdutzt hinglotzte.

»Was ist?«, fragte sie.

»Bleiben Sie am besten ein Stück zurück. Sie werden sich alles schmutzig machen. Ich weiß ja gar nicht, ob es geht. Und es genügt, wenn sich erst mal einer von uns die Sachen versaut.«

Tatsächlich sank ich dort, wo ich Aufstellung nahm, mit den Füßen ein Stück ein, nicht sofort, aber nach und nach. Der Boden war schwarz und morastig. Als ich anfing, ihn mit den Händen aufzuscharren, war es ganz leicht. Ich hob eine Handvoll nasse, pampige Erde hoch, von Pflanzenfasern durchzogen.

»Wie in einem Schlammbad«, sagte ich. Meine Hände waren ganz schwarz verschmiert.

Also grub ich mutig weiter, und das wenigste, was ich erwartet hätte, waren Überraschungen. Doch es gab eine, als ich mehrere Hände voll Erde beiseite geschaufelt hatte und plötzlich an etwas Hartes stieß. Es waren aber nicht Fels oder Steine, beim vorsichtigen Nachwühlen fühlte es sich an wie eine metallische Fläche.

»Hier ist irgendwas!«

Lilith stand schon neugierig halb hinter mir. Natürlich machte es sie rasend, dass ich weiterwühlte, aber nichts mehr sagte.

»Was? Was denn?«

Ich baggerte mit den Händen im schwarzen Schlamm, bis sich langsam eine Kontur ergab. Es war eine konkave Fläche aus Metall. Ganz offenbar der Randbereich einer wannenähnlichen Konstruktion.

»Hier haben wir unser Auffangbecken! Es ist schon da, im Boden verborgen. Wir müssen es nur noch ausgraben.«

»Warten Sie, ich helfe Ihnen.«

Wir wühlten gemeinsam im weichen Boden und legten so nach und nach ein Becken frei, das jemand aus Blech zurechtgehauen hatte. Dort, wo das Metall auf die Felswand traf, war es mühsam geplättet und geschliffen worden, für einen reibungslosen Übergang.

»Meine Blechabdeckung – schon fix und fertig!«

Wir standen fassungslos da und betrachteten das Wunder. Und das war es wirklich: ein Wunder. So, als hätte irgendjemand Wünsche erfüllt. Wie auf Absprache wandten wir die Köpfe und blickten uns an, eine Weile schweigend, schwer atmend in der Hitze. Lilith und ich, eigentlich noch völlig Fremde, aber wie wir beide dastanden, mit den Füßen im Schlamm und die Hände schwarz bis fast zu den Ellenbogen, wirkten wir seltsam einträchtig, und immerhin hatten wir fernab der Welt, an einem sehr seltsamen Ort, gemeinsam etwas sehr Ungewöhnliches getan. Als wir uns so anblickten, waren wir voneinander ähnlich überrascht wie von dem Fund, der sich uns so unerwartet aufgetan hatte. Wir waren uns ja sehr nah, und unwillkürlich fiel mir auf, wie irritierend leuchtend ihre Augen waren, mit einer farbenprächtigen Iris, ein verblüffendes Gemisch aus Brauntönen mit gelben und blassgrünen Einsprengseln.

»Was bedeutet das?«, fragte sie schließlich.

»Dass wir unsere Hände und Füße nie mehr sauber kriegen. Höchstens im Meer.«

»Quatsch! Ich meine doch das da!«

»Sieht so aus, als wäre vor uns tatsächlich schon jemand dagewesen. Jemand, der Wasser brauchte und dieses Reservoir angelegt hat.«

»Und wer?«

Ich zuckte mit den Schultern.

»Schiffbrüchige«, folgerte sie. »Genau wie wir. Es stimmt also!«

»Ja, schon möglich.«

»Nein, gut möglich«, sagte sie. »Glauben Sie, dass Kannibalen sich die Mühe gemacht haben, so etwas anzulegen?«

Ich überlegte. Mir ging so vieles durch den Kopf.

»Sie denken dabei vermutlich an Kannibalen, wie wir sie uns gerne vorstellen: nackt oder mit Lendenschurz und mit Ringen in der Nase. Das ist lange Vergangenheit. Auch wenn es Insulaner waren, sie stammen aus unserer Zeit. Nichts mit Pirogen oder so. Die sind vermutlich genauso mit Schiffen gekommen wie wir.«

»Gut. Aber trotzdem ... Halten Sie das für wahrscheinlich?«

»Nein«, sagte ich. »Die ganze Kannibalengeschichte war mir von Anfang an suspekt. Sie zerplatzt neben einer Vorstellung, die mir viel wahrscheinlicher vorkommt. Die Feuerstellen, die Baumstümpfe – und jetzt diese Konstruktion ... Alles deutet darauf hin, dass vor uns schon andere Gestrandete hier überleben mussten. Die die gleichen Anstrengungen unternommen haben wie wir.«

Lilith blickte mich wieder an. Ihre Augen waren wirklich hübsch. Die Stille, die entstand, wirkte unheilvoll, und ich ahnte, dass sie drauf und dran war, eine Frage zu stellen, die das Tabu ein Stück mehr brechen würde. Denn wir hätten schon früher unsere Gedanken weiter vorantreiben können, hatten uns aber stattdessen dagegen verwahrt.

»Und wo sind diese Leute jetzt? Ich meine ... Wenigstens einer müsste doch am Ende übriggeblieben sein.«

»Vielleicht auch mehrere«, sagte ich. »Vielleicht haben sie es geschafft, von hier wegzukommen. Andererseits könnten ihre Überreste mittlerweile ebenso im Boden verborgen sein wie das da. Denn es hat eine Weile gebraucht, bis die Erde das bedeckt hat.«

»Also sind wir mal wieder keinen Schritt weiter!«

»Doch. Wir können jetzt das Wasser auffangen, so wie wir's wollten. Also sollten wir es ganz ausgraben. Und wir müssen es irgendwie sauber kriegen. Nur wenn wir es sauber machen, bekommen wir auch sauberes Wasser.«

»Aber um es sauberzumachen, bräuchten wir doch Wasser. Das wir nicht haben. Wollen Sie es ganz ausgraben und im Meer säubern?«

»Nein«, sagte ich. »Besser, wir lassen es, wo es ist. Ich werde Ihnen sagen, was wir tun: Wir befreien alles vom Schlamm, so gut wir können. Wischen es mit Blättern aus. Und dann bedecken wir alles mit der Plane. Dann wird es so aussehen, als hätten wir das alles gemacht. Wenn die Plane drüber ist, wird man nicht mehr sehen, dass das Blech an den Rändern schon etwas rostig ist.«

»Aber warum wollen Sie das tun?«

»Es ist besser, wenn die anderen nicht erfahren, dass hier vor uns schon Leute gewesen sind – mit den gleichen Problemen. Das wird sie auf keine guten Gedanken bringen. Auch wenn wir nichts Sicheres wissen, deutet doch einiges darauf hin, dass diese Menschen, wer immer sie waren, letztlich gescheitert sind. Es genügt, wenn wir beide das wissen. Beziehungsweise letztlich doch nicht wissen. Verstehen Sie?«

Sie nickte.

»Also dann los. An die Arbeit.«

10

Die Sonne sank bereits dem Horizont entgegen, als das Wasser, das den Felsen hinabsickerte, sich in der Plane allmählich zu einer Pfütze sammelte. Tavo, Carmichael und die Frauen standen da und bestaunten ein wenig sprachlos das Wunder.

»Gute Arbeit«, sagte Carmichael nach einer Weile. »Verdammt gute Arbeit. Hätte ich nicht gedacht.« Er warf mir einen anerkennenden Blick zu. »Sieht man Ihnen gar nicht an. Hätte alles darauf verwettet, dass Sie zwei linke Hände haben.« Er grinste. »Aber wozu die Plane?«

»Das Blech war … ein wenig rostig … und an einer Stelle beschädigt. So geht uns nichts verloren. Schließlich ist es wenig genug, was da zusammensickert.«

»Das mit der Abdeckung hat also funktioniert.«

»Nein«, log ich. Wobei zumindest das ja stimmte. »Die Abdeckung ist fest vernietet. Das Blech stammt aus dem Maschinenraum.« Früher oder später hätte ja jemand entdeckt, dass die Abdeckung des Ruderhauses unversehrt war.

Die Mienen von Rania und der Nonne zeigten kindliche Erleichterung.

»Gut«, sagte Carmichael noch einmal. »Wirklich gut.«

»Nicht vergessen, ich hab's nicht alleine gemacht.«

Lilith wurde allerseits einer anerkennenden Betrachtung unterzogen. Ihre dreckverschmierten Arme zeugten davon, dass sie ähnliche Anstrengungen unternommen hatte wie ich.

»Ich wünschte, wir hätten beim Fischen auch solche Erfolge gehabt.«

»Also nichts?«, fragte ich.

»Nichts Nennenswertes«, sagte Tavo. »Alles, was wir gesehen haben, waren winzige Korallenfische. Ich bin heilfroh, dass wir Brisky wenigstens einen Erfolg vorweisen können. Damit sich nicht alle seine Orakelsprüche bestätigen.«

»Wo sind die beiden überhaupt?«, fragte Lilith.

»Sie haben die ganze Zeit damit zugebracht, Bäume zu fällen. Damit sind sie irgendwo noch beschäftigt.« Den ganzen Tag über waren aus der Ferne immer wieder Axtschläge zu hören gewesen. »Anscheinend haben sie für den Bau ihrer Arche die Bucht im Süden erkoren.«

Wir gingen gemeinsam hinüber in unsere Bucht, zum Lagerplatz, wo wir die überfälligen Wasserrationen erhielten und uns mit Früchten stärkten. Dann endlich bestand Gelegenheit für eine – bitter notwendige – Säuberung im Meer. Ein bisschen beleidigt war ich schon, dass Lilith das nicht mit mir gemeinsam zelebrierte, sozusagen als krönenden Abschluss unserer Arbeit. Stattdessen verschwand sie in Ranias Begleitung in Richtung der gegenüberliegenden Bucht, und spätestens, als ich mich im Sichtschatten des Wracks bis auf die Unterwäsche entkleidete und dort in die Brandung stakste, war mir auch klar, warum. Als ich wieder aus dem Wasser kam, sah ich Tavo herüberkommen. Er war bei mir, als ich mich auf ein Stück felsigen Untergrund niedersetzte, um mich in der Abendsonne trocknen zu lassen.

»Sie hatten Glück«, sagte er.

Ich überlegte, was er meinte, wenn ich auch ahnte, worauf er letztlich hinauswollte.

»Womit?«

»Mit Ihrer Geschichte. Das Blech aus dem Maschinenraum ... Die anderen werden sich deswegen kaum Fragen stellen. Hoffentlich kommt auch niemand darauf, sich zu fragen, wie es Ihnen ohne Werkzeug gelungen ist, das so hinzukriegen. Vor allem den sauberen Abschluss an der Felswand.«

Ich nickte sacht mit dem Kopf und grinste. »Manchmal vollbringt man in der Not wahre Wunder.«

»Ja«, sagte er. »Ganz erstaunlich.« Lächelte und ging davon.

11

Als es bereits dämmerte und wir uns erneut um unseren Lagerplatz scharten, erschienen endlich Brisky und Jakut. Ich hatte mich schon gefragt, ob sie überhaupt zurückkommen würden. Vielleicht wollten sie sich völlig von uns absondern. Und das wäre vermutlich für alle Beteiligten das Beste gewesen. Ihr Auftritt zeigte auch deutlich, dass sie nichts anderes im Sinn hatten als das.

»Wir kommen wegen unserer Wasserration«, sagte Brisky mit einem selbstgefälligen Grinsen äußerster Ironie. »Die dürfte uns ja wohl noch zustehen.«

»Natürlich«, sagte Tavo.

»Geben Sie uns einfach unseren Anteil, und dann verschwinden wir wieder.«

Tavo war aufgestanden, ebenso Carmichael. Ich blieb sitzen, hielt mich im Hintergrund. Diesmal aber weniger aus Bequemlichkeit oder falscher Zurückhaltung, sondern weil ich es für besser hielt.

»Seien Sie nicht albern«, sagte Tavo. »Sie bekommen Ihre Ration wie alle anderen. Es wird Sie übrigens freuen zu hören, dass es uns gelungen ist, die Quelle nutzbar zu machen.«

»Was Sie nicht sagen.« Er blickte nicht einmal in unsere Richtung. »Dann wird es Sie vielleicht freuen zu hören, dass wir die ersten Schritte unternommen haben, die Insel bald zu verlassen.

Mit einem Wasservorrat sollte uns das sicher gelingen.«

»Es wird keinen Wasservorrat für ein Floß geben. Es sei denn, alle würden sich gemeinsam darauf einigen.«

Brisky schürzte die Lippen, in gespielter Anerkennung.

»Demokratie«, sagte er. »Ja, natürlich. Eine große Familie. Nur wollen wir nicht mehr dazugehören. Sie werden ab jetzt ohne uns auskommen müssen. Ich habe auch keinesfalls davon gesprochen, ein Floß für alle zu bauen. Nur für uns beide. Was die Sache einfacher macht. Ein Gefährt für zwei ist wesentlich leichter zu bauen!«

Jakut stand dabei und sagte nichts. Er fühlte sich sichtlich unwohl in seiner Haut, machte keinerlei Anstalten, sich einzumischen. Er überließ alles seinem alten Herrn, vielleicht sogar auf dessen Anweisung.

»Brisky, hören Sie mal ...«, begann Carmichael.

»Nein! Es ist alles gesagt. Wir können uns selbst ernähren. Und Feuer haben wir auch. Aber das Wasser steht uns zu, wir werden Ihnen unseren Anteil nicht überlassen.«

»Genauso könnten wir sagen, dass die Axt uns allen zur Verfügung steht – und Sie sie nicht einfach für sich beanspruchen dürfen.«

»Schließlich haben wir sie gefunden! Und wir benötigen sie für unser Vorhaben – an dem Sie ja nicht teilhaben wollen.«

Rania, sichtlich wütend, stand auf. »Ach, überlassen Sie ihnen doch die blöde Axt!«

Brisky machte – breit grinsend – die Andeutung einer Verbeugung.

»Im Übrigen, Gnädigste, steht sie Ihnen natürlich jederzeit zur Verfügung. Solange wir noch hier sind.«

Tavo machte einen Schritt auf das Feuer zu, vielleicht, um Rania vom Geschehen abzuschirmen. Und damit weiteren Wortgefechten einen Riegel vorzuschieben.

»Brisky, hören Sie mir nur eine Minute zu! Seien Sie vernünftig. Wir hatten unsere Differenzen und unterschiedlichen Standpunkte. Wir waren wohl alle ein wenig ... emotional. Aber wir sollten uns jetzt zusammenraufen und einen Weg finden – gemeinsam. Unsere Auseinandersetzungen werden uns nicht weiterbringen. Und wir sollten die Dinge nicht noch mehr komplizieren, als sie es sowieso schon sind. Seien Sie vernünftig und bleiben Sie hier.«

Es folgte ein Moment der Stille, der alle möglichen Hoffnungen und Befürchtungen nährte. Brisky starrte vor sich hin, ins Leere. Vielleicht hatte er nur gewartet, ob diese Ansprache damit schon beendet war.

»Geben Sie uns unseren Anteil vom Wasser. Mehr verlangen wir nicht. Geben Sie uns den Anteil, der uns davon noch zusteht. Ich meine, nicht für heute, sondern überhaupt.«

Tavo stand da, unschlüssig, was er tun sollte, rang mit sich selbst um eine Entscheidung. Die Forderung abzuweisen hieß aller Wahrscheinlichkeit nach, neue Differenzen heraufzubeschwören.

»Ich bitte Sie, Brisky, verhalten Sie sich nicht wie ein trotziges Kind.«

»Das Wasser!«, entgegnete Brisky, durch die Zähne gepresst. Es klang äußerst entschlossen.

Dass ich mich jetzt erhob, überraschte mich selbst vermutlich am meisten. Ich folgte eigentlich einem Impuls, ich hatte nicht groß darüber nachgedacht. Dazu blieb auch keine Zeit mehr, und vermutlich hatte ich genau das erkannt.

»Geben wir ihnen ihren Anteil«, sagte ich. »Er steht ihnen ohnehin zu. Also warum nicht jetzt klare Verhältnisse schaffen? Schließlich können wir niemanden zu etwas zwingen.«

Tavo entspannte sich – und nickte.

»Also gut«, sagte er. »Kommen Sie mit.«

Brisky wandte sich jetzt dem Feuer zu. Sein kreisender Blick blieb schließlich an mir haften.

»Ergebensten Dank!«, sagte er, bühnenreif sarkastisch, wieder mit der Andeutung einer höflichen Verbeugung. Das Grinsen in seinem sonnengebräunten Gesicht sah echt aus, als amüsiere er sich köstlich und betrachte das alles nur als eine Farce. Ich weiß noch, dass ich in diesem Augenblick dachte: Schade. Er hätte ein so guter, charismatischer, starker Anführer sein können, jemand, der in brenzligen Situationen die

Initiative ergriff und die Dinge in die Hand nahm. Die Führerqualitäten, die er offenbar hatte, hätten uns unter Umständen von Nutzen sein können, wenn er nicht so rechthaberisch verbohrt und mürrisch gewesen wäre.

Tavo füllte den geschätzten Anteil des Wassers in eine Plastikflasche, eine der vielen – letztlich völlig unbrauchbaren – Utensilien, die wir vom Boot gerettet hatten. Wenn es auf dieser Welt an allen Ecken und Enden, auch den abgelegensten, eines gab, dann waren es Plastikflaschen. Für den abzuzweigenden Anteil genügte eine davon, und nicht mal diese wurde voll. Wenn sie sparsam damit umgingen und sich ausreichend mit Früchten versorgten, konnte es für weitere zwei Tage reichen. Die Fundstücke aus dem Boot, die sie darüber hinaus für sich beanspruchten, waren kein Verlust und ohne Weiteres zu verschmerzen. Blechtassen, eine lederne Tasche, Verbandszeug aus dem Erste-Hilfe-Kasten. Dass sie sich am Vormittag bereits an den Leinen bedient hatten, kam ebenso wenig zur Sprache wie die Axt, die wir ihnen stillschweigend überließen.

Es war schon beinahe ganz dunkel, als sie schließlich aus dem Lichtkreis des Feuers traten und zwischen den Bäumen verschwanden, ohne einen Abschied und ohne sich noch einmal umzusehen.

»So was Verrücktes!«, sagte Tavo, Enttäuschung und Wut in der Stimme.

»Glauben Sie, dass sie das wirklich durchziehen?«, fragte Carmichael. »Diese Floßfahrt?«

»Es ist zu befürchten«, sagte Tavo. »Schon allein aus Trotz.«

»Daran müssen wir sie doch hindern!« Es war die schmale Frau in dem Schulmädchenkleid, die das sagte, fast kindlich entsetzt. Alle starrten sie an, und man konnte sehen, dass ihr diese karitative Regung sofort furchtbar peinlich war. Natürlich, das passte. Barmherzigkeit. Den Feind lieben und so.

»Ich wüsste nicht, wie.«

Carmichael nickte. »Schließlich können wir sie nicht zwingen.« Er rückte sich den Hut zurecht, den er niemals auszog, außer zum Schlafen.

»Natürlich nicht«, sagte die Nonne. Während ich sie betrachtete und mich fragte, wie alt sie eigentlich sein konnte, begegnete sie kurz meinem Blick – und sagte dann etwas sehr Überraschendes.

»Vielleicht sollte ich zu ihnen gehen und mit ihnen reden. Auf mich werden sie vielleicht hören!«

Die Verblüffung war Tavo deutlich anzusehen. Ich glaube, wir alle ließen diese Worte nochmal im Gedächtnis ablaufen. Wobei wir uns fragten, ob wir uns verhört hatten.

»Sicher«, sagte er dann. »Versuchen Sie Ihr Glück. Aber versprechen Sie sich nicht zu viel davon.«

12

Früh am nächsten Morgen waren wir bei der Quelle, Tavo und ich. Zwar sprachen wir es nicht aus, doch war uns wohl bewusst, dass dieses Reservoir schon bald zum Dreh- und Angelpunkt neuer Verwicklungen werden konnte. Denn auch dieses Wasser stand uns allen zu, und wie wir in diesem Punkt verfahren würden, gehörte zu den Dingen, die wir am Vorabend nicht geklärt hatten. Allein schon, dass wir beide uns in der Dämmerung dort einfanden, sprach Bände über unsere stille Intention. Wir wollten jedem möglichen Zugriff der Briskys zuvorkommen.

Was sich dort über Nacht gesammelt hatte, ergab ein enttäuschendes Bild. Aber immerhin war die Plane etwa zu einem Drittel vollgelaufen.

»Also bräuchte es mehr als einen Tag, um sie zu füllen.«

Tavo betrachtete sinnend die Pfütze, deutlich missmutiger als ich. »Ja, und das ist viel weniger, als ich gehofft hatte.«

Er zerschnitt eine der verbliebenen Plastikflaschen mit dem Messer zu einer Art Trichter, mit dem er das Wasser abschöpfen und in den Kanister füllen konnte.

»Um uns sattzutrinken, bräuchten wir mehr als doppelt so viel. Wir werden das Wasser weiterhin rationieren müssen. Außerdem sollten wir uns überlegen, wie wir die Stelle abdecken können.«

Denn von den Bäumen war einiges an Schmutzpartikeln und Blättern niedergegangen. »Und hoffentlich regnet es bald!«

»Und wie sollen wir weiter mit der Quelle verfahren? Wir können sie doch nicht den ganzen Tag bewachen.«

»Wohl kaum«, bestätigte Tavo. Es klang ziemlich mutlos.

Ich dachte, dass wir auf dem Rückweg die Beratungen in dieser Richtung fortsetzen würden, aber stattdessen kamen wir auf ganz andere Dinge zu sprechen.

»Wie ist eigentlich Ihr Vorname?«

»Leon.«

»Gut, Leon, ich heiße Tavo. Wird Zeit, dass wir uns ein wenig kennenlernen.«

»Ja, das wird Zeit. Sie sagten, Sie hätten einige Jahre in Amerika gelebt.«

»Ja. Sieben Jahre. In Kalifornien.«

»Wo in Kalifornien?«

»Sacramento. Und dann später San Diego. Warum fragen Sie?«

»Nur so. Früher habe ich immer davon geträumt, nach San Francisco zu gehen und dort zu leben. Als ich noch sehr jung war.«

»Und jetzt nicht mehr?«

»Na ja, manchmal noch. Eigentlich war es nur so ein Teenagertraum. Große Pläne, mit fünfzehn oder sechzehn. Groß und unrealistisch.«

»Nun – was nicht ist, kann ja noch werden.«

»Vielleicht, wer weiß? Was hat Sie damals dorthin verschlagen?«

»Ich habe dort studiert. Und bin dann eine Weile dageblieben. Damals war ich froh, aus Tahiti wegzukommen. Hier ... ich meine, dort hatte ich keine Möglichkeiten. Meiner Familie ging es schlecht, und in Amerika konnte ich Geld verdienen und ihnen etwas schicken.«

»Dann haben Sie während des Studiums gearbeitet? Was haben Sie studiert?«

»Medizin. Aber abgebrochen, nach drei Semestern. Dann gearbeitet, auf dem Bau. Es war noch die Zeit, als man Staudämme baute.«

»Das war bestimmt hart.«

»Es ging. Ich habe gutes Geld verdient.«

»Und warum sind Sie zurückgekommen?«

Er schnaufte und verzog das Gesicht.

»Ich hatte Heimweh«, sagte er. »Ehrlich gesagt, wenn man auf Tahiti geboren ist, dann ist es nicht leicht, woanders zu leben, auf Dauer.«

»Ja«, sagte ich. »Kann ich mir vorstellen.«

Er blickte mich von der Seite an, etwas zögerlich. »Außerdem gab es da ein wenig Ärger ... mit der Polizei.« Er grinste. »Es wurde höchste Zeit, das Land zu verlassen.«

»Oh.«

Er grinste weiter vor sich hin. »Tut mir leid, wenn ich nicht dem Klischeebild eines Tahitianers entspreche. Pidgin und Blumenkränze. Natürliche Unschuld. Da bin ich ein schlechtes Exemplar.«

Ich betrachtete ihn von der Seite und fragte mich ein weiteres Mal, wie alt er eigentlich war. Offenbar viel älter, als ich anfangs gedacht hatte.

»Klingt, als ob Sie im Leben schon einiges mitgemacht haben.«

»Ja, auch Dinge, an die ich mich nicht gerne erinnere.«

»Das ... das war wohl sehr ungesetzlich?«

Er lachte. »Ich habe niemanden umgebracht, wenn Sie das meinen. Und ansonsten spreche ich darüber ebenso ungern wie Sie über das da.« Er wies auf meinen linken Arm. »Es gibt Situationen im Leben, wo man keine große Wahl hat, wenn man sich durchschlagen muss.«

»So wie diese hier.«

»Ja«, sagte er. »Manchmal liegt vor einem kein anderer Weg als der, den man zu gehen hat. Ich glaube, Sie wissen das.«

»Und Brisky weiß es auch.«

»Ja. Nur ist sein Weg ein anderer. Und das macht es etwas schwierig.«

Während wir unsere Bemühungen vorantrieben, Nahrung zu beschaffen, zog ein weiterer heißer Tag herauf. Wann immer wir konnten, hielten wir uns im Schatten der Bäume oder des Sonnenschutzes am Lagerplatz, wo wir Segeltuch gespannt hatten. Nahrungs- und Wassermangel begannen sich immer deutlicher auszuwirken. Die Erschöpfungszustände kamen schneller und wurden heftiger. Wenn wir uns unter die Abdeckung flüchteten und uns dort niederließen, hätten wir ausreichende Mengen Wasser gebraucht, um wieder auf die Beine zu kommen. Der Verzehr der Früchte konnte unseren Bedarf auf Dauer nicht decken – und das Hungergefühl nicht vertreiben, das etwas Quälendes bekam, wie ein permanenter Schmerz, ein Parasit in den Eingeweiden. Ich selbst begann mich immer häufiger schlapp und zittrig zu fühlen, jede Tätigkeit wurde unangemessen kraftzehrend. Aber lange auszuruhen, gerade das war jetzt nicht geboten. Im Gegenteil, wir mussten unsere Anstrengungen verstärken.

»Hätten wir nur eine Waffe!«, sagte Carmichael. »Ein Gewehr. Oder wenigstens eine Pistole.«

»Wozu?«, fragte Lilith. »Um die Fische zu erschießen?«

Carmichael zog eine Schnute. »Wirklich urkomisch!«, sagte er.

Ich sah ihn mir genau an, nicht zum ersten Mal. Wirklich ein eigenartiger Vogel. So betont lässig. Wortkarg. Selten, dass er etwas sagte, was nicht irgendwie sarkastisch war. Manchmal war er ein bisschen schroff. Aber es ging nie sehr weit. Zog sich, wenn es hart auf hart ging, lieber zurück. Ein Eigenbrötler. Er war kein Schulterklopfer, auch wenn er auf Anhieb diesen Eindruck erweckte. Blieb lieber auf Distanz. Flüchtete sich nach seinen kleinen Attacken ins Schweigen.

Lilith verdrehte die Augen. »Ich meinte ja nur. Weil's mit dem Aufspießen nicht klappt.«

»Keine guten Fischgründe«, sagte Tavo. »Leider gibt es hier keine Lagune, dann sähe es anders aus. Die Fischschwärme haben ihre festen Routen, aber diese Insel lassen sie anscheinend abseits. Wir werden es weiter versuchen, ich glaube allerdings, da ist nicht viel zu holen. Immerhin gibt es Muschelarten, die genießbar sind.«

»Rohe Muscheln?« Liliths Gesicht zeigte ehrliches Entsetzen.

»Meinetwegen kochen wir sie. Doch wir dürfen nicht allzu wählerisch sein. Und was die Jagd betrifft: Wir haben zwar keine Schusswaffen, aber es gibt noch andere Möglichkeiten.«

»Pfeil und Bogen, was?«, spöttelte Carmichael.

»Zum Beispiel. Aber es geht noch einfacher. Mit der guten alten Steinschleuder.«

»Ja, und zum Schneiden machen wir uns Faustkeile!«

Tavo ignorierte den sarkastischen Seitenhieb und schüttelte den Kopf. »Zum Schneiden haben wir mein Messer. Und Ihr Taschenmesser. Kommen Sie mit, ich zeige Ihnen, wie es geht. Ich brauche nur ein Stück Leder ... oder Stoff. Irgendwas.«

Er klaubte sich eines der ölverschmierten Handtücher und riss einen Streifen ab. Als das mit einiger Mühe gelungen war, nahm er die beiden Enden in die Hand und ließ den Streifen herunterhängen, und in das untere Ende legte er einen walnussgroßen Stein.

»Die Schlaufe müsste ein wenig breiter sein, aber es dürfte auch so gehen.«

Er blickte sich um.

»Wir versuchen es mit unserem wunderbaren Plastikfisch, da drüben.«

Er brachte die improvisierte Schleuder zum Pendeln und dann an der Hand zum Kreisen wie einen Propeller. Dann ließ er mit einer blitzschnellen Bewegung den Stein ins Ziel sausen. Und zwar mitten ins Ziel.

Er grinste. »Verlernt man nicht«, sagte er.

Wir waren schwer beeindruckt und guckten bestimmt auch so.

»Und können wir das auch?«, fragte Carmichael.

»Ja«, sagte Tavo. »Bei viel Übung in etwa drei Wochen. Und deshalb gehe ich jetzt auf die Jagd.«

»Dann versuchen wir es vielleicht weiter mit dem Fischen.«

»Ja. Es gibt allerdings auch noch andere Möglichkeiten.« Er bedeutete uns, ihm zu folgen. Gemeinsam gingen wir den Strand hinauf und ins Gebüsch, bis unter den Schutz der ersten Bäume. Als er mit einiger Mühe einen Holzstumpf umdrehte, der halb im Boden versunken war, kamen die Niedlichkeiten der Unterwelt zutage. Hier und da wimmelte es: Käfer, Maden und Larven. Carmichael ließ ein angewidertes Stöhnen vernehmen und vermutlich sah ich genauso angeekelt aus wie er.

»Ich hoffe, dass es so weit nicht kommen wird.«

»Sie sollten sich mit dem Gedanken vertraut machen. Hier, sehen Sie.« Als er das Holzstück noch weiter aus dem Untergrund zerrte, zeigten sich in einem der Hohlräume des halb verfaulten Holzes eine dicke, weiße Made, mit einem dunklen Kopf. Sie war etwa so lang und dick wie ein kleiner Finger.

»Eine Käferlarve. Wir nennen sie *pata*. Sehr nahrhaft. Viel Eiweiß.«

Lilith war uns nachgekommen und starrte jetzt neugierig auf den Befund.

»Iiiiiih!«, machte sie. Sie hatte mit Sicherheit Tavos Worte gehört.

»Nicht so laut! Sind Sie verrückt? Wo sind die anderen?«

»Keine Ahnung. Beide verschwunden. Und dass ich so was esse, können Sie getrost vergessen!«

Tavo verzog den Mund und nickte vor sich hin. »Aber ein Ei würden Sie essen – und zur Not auch ausschlürfen können! Die befruchtete Keimzelle aus den Eingeweiden eines Vogels! Schleimig und glibberig. Nur weil Sie es von Kindheit an so gewohnt sind. Wie schon gesagt, wir sollten uns langsam mit dem Gedanken vertraut machen, unsere Essgewohnheiten ein wenig zu verändern.«

Während Tavo auf Jagd war, versuchten wir anderen, uns irgendwie nützlich zu machen, mit Sammeln von Holz und Früchten. Aber das war wenig koordiniert, im Grunde ging jeder seiner Wege.

Dann und wann begab ich mich zur Quelle, immer in der Angst, Brisky und sein Sohn könnten sie inzwischen aufgesucht und sich ihren Anteil am Wasser eigenmächtig verschafft haben. Ahnungsvoll hielt ich schon auf dem Weg dorthin nach ihren Spuren Ausschau. Doch das Wasser sickerte weiter ungehindert in die Plane, die ich mit einem Stück Segeltuch abgedeckt hatte. Am besten bald abschöpfen, dachte ich, in relativ kurzen Abständen, auch wenn es dann nur kleine Mengen waren.

Beim zweiten Mal, als ich gerade beschlossen hatte, zurück zum Lagerplatz zu gehen, um den Kanister zu holen, hörte ich Schritte. Vielmehr Knacken, Brechen von Zweigen im Unterholz. Ganz offensichtlich näherte sich jemand.

Jetzt also, dachte ich. Es war klar, es musste ja so kommen.

Doch als ich aus der Deckung durch das Gebüsch nahe der Quelle äugte, sah ich – zu meiner Erleichterung –, dass es Carmichael war. Er tapste in Richtung der Felsformation, doch nicht zielstrebig, sondern eher vorsichtig, denn von Zeit zu Zeit blickte er sich um. Dann, am Auffangbecken, hockte er sich nieder und zog behutsam die Abdeckung beiseite. Er betrachtete den Befund, und auf sein Gesicht trat der Anflug eines Lächelns. Eher ein Strahlen.

Er war schon im Begriff, sich hinabzubeugen, als ich hinter den Büschen hervor hinter ihn trat.

»Tun Sie's nicht«, sagte ich.

Sein Schreck fiel gelinde aus, da er schon gestutzt und den Kopf gehoben hatte, unmittelbar, bevor ich sprach, er musste mich wohl gehört oder auch bloß meine Anwesenheit gespürt haben.

»Und erzählen Sie mir nicht, dass Sie nur gekommen sind, um nachzusehen.«

Er erhob sich langsam und tat einen gewaltigen Atemzug. Es war ihm leicht anzusehen, dass er genau das vorgehabt hatte: mir dieses Märchen aufzutischen.

»Trösten Sie sich, ich habe auch einen Moment daran gedacht. Eigentlich mehr als nur einen Moment. Es ist in der Tat äußerst verlockend.«

»Nun ja«, sagte er gedehnt, »ein kleiner Schluck würde wohl niemandem wehtun.«

»Aber dabei wäre es vermutlich nicht geblieben.«

»Nein, vermutlich nicht. Ich fühle mich so langsam wie ausgedorrt. Diese Hitze macht einen fertig.«

»Kommen Sie. Lassen Sie uns den Kanister holen gehen und das Wasser abschöpfen. Für alle. Dabei können wir aufeinander aufpassen.«

Als ich losging, beeilte er sich, mich einzuholen.

»Irving, Sie … Sie werden mich doch nicht verraten, oder?«

Ich hatte es im Weiteren bei der Verballhornung meines Namens belassen und sah auch jetzt keinen Anlass, es noch zu berichtigen.

»Nein, bestimmt nicht. Ich fürchte allerdings, diese Wasserstelle wird uns noch zum Verhängnis werden.«

Carmichael schnaubte. »So wie sie vielleicht schon unseren Vorgängern zum Verhängnis geworden ist.«

Ich blieb stehen, und er mit mir.

»Dann ... dann wissen Sie also auch Bescheid.«

»Auch? Wieso auch? Na ja ... Vermutlich weiß jeder für sich, dass es wahr ist: Vor uns sind andere in unserer Situation gewesen. Wissen Sie, vor ein paar Tagen, als ich da auf dem Baum war, da hab ich ... Na ja, ich habe nichts gesagt, aber dort oben habe ich die Reste von einer Flagge gesehen, die jemand dort gehisst hat. War nur noch'n Fetzen, ein kläglicher Rest. Aber man konnte erkennen, dass es mal 'ne Fahne gewesen ist, wenn auch nicht mehr zu erkennen war, was für eine. Diese Leute ... die haben offensichtlich die gleichen Anstrengungen unternommen wie wir. Und die Wasserstelle müssen sie doch auch gekannt haben, wenn sie eine Weile hier gewesen sind.«

Mit Erleichterung erkannte ich, dass Carmichael nicht das meinte, was ich befürchtet hatte. Er meinte nicht die wahre Vorgeschichte meiner wunderbaren Auffangvorrichtung.

»Aber offenbar haben sie nicht versucht, das Wasser aufzufangen«, sagte ich deshalb. Das war, im Nachhinein betrachtet, sehr scheinheilig und ziemlich gemein. Wo er mir seinen geheimen Fund doch soeben mitgeteilt hatte.

»Wer weiß?«, sagte Carmichael. Wir gingen weiter. »Irgendwie werden Sie es schon genutzt haben. Und dann war es für sie jedenfalls genauso zu wenig, wie es für uns zu wenig ist.«

»Gut, Sie sind also auch von der Kannibalengeschichte ab. Vermutlich glaubt tatsächlich niemand mehr daran. Aber es bleibt dabei, dass wir nichts Genaues wissen. Und wahrscheinlich werden wir die ganze Wahrheit nie erfahren.«

»Von der Kannibalengeschichte ab ...«, sagte er, nachdenklich. »Nun, genaugenommen nicht. Zwar glaube ich, dass es keine Kannibalen gewesen sind, die diese Spuren hinterlassen haben. Aber es hat dort stattgefunden. Die Spuren lassen daran keinen Zweifel. Und man muss eigentlich nur zwei und zwei zusammenzählen, um zu dem Schluss ...«

Ich wandte mich abrupt um und brachte ihn damit erneut zum Stehen.

»Nein!«, sagte ich.

Er blickte mich verblüfft, beinahe entsetzt an.

»Sagen Sie es nicht! Sprechen Sie es nicht aus. Es ist unser letztes Tabu, und wir sollten es nicht berühren, bevor es so weit ist. Bis dahin sollten wir nicht einmal ernsthaft daran denken!«

Schweigend gingen wir den Rest des Wegs, holten den Kanister und brachten ihn zurück zur Quelle, wo wir das Wasser abschöpften, soweit es ging. Erst als wir damit fertig waren und uns erhoben, blickte Carmichael mich ernst an und sagte: »Wir können es totschweigen, aber früher oder später werden wir daran denken müssen. Sie glauben, wir sind zu zivilisiert und uns könnte das nicht passieren. Dann warten Sie mal ab, bis es wirklich ernst wird: kaum Wasser, keine Nahrung, und endlose Tage, die immer bloß vergehen. Dann wird nicht mehr viel von unserer Zivilisiertheit übrig bleiben.«

»Aber das ist noch lange nicht soweit. Nein, so weit sind wir noch nicht. Noch haben wir nicht alle Anstrengungen unternommen. Es kann noch viel passieren. Zum Resignieren ist es viel zu früh. Also kommen Sie jetzt, die anderen warten. Und unterstehen Sie sich, mir mit solchen Gedanken die Mädchen zu erschrecken!«

13

Die »Mädchen« hockten unter dem Sonnenschutz, als wir zurückkamen, jedenfalls Lilith und Rania. Von der Nonne war nichts zu sehen. Vielleicht hatte sie ihre Ankündigung wahr gemacht und war zu Brisky gegangen, wegen ihrer geplanten Verhandlungen. Merkwürdige Frau. Sagte kaum ein Wort, nahm sich immer zurück. Ihr Englisch war nicht besonders gut, das war inzwischen klar genug.

Und jetzt kratzte sie ihre Brocken zusammen und machte sich auf, um die Briskys zu missionieren.

Immer war sie am Rande des Geschehens geblieben, hatte sich fast ganz rausgehalten, ein schweigsames, unscheinbares Rätsel, aber nun, da es ihre religiösen Grundsätze geboten, ging sie aus sich heraus.

Rania lag im Schatten des Segeltuchs, den Kopf auf einen angewinkelten Arm gebettet, Lilith saß zu ihren Füßen.

»Es geht ihr schlecht«, flüsterte sie. »Ihr war ganz schwindlig.«

Ich beugte mich vorsichtig über sie und betrachtete ihr verschwitztes Gesicht. Sie öffnete die Augen und wandte ein Stück den Kopf, um mich ansehen zu können. Ich hockte mich nieder und sagte: »Wird es besser?«

»Es geht schon«, sagte sie.

Sie war so wunderschön und tat mir so leid, wie sie da lag, kraftlos, völlig erschöpft, und natürlich wollte ich etwas für sie tun, mein ganzer Beschützerinstinkt war geweckt, ich wollte ein Held sein. Und was machte es schon aus, dass es mir selbst schon mal besser gegangen war, dass ich schwitzte und ständig schnaufte und vor Durst und Hunger schon ganz zittrig war.

»Haben Sie Fieber?«

Sie verzog den Mund, aber als ich einen Vorstoß machte, ihr die Hand auf die Stirn zu legen, ließ sie es sich gefallen. Eigentlich war sie bloß erhitzt, wie wir alle. Doch das genügte ja wohl auch völlig.

»Sie braucht was zu trinken«, sagte ich. »Geben Sie mir den Kanister rüber – und eine Tasse, irgendwas.«

Carmichael, ein wenig überrumpelt, reichte ihn mir, und einen Becher. Ich goss ihn voll und hielt ihn ihr hin.

»Setzen Sie sich«, sagte ich, »und trinken Sie das.«

»Nein«, sagte sie, indem sie sich halb aufrichtete. »Ich möchte nichts.«

»Es ist Ihre Ration. Wir haben gerade Wasser geholt.«

Sie beäugte den Becher, blickte mich an – und nahm ihn dann, um ihn in einem Rutsch auszutrinken. Als sie ihn mir reichte, goss ich ihn noch einmal voll und hielt ihn ihr wieder hin.

Sie schüttelte den Kopf, aber ich nahm ihn nicht zurück.

»Das ist meine Ration«, sagte ich.

Ich dachte, sie würde sich weiter wehren und ich müsste meine Überredungskünste aufbieten, vermutlich letztlich ohne Erfolg, doch nachdem sie mich einige Sekunden ernst und still angesehen hatte, nahm sie den Becher und leerte ihn wieder in einem Zug.

»Danke«, sagte sie, ganz leise, sodass ich wirklich das Gefühl hatte, es war nur für mich, etwas, was nur unter uns blieb. Ich wusste noch nicht, dass ein Becher Wasser Menschen für ein ganzes Leben verbinden kann, auf eine besondere Weise.

Ich setzte mich hin und blickte eine Weile einfach aufs Meer. So ist das, dachte ich mir. Es gibt Dinge, die man einfach tun muss. Es ist möglich, sie zu tun, also tut man sie, denn man würde sich einfach nicht gut fühlen, wenn man sie nicht täte. Nachdem einem nun schon mal eingefallen ist, sie tun zu können. Die Prinzessin mochte einen Prinzen haben, aber er war schließlich nicht da. Doch ich war da, um auf sie aufzupassen. Einer, sagte ich mir, muss es ja schließlich tun. Wobei ich Lilith geflissentlich außer Acht ließ.

Während Carmichael sich erneut am Fischfang versuchte, kam wenig später Tavo zurück. Aus der Ledertasche, die er mitgenommen hatte, schüttete er einige bunte Vögel in den Sand. Vier davon waren klein, grüne Sittiche mit verschiedenfarbigen Mustern am Kopf und an den Flügeln. Ein weiterer sah aus wie ein Singvogel, mit einer schwarzen Haube. Einer war deutlich größer, ein Seevogel mit kurzen Beinen und grauem Gefieder um einen bauchigen Korpus.

»Es ist nicht viel«, sagte er. »Aber besser als nichts.«

Wir hätten wirklich ein wenig freudiger gucken können.

»Und die kann man essen?«, fragte Lilith. »Ich meine: Wenn Papageien eine Delikatesse wären, hätte man doch davon gehört.«

»Wenn sie giftig wären, aber auch.«

Sie schmeckten fett, sogar ein bisschen ranzig, es war jedoch nicht so arg, dass man das Fleisch nicht hinunterwürgen konnte. Der große Vogel war dagegen so zäh und trocken, dass es nach ewigem Kauen bald nur noch nach Spucke schmeckte. Sehr lange zu kauen brauchten wir insgesamt allerdings nicht, die Portionen waren, durch sechs geteilt, nur knapp bemessen. Das Thema der Aufteilung, ob den Briskys davon nicht eigentlich auch etwas zustand, ließen wir stillschweigend unberührt. Ich glaube nicht, dass ich der Einzige war, der darüber nachdachte. Seltsam genug, dass sie sich den ganzen Tag noch nicht gezeigt hatten, um nachzuschauen, ob ihnen nicht irgendetwas entging. Nur für die Nonne ließen wir etwas übrig, sie war immer noch nicht zurück.

»Wo bleibt sie nur?«

»Wird sicher gleich kommen. Aber vielleicht sollten wir doch mal einführen, dass sich nicht jeder stundenlang irgendwo rumtreibt, ohne dass die anderen Bescheid wissen.«

Als es an die Wasserverteilung ging, lotste ich mich direkt an Tavos Seite.

»Geben Sie Rania eine doppelte Ration«, flüsterte ich ihm zu. »Es geht ihr deutlich schlechter als uns anderen. Wenn sie sagt, dass sie schon eine bekommen hat, behaupten Sie, es sei genug Wasser da. Ich verzichte auf meinen Anteil.«

Er blickte mich ein wenig zweifelnd an, ließ es sich kurz durch den Kopf gehen. Dann nickte er.

Natürlich kam ich mir großartig vor. Aber es dauerte gar nicht lange, bis ich mich dabei erwischte, es zu bereuen. Und das würde ich noch allen Ernstes, nur kurze Zeit später.

14

Als es dämmerte und die Nonne immer noch nicht zurück war, begannen wir uns Sorgen zu machen.

»Wie lange ist sie jetzt weg?«, fragte ich.

»Ein paar Stunden.«

»Ja, nachmittags haben wir sie noch gesehen.« Lilith deutete in Richtung der Nachbarbucht. »Sie ist da runter, am Meer entlang.«

Der Mond war bereits aufgegangen, stand groß und fast voll über dem östlichen Horizont, zwischen den Bäumen.

»Soll ich sie suchen?«

»Wo ist denn Carmichael?«

Auch er war verschwunden. Niemand wusste, wo er abgeblieben war.

»Vielleicht sucht er sie schon. Ich werde mich jedenfalls mal umsehen.«

Im Geiste sah ich Carmichael schon wieder bei der Quelle. Das war auch der Grund, warum ich von der Nachbarbucht aus geradewegs dorthin steuerte. Ohnehin war dies eine letzte Gelegenheit für einen Kontrollgang. Solange es noch hell genug war.

Sobald ich allerdings ins Innere der Insel vorstieß, merkte ich, dass es dort schon mehr als schummrig war, Einzelheiten waren kaum noch auszumachen. Der Schein des steigenden Mondes tauchte zwar alles in einen blassen Schimmer, einen seltsam milchigen, schwachen Abglanz, doch er stand noch nicht hoch, und sein Licht drang nur selten durch die Abschirmung der Vegetation. Nur manchmal bildete er helle Flecke am Boden. Es war schwer, eine Richtung einzuhalten. Nicht lange, und mir wurde richtig unheimlich zumute. Alles war völlig still, bis auf das Zirpen von Insekten und das sehr ferne Rauschen der Brandung. Nach einer Weile hatte ich mich völlig verirrt und versuchte bloß noch, stur eine Richtung einzuhalten, um wieder zur Küste zu kommen. Als ich dann zu meiner Überraschung doch noch die Wasserstelle erreichte, war beim besten Willen nicht mehr zu erkennen, ob sich dort jemand zu schaffen gemacht hatte und wie viel Wasser inzwischen zusammengekommen war. Also ging ich weiter durch die Büsche und unter Bäumen hindurch in die Richtung, die zum östlichen Ufer führen musste. Auch das gestaltete sich schwierig und dauerte unerwartet lange, sodass ich schon glaubte, die Richtung zu verlieren und mehr oder weniger im Kreis zu gehen. Ich kam auf den Gedanken zu rufen. Vielleicht waren Carmichael oder die Nonne ja in der Nähe, und sehr groß war die Insel nicht. Aber irgendwie war mir auch das unheimlich. Und Carmichael, okay. Doch wie hätte ich die Nonne rufen sollen? Ich wusste nicht mal genau, wie sie hieß. Ich glaubte gehört zu haben, dass Tavo sie beim Namen genannt hatte. Aber ich war mir nicht sicher.

Dann endlich, als mir schon wirklich mulmig wurde und mir diverse Geräusche im Unterholz, Knacken und Scharren, eine Gänsehaut bereiteten, sah ich zwischen Büschen und hoch aufschießendem Farn den Mond über dem Wasser und hatte also endlich eine der Buchten erreicht.

Dort draußen herrschte noch ein Rest Tageslicht, und der höher steigende Mond tauchte bereits alles in Weiß. Als ich durch die Farnblätter ins Freie treten wollte, sah ich plötzlich, fast direkt vor mir, die Silhouette einer Gestalt, die sich gegen den tiefblauen Horizont und das Meer abzeichnete, nicht mehr als ein schwarzer Umriss im Gegenlicht. Sie stand am Ufer, nahe am Wasser. Unwillkürlich war ich stehen geblieben, und als ich näher hinschaute, sah ich, dass es eine Frau war. Eine Frau, die sich entkleidet hatte und gerade im Begriff war, ihr Haar zu lösen. So sah es jedenfalls aus, denn eine Hand hatte sie aufwärts angewinkelt, machte sich dort zu schaffen.

Ich stand stocksteif, wie vom Donner gerührt. Ungläubig glotzte ich auf die Umrisse: eine geradezu anmutige Gestalt mit schmalen Hüften, die geschwungen in ein breites Becken übergingen. Als sie mit ausladenden Bewegungen den Kopf schüttelte, fiel ihr Haar dunkel und lang über ihren Rücken.

Rania, ging es mir durch den Kopf.

Doch Rania hatte nicht so langes Haar, nicht über den ganzen Rücken. Und sie war kleiner als diese Frau, ohne Zweifel. Das war nicht Ranias Statur.

Aber wer war es dann? Gab es doch noch jemanden auf der Insel? Das fragte ich mich, während die Unbekannte sich leicht zur Seite wandte, ihre Brille absetzte und sie auf den Kleiderhaufen zu ihren Füßen legte.

Beim Allmächtigen und den Göttern sämtlicher Mythologien! Es war die Nonne! Die unscheinbare Frau, die ich suchte!

Hastig verbarg ich mich hinter den nächsten erreichbaren Büschen, verharrte dort einige Sekunden und bog dann vorsichtig die Zweige beiseite. Sie war inzwischen einige Schritte ins Wasser gegangen, das ihr bis zu den Knien reichte. Als sie sich bückte und sich Oberschenkel und Arme nass machte, konnte man für einen Augenblick ihre Brüste sacht schaukeln sehen, bevor das über den Rücken seitlich rutschende Haar sie wie ein sich schließender Vorhang verbarg.

Vielleicht hätte ich ja den Gedanken haben sollen, die Augen abzuwenden, mich zurückzuziehen, aber daran würde ich mich erinnern. Es war viel zu faszinierend, was ich dort sah. Ein einmaliges Bild, geradezu traumhaft. Eine badende Schönheit im Mondlicht! Ich beobachtete, wie sie weiter ins Wasser schritt, sich ganz von den sanften Wellen umspülen ließ und dann ein Stück schwamm. Nur ihr Kopf war noch zu sehen und die Turbulenzen, die sie mit ihren Schwimmbewegungen im Wasser verursachte, das jenseits der sachten Brandung eine nahezu glatte Fläche bildete. Sie machte eine Drehung und schwamm eine Weile seitlich, in einem weiten Halbkreis, tauchte dann ganz ab und kam mit einem Schnauben wieder hoch, das nasse Haar jetzt glatt am Kopf.

Nur einige weitere Züge, dann schwamm sie zurück zum Ufer und stakste durch die anflutenden Wellen an Land. Wieder war die Silhouette ihres Körpers zu sehen, diesmal von vorne, ihr kleiner ovaler Kopf, die schmalen Hüften, ihre wohlgeformten Beine. Einzelheiten blieben verborgen, der Mond warf ihren Schatten auf den Strand. Doch sie blieb so stehen, mir zugewandt, als sie ihr Haar auswrang und es ausschüttelte, die größte Nässe von ihrem Körper abstreifte und dann langsam, ohne jede Hast ihre Kleidung wieder anlegte. Während ich mich noch weiter abduckte und dann langsam, unendlich vorsichtig ein Stück zur Seite schlich. Wäre ich stehen geblieben, hätte sie mich vielleicht entdeckt, wenn sie ein Stück weit den Strand hinaufgegangen wäre, wovon auszugehen war.

Ich hätte mich einfach zum Lagerplatz zurückschleichen können, doch aus irgendeinem Grund beschloss ich, mich von der Seite her zu nähern, so als käme ich gerade erst die Küste hinunter, auf der Suche nach ihr. Sie zu finden, war schließlich mein Auftrag, den wollte ich erfüllen. Außerdem war es ein Auftritt, den ich mir einfach nicht verkneifen konnte. Und vielleicht war ich auch schlicht und einfach neugierig. Immerhin hatte sie, nach Kräften, mein Interesse geweckt.

Als ich mich auf diese Weise näherte, scheinbar zufällig genau in diesem Moment, war sie bereits wieder in ihr Kleid geschlüpft und gerade dabei, daran herumzuzupfen. Noch ehe ich den Mund öffnen konnte, zuckte sie zusammen, sie hatte wohl eine Bewegung wahrgenommen, mein (mittlerweile nicht mehr so ganz) weißes Hemd musste im Mondlicht und gegen den schwarzen Hintergrund der Inselvegetation gut auszumachen sein.

»Wer ist da?«, fragte sie erschrocken, und in der Aufregung auf Französisch.

»Ein Freund, keine Angst!«, rief ich betont leichthin. »Ich war auf der Suche nach Ihnen.«

Als ich vor ihr stand, blickte sie mich reichlich verblüfft und mit einer gehörigen Portion Skepsis an. Sie musste kaum zu mir aufsehen, ich stellte fest, dass sie fast so groß war wie ich.

»Sie sprechen Französisch?«

»Ja, ich glaube, das kann ich sagen. Vielleicht nicht perfekt. Aber es geht. Ich komme ganz gut zurecht.«

»Gott sei Dank!«, sagte sie. »Warum haben Sie das nicht vorher gesagt?«

»Sie haben mich ja nicht gefragt.«

Ihr Blick war immer noch düster und misstrauisch.

»Sind Sie gerade erst gekommen?«

»Ja«, log ich wacker. »Ich war erst auf der anderen Seite, und da ich Sie dort nicht finden konnte, dachte ich, Sie müssten hier drüben sein. Es ist schon dunkel.« Wieder eine dieser großartigen Eröffnungen, aber was man nicht alles so sagt, aus reiner Verlegenheit. »Wir haben uns Sorgen gemacht.«

Hier, aus der Nähe, war alles ganz gut zu erkennen, auch ihr Gesicht, das nasse Haar, das, immer noch offen, über eine ihrer Schultern lang nach vorne, über ihre Brust fiel. Ihre Brille hatte sie noch nicht aufgezogen.

Vermutlich habe ich sie angestarrt, und wie denn auch nicht? Unglaublich, das war überhaupt nicht dieselbe Frau. Sie sah jünger aus und … ganz anders.

Offensichtlich war es ihr nicht angenehm, dass ich sie so sah. Obwohl sie doch wieder bekleidet war und sich eigentlich im Sinne des Wortes keine Blöße gab.

»Ja«, sagte sie verlegen. »Es ist spät geworden. Ich wollte nur noch kurz ein Bad im Meer nehmen und dann zurückkommen.«

»Sie waren lange weg, und als es schon dunkel wurde, habe ich mich lieber auf die Suche gemacht.«

Sie nickte heftig, mit verkniffenem Mund. Das alles war ihr sichtlich peinlich.

»Jetzt ist ja alles gut«, sagte ich hastig. »Hauptsache, es ist Ihnen nichts passiert.«

Sie nickte noch einmal. »Ich bin gleich fertig«, sagte sie. »Dann komme ich. Ich muss nur … meine Haarnadeln finden.« Sie setzte ihre Brille auf.

»Ich kann Ihnen ja helfen«, sagte ich. »Und dann können wir gemeinsam zurückgehen.«

»Ich habe sie auf die Schuhe gelegt.« Ihre Sandalen, die im Sand lagen. »Aber ich bin draufgetreten … Eine ist hier.«

»Hier liegt noch eine.« Ich hob sie auf und reichte sie ihr.

»Es muss noch eine da sein.«

Auch die wurde gefunden. »So. Jetzt bin ich gleich soweit.«

»Keine Eile«, sagte ich. »Auf ein paar Minuten kommt es jetzt bestimmt nicht an.«

»Aber die anderen warten.«

Ich ging einige Schritte den Strand hinunter und blickte aufs Meer und hinauf zum Himmel, der jetzt vollständig schwarz war. Wegen des hellen Mondlichts sah man nicht viele Sterne. Es war ein wunderschönes Bild. Ein Bild von sehr trügerischer Schönheit.

Sie trat leise neben mich, immer noch barfuß. Die Haare hatte sie zusammengesteckt, doch nur provisorisch, nicht so akkurat wie sonst.

»Waren Sie bei Brisky? Haben Sie mit ihm geredet?«

»Ja. Aber er wollte mir nicht zuhören.«

»Er hat Sie weggeschickt?«

»Er hat gesagt, dass er seine Meinung nicht ändern wird. Er glaubt, dass er das Richtige tut. Es ist sinnlos, mit ihm darüber zu reden. Er ist einfach nur stur.«

»Ja, das dachte ich mir. Na ja, Sie haben es wenigstens versucht. Das war sehr anständig ... und sehr mutig. Warum haben Sie das überhaupt gemacht?«

»Warum? Ich wollte nicht einfach zusehen, wie sie ins Verderben gehen. Mit einem Floß aufs Meer – das werden sie nicht schaffen.«

»Ich weiß nicht. Wenn sie ausreichend Wasser hätten. Dann wäre es vielleicht machbar.«

Sie schüttelte den Kopf. »Sie wissen nicht, wie es hier sein kann. Das Meer ist manchmal sehr wild. Es kann sehr grausam sein.«

»Sie leben hier, stammen von hier, so wie Tavo?«

»Meine Mutter war von hier. Aber ich habe sie nicht gekannt. Mein Vater ist Franzose. Ich habe die meiste Zeit in Frankreich gelebt. Jetzt bin ich für eine Weile hier. Seit ungefähr drei Monaten.«

»Deshalb haben Sie nicht viel gesprochen«, sagte ich. »Noch weniger als ich. Sie heißen Inés, richtig?«

»Inas«, sagte sie, überbetont, auf der ersten Silbe.

»Ist das Ihr Vorname?«

Sie lächelte. »Ja.«

»Sie kannten Tavo wohl schon vorher?«

»Nein, nur vom Sehen. Ich bin seit drei Monaten in Papeete … dreieinhalb, und ich wusste, dass er das Boot hat. «

»Ist das ein Urlaub?«

»Nein, ich versuche hier eine Weile zu leben. Es ist so eine Art Reise zu den Ursprüngen. Psychologen würden sagen, ich bin auf der Suche nach meiner verstorbenen Mutter. Und entdecke meine polynesischen Wurzeln.«

»Entschuldigung, ich wollte Sie nicht ausfragen. Aber es wird Zeit, dass wir uns ein wenig kennenlernen, finden Sie nicht? Es könnte durchaus sein, dass wir hier noch eine Weile verbringen müssen.«

»Ja, es sieht so aus.«

Sie wollte aufbrechen, das war deutlich zu sehen. War es ihr immer noch unangenehm? Aber was? Das fragte ich mich, während wir uns aufmachten und versuchten, die Küste entlangzugehen, wo der Mond unseren Weg beschien. Andererseits: Warum hätte sie auch noch bleiben sollen? Die Situation war merkwürdig genug, mit einem immer noch weitgehend Fremden nachts abseits der Welt an einem einsamen Strand zu stehen. Erst als wir so dahinstapften, ging mir auf, dass sie vielleicht einfach erschöpft war, durstig und hungrig. Im Lager erwarteten sie ihre Rationen, sie hatte seit vielen Stunden nicht gegessen und getrunken.

Nachdem wir ein Stück weit der Küste gefolgt waren, bogen wir ab, ins Innere der Insel, um sie zu durchqueren und auf die andere Seite zu gelangen. Aber das war jetzt noch schwieriger als vorhin, es war vollständig dunkel, und immer noch drang der Mondschein nur stellenweise durch, vor uns tat sich meist nichts auf als Schwärze. Sie ging hinter mir, ziemlich dicht, und manchmal, wenn mich Hindernisse ins Stocken brachten, konnte sie Kollisionen nur knapp verhindern, ich spürte sie ganz nah.

»Vorsichtig«, sagte ich. »Hier entlang.«

»Sind Sie auch sicher, dass das der richtige Weg ist?«

Ich war schon längst nicht mehr sicher, das Innere der Insel erschien mir mehr und mehr wie ein Labyrinth, und ich nahm mir fest vor, solche nächtlichen Exkursionen zukünftig tunlichst zu vermeiden. Aber ich ging mutig voran, in der Hoffnung, dass sich die Vegetation und das Dunkel bald lichten würden und es dann so aussähe, als hätte ich genau gewusst, wo es lang ging. Nach Gefühl hätten wir die andere Seite der Insel längst erreichen müssen, doch danach sah es nicht aus, denn vor uns war es ein ganzes Stück weit absolut dunkel.

»He, wo sind Sie?«

»Hier!« Sie war tatsächlich im Nu ein Stück abgekommen, war aber sofort wieder bei mir, ich spürte sie ganz nah, ihren warmen Atem an meiner Wange. Ohne eine verbale Verständigung drängte es uns zueinander, wir fassten uns an den Händen wie ängstliche Kinder.

»Wir haben uns verirrt!«, sagte sie.

»Nein, warten Sie. Da hinten wird es heller.« Und das Rauschen des Meeres war wieder näher gekommen.

Als wir unter Bäumen hindurch ins Freie gingen, lag vor uns eine Bucht.

Es war dieselbe, die wir vor zehn Minuten verlassen hatten.

Sobald wir hinaus ins Mondlicht traten, lösten wir hastig, fast schon panisch unsere Hände.

»Wir sind wieder da, wo wir losgegangen sind!«, sagte sie entsetzt.

»Ja. Also auf ein Neues.«

»Vielleicht sollten wir diesmal rufen.«

»Rufen? Na, wenn Sie meinen … Ich glaube, mir ist das irgendwie … peinlich.«

Wir standen da und blickten uns an – und mussten beide lachen.

»Also los«, sagte ich. »Es wird schon klappen. Von da bin ich gekommen. Also gehen wir da am besten auch gleich quer über die Insel.«

»Nein, Sie sind von da drüben gekommen!«

»Oh ... ach ja, stimmt.« Ich spürte, wie ich wieder knallrot wurde. »Da hinten bin ich rausgekommen, so war's, und da gehen wir auch wieder zurück.«

Wir gingen hinüber, in die angewiesene Richtung, bis zur nächsten Stelle, wo die Bäume weiter auseinanderstanden.

»Nicht so schnell!«, sagte sie.

»Geben Sie mir Ihre Hand?«

Sie reichte sie mir sofort, sehr bereitwillig, und so gingen wir vorsichtig geradeaus, so gut es ging.

»Leon?«, sagte sie nach einer Weile.

»Ja?«

»Glauben Sie ... dass wir es schaffen werden?«

»Ja«, versicherte ich. »Diesmal ganz bestimmt.«

»Nein, ich meine doch ... überhaupt. Von dieser Insel wegzukommen.«

Ich schien für diese Frage so etwas wie ein Experte zu sein.

»Klar«, sagte ich ohne Zögern. »Machen Sie sich keine Sorgen.«

»Na, das ist aber leicht gesagt.«

»Wir schaffen es, Sie werden schon sehen. Ich wette auch, dass man uns sucht. Wir sind immerhin acht Personen, die spurlos verschwunden sind. Allein das Boot wird man vermissen. Und

Tavo. Früher oder später werden sie uns schon auf die Spur kommen.«

Vorsichtig gingen wir zwischen Bäumen und Büschen hindurch, und schon nach wenigen Minuten lichtete es sich wieder. Wir waren auf der anderen Seite. Nur noch ein Stück die Küste hinauf, auf den Lagerplatz zu, der sehr bald zu sehen war, das Feuer brannte hell.

Als wir es sahen, wurde uns bewusst, dass wir uns immer noch an den Händen hielten. Einmütig ließen wir im selben Moment los, erneut etwas hastig.

»Alles in Ordnung?«, fragte ich, mehr aus Verlegenheit.

»Ja«, sagte sie.

Dann gingen wir auf das Feuer zu, bis man uns dort als wandernde Schatten wahrnehmen konnte.

»Gott sei Dank«, sagte Tavo. »Ich wollte gerade losgehen und nach Ihnen rufen.«

Carmichael war längst zurück, er hatte nichts weiter gesucht als einen stillen Ort. Er schlief sogar bereits. Demnach hatte sich seine Sorge um uns in sehr engen Grenzen gehalten.

Inas aß und trank und berichtete auch den anderen von ihrer vergeblichen Mission bei den beiden Abtrünnigen. Leise, um Carmichael nicht zu wecken. Und dann richteten sich alle für die Nacht ein, froh, sich endlich niederlegen zu dürfen.

Irgendwann, nach Stunden, erwachte ich mit völlig trockener Kehle. Mein Herz raste, ein Schwindelgefühl und eine drückende Übelkeit quälten mich, ich atmete in kurzen, schweren Zügen, und für Momente ergriff mich eine Aufwallung von Panik. Held sein war ja schön, aber jetzt war ich es, der dringend Wasser brauchte. Das hatte ich von meiner gönnerhaften Großmut! Ich überlegte allen Ernstes, ob ich mich davonschleichen sollte, zur Wasserstelle, um dort dasselbe zu tun, wovon ich Carmichael noch am Nachmittag abgehalten hatte.

Doch dann sah ich Rania daliegen und ganz friedlich schlafen, und gleich ging es mir etwas besser. In das Labyrinth der Insel wollte ich mich bei Dunkelheit auch nicht mehr begeben. Ich biss eine der Früchte auf und saugte an dem Fruchtfleisch, um wenigstens Mund und Kehle zu befeuchten.

Und noch jemanden sah ich im Schein des Feuers daliegen. Inas, halb eingerollt wie ein schlafendes Kind, das Haar wieder akkurat zusammengesteckt, doch ich – und nur ich – wusste jetzt von der Fülle, die es hatte, wenn es offen war. Ich lag da und blickte zum Himmel auf, Bilder und Eindrücke des Tages spukten mir durch den Kopf. Das war aufregend gewesen, da im Dunkel der Insel, wie wir an den Händen gefasst unseren Weg gesucht hatten, ein kleines Abenteuer am Rande.

Als ich mich wieder hinlegte, versuchte ich tief und gleichmäßig zu atmen und kam so langsam zur Ruhe. Ich sagte mir immer wieder, dass alles gut werden würde, die Art von Autosuggestion, die ich mir antrainiert hatte, seit damals, seitdem meine Welt in zwei Stücke zerbrochen war und es immer nur das Davor gab und das Danach, und wenn ich die Augen schloss, sah ich vor mir nichts aus der Vergangenheit, sondern ein herrliches Bild. Das Bild einer badenden Schönen im Mondlicht.

15

Bei Tagesanbruch war ein Gewitter aufgezogen, dunkelgraue Wolken hingen schwer am Morgenhimmel. Es war der auffrischende Wind, der uns weckte. Die Nachtwachen hatten wir stillschweigend aufgegeben, in den ersten Nächten war nicht das Geringste vorgefallen und es hatte keinerlei Anzeichen einer Gefahr gegeben. Niemand näherte sich dieser Insel. Nicht zum Fluch und nicht zum Segen. Jetzt erschien es uns übertrieben, zusätzlich zu Wasser und Nahrung auch noch unseren Schlaf zu rationieren.

Schnell waren wir alle auf den Beinen. Immer noch lag die Hitze über der Insel, drückender als zuvor, der Wind schuf zunächst wenig Abkühlung. Wir begannen, unsere bescheidene Habe unter dem Segeltuch zu sammeln, im Wesentlichen die Decken, den Rucksack und einige uns nützliche Dinge, aber Tavo wies uns an, sie ins Innere des Wracks zu schaffen, und mahnte zur Eile. Und wir waren noch nicht fertig damit, als es von einem Moment auf den anderen nur so schüttete, dicke schwere Tropfen prasselten auf uns nieder. Es dauerte nur Minuten, bis alles in Nässe versank. Unser Sonnensegel konnte dagegen nicht viel ausrichten.

Bald tropfte es nur so von den Blättern, rann in dünnen Fäden herab.

»Nehmt die Tassen und Becher – und was ihr kriegen könnt!«

Wir riefen uns gegenseitig Kommandos zu, liefen aufgeregt durch den prasselnden Regen, Carmichael mit seinem Hut in der Hand. Es war wie eine Erlösung. Süßwasser! Die wiederholten Gänge ins Meer, zum Erfrischen und Säubern oder auf der Suche nach Nahrungsquellen, hatten unsere Haut ganz trocken gemacht und mit feinen Salzkristallen überzogen, es juckte, und wir hatten bereits wunde Stellen bekommen. Diese Nässe war etwas anderes. Sie war erfrischend, nachhaltig kühlend, eine Wohltat. Einer der schweren, gewittrigen Regengüsse dieser Breiten ging auf die Insel nieder. Wir konnten uns satttrinken und dann den Kanister füllen und die verbliebenen Wasserflaschen. Unsere Not war vorbei! Wenigstens, was das Wasser betraf.

Als der Regenguss zu Ende ging, dampfte die ganze Insel, alles versank in einem feinen Dunst. Ein faszinierender Anblick. Schon gegen Mittag war der Himmel wieder klar, das Spektakel vorüber. Unsere Kleider trockneten erstaunlich schnell am Körper. Die Sonne kam zurück, und wir alle waren neu belebt. Wir tranken in vollen Zügen, bis wir nicht mehr konnten, füllten die Flaschen und den Kanister wieder auf mit dem Wasser, das sich im Sonnensegel gesammelt hatte.

»Das war überfällig!«, sagte Tavo, sichtlich erleichtert. Wir sprachen über die Regenfälle in diesen Breiten. Deren relative Häufigkeit sich allein schon an der Vegetation ablesen ließ. Die Insel wäre ohne häufigen Regen nicht so üppig bewachsen gewesen.

»Es gibt hier viele kleine Inseln, die sich nur von Regenwasser ernähren«, erklärte er. »Um diese Jahreszeit ist Regen etwas seltener. In drei oder vier Monaten wird er wieder zunehmen.«

Wasser schien also nicht unsere Sorge zu sein. Jedenfalls nicht unsere größte. Das war nach wie vor die Nahrungsbeschaffung. Ein Problem, mit dem wir uns noch am selben Tag auseinandersetzen würden.

Das Feuer war ausgegangen, der Lagerplatz sah ziemlich wüst aus. Wir machten uns daran, wieder alles in Ordnung zu bringen und für den Abend neues Holz zu beschaffen. Und im Zuge dieser – etwas unkoordinierten – Bemühungen beobachtete ich Inas, die sich von einer langhaarigen badenden Schönheit wieder in eine schlicht gekleidete, akkurat erscheinende, korrekt frisierte Frau verwandelt hatte, das Haar streng und fest um den Kopf fixiert. Nach einer Weile bemerkte ich, dass ich ebenso wie sie bemüht war, einen unbeteiligten Eindruck zu machen. Eifrig taten wir so, als bemerkten wir den anderen gar nicht. Zuerst verunsicherte mich das etwas, aber dann fiel mir auf, dass sie gewissenhaft wegguckte, sobald ich in ihre Richtung blickte, genauso wie ich umgekehrt.

So was Albernes! Wir benahmen uns wie Schulkinder. Wenn sie auch längst nicht so alt war, wie es den Anschein gehabt hatte, konnte sie doch kaum jünger sein als ich. Ich war neugierig, inwieweit sich dieser Eindruck des gestrigen Abends, getroffen im Mondschein, nun bei Tageslicht bestätigen ließ.

Und so manövrierte ich mich – nur dem Anschein nach unauffällig – in ihre Nähe. Klar, ich hatte keinerlei Ahnung, was ich sagen sollte, aber es war doch zu albern, dass wir überhaupt nicht miteinander sprachen. Also, was soll's, sagte ich mir, und entschloss mich tapfer, einfach den Anfang zu machen.

Aber wie das oft so ist, es ging völlig daneben. Genau in dem Moment, als ich den Mund aufmachte und die ersten Worte an sie richtete, rief

Carmichael etwas, ziemlich laut, ganz in unserer Nähe, und übertönte mich. Sie hatte mich gar nicht gehört und wandte sich im nächsten Moment ab, ging einige Schritte davon. Und ich stand da wie ein Idiot, mit offenem Mund.

»Haben Sie was gesagt?«, fragte Carmichael.

»Nein, nichts.«

Dann war sie bei den anderen Frauen, und natürlich wollte ich nicht hingehen und sie da einfach so ansprechen. Missmutig setzte ich mich ans Ufer, wo unterhalb des Wracks die Felsvorsprünge aus dem Boden ragten, und blickte übers Meer. Von einer plötzlichen Anwandlung gepackt, verfluchte ich die Insel und die ganze Südsee gleich mit, wünschte mir einfach nur, es würde ein Schiff auftauchen und diesen Irrsinn beenden. Ich wollte einfach nur nach Hause. Dass ich noch vor einer Stunde im Regen getanzt hatte wie ein Wilder, war völlig vergessen.

Weil ich so in Gedanken war und mich meinem Trübsinn überließ und der Wind von See her wehte, hörte ich sie nicht kommen.

»Störe ich Sie?«

Ich wandte mich dämlich unkontrolliert zur Seite und blickte irritiert zu ihr auf. Vor Schreck sagte ich erst mal überhaupt nichts. Einige Sekunden lang.

»Sie sprechen doch noch Französisch, oder?«

Das brachte mich sofort zum Lachen.

»Ja«, sagte ich. »Immer noch.«

»Also ... ich wollte mich noch bedanken, dass Sie mich gesucht haben. Das ... das war sehr nett.«

»Oh ...« Ich stand etwas hastig auf, in einer ungeschickten Anwandlung von Höflichkeit und guter Erziehung. »Das war doch ... selbstverständlich. Es tut mir vielmehr leid ... Ich meine, ich kam ja gerade ungünstig, und ich dachte nur ... Ich wollte Sie nicht in Verlegenheit bringen.«

»In Verlegenheit?«

»Na ja, Sie wirkten so. Ein wenig verlegen ... und nervös. Ich wollte mich nicht aufdrängen ... und Sie auf keinen Fall in Ihren religiösen Gefühlen verletzen.«

»In meinen religiösen Gefühlen? Was reden Sie da eigentlich?«

»Na ja, Sie sind doch ... sehr religiös. Ich meine, ganz offensichtlich.«

»Offensichtlich? Wieso denn offensichtlich?«

»Ich meine nur Ihre ... Aufmachung. Diese Haube, die Sie da getragen haben.«

Sie blickte mich mit großen Augen an. »Die *Haube*? Sie meinen, diese *Serviette* im Haar?« Zu meiner Überraschung legte sie eine Hand auf den Mund und versuchte, ein Lachen zu unterdrücken. »Wofür haben Sie das denn gehalten?«

»Nun, ich dachte, es gehört zu so einer Art Schwesterntracht.«

Sie konnte nur mühsam an sich halten, nicht loszuprusten. Sehr mühsam.

»Ich bin doch keine ... Schwester! Ich arbeite als Bedienung bei *Foodfare*.«

»*Foodfare*? Diese Imbisskette? ... Oh, mein Gott!«

Jetzt konnte sie sich nicht mehr beherrschen und lachte los. Ich spürte deutlich, wie ich rot wurde. Knallrot. Natürlich! Was sie getragen hatte, war das Accessoire der Mädchen, die in diesem Laden bedienten. Irgendwo hatte ich es schon mal gesehen, vermutlich im Vorübergehen.

»Sie müssten mal Ihr Gesicht sehen!«

»Ich esse nie dieses Fastfood-Zeug. Sonst hätte ich es natürlich gewusst.«

»Natürlich«, sagte sie. Und musste schon wieder lachen. Dieses Lachen war ebenso verblüffend wie erfrischend. Und so entwaffnend, dass ich nach einer Weile einstimmen musste. Es war ohnehin das Beste, was ich tun konnte.

Allmächtiger!, dachte ich. Und ich habe sie »die Nonne« genannt!

»Aber Sie tragen dieses komische Ding doch wohl nicht in Ihrer Freizeit?«

»Ich hatte bloß vergessen, es aus dem Haar zu nehmen. Ich musste an diesem Tag länger dableiben und war sehr in Eile, weil ich das Boot noch kriegen wollte. Hab mich nur umgezogen und bin dann sofort los. An dieses blöde Ding habe ich nicht mehr gedacht. Ich kam mir auch ziemlich dämlich vor, als ich es dann erst nach Stunden bemerkte.«

»Oh, ist mir das peinlich!«

»Na, das ist wohl ein bisschen übertrieben. Ich finde es bloß drollig ... dass Sie auf so was gekommen sind. Haben Sie gedacht, ich bin von der katholischen Mission?«

»So was in der Art.«

»So was gibt's doch in Papeete gar nicht. Ordensschwestern im Hospital und so. Ich glaube, Sie machen sich von Polynesien noch ziemlich falsche Vorstellungen. Sind Sie zum ersten Mal hier? Na ja, ich kann's Ihnen nicht verdenken. Ehrlich gesagt, hatte ich auch sehr angestaubte Erwartungen. Man fährt auf diese Inseln und wundert sich, dass hier Autos fahren. Und dass es moderne Wohnblocks gibt. Und solche schönen Dinge wie *Foodfare*. Als wäre das ein Teil der Welt, wo die Moderne noch gar nicht ankommen dürfte. – Wollen wir uns nicht einen Moment setzen?«

Ja, das wollten wir.

»Verstehen Sie, was ich meine? Man schaut sich als Kind im Fernsehen die *Meuterei auf der Bounty* an und denkt, das alles müsste hier noch so aussehen. So sehr man auch inzwischen weiß, wie es wirklich ist. Man hat Bilder und Filme gesehen und viel gelesen, aber diese blöden Vorstellungen kriegt man nicht mehr aus dem Kopf, und dann, wenn man hier ist, ist man fassungslos, wenn man in einer Bank oder irgendwo einen Insulaner im Anzug sieht.«

Ich verstand, was sie meinte.

»Was tun Sie denn hier? Ich meine: hier, in der Südsee, Tahiti.«

»Ich arbeite für einen Sender. Wir machen hier einen Dokumentarfilm. Ich gehöre zu einem Team und war auf dem Weg nach Bora Bora, um mich dort mit meinen Leuten zu treffen.«

»Ein Dokumentarfilm?«

»Ja, so ein Film, der Leuten zeigen soll, wie es hier inzwischen wirklich aussieht ... auch wenn Sie's doch nicht begreifen.«

Sie saß, mir halb zugewandt, wir blickten uns ein wenig scheu an. Zum ersten Mal konnte ich sie aus so großer Nähe betrachten – bei Tageslicht. Ihre Gesichtszüge waren europäisch, hatten aber diesen leicht exotischen Einschlag, ihr mütterliches Erbe. Ihre Augen standen ein wenig schräg, ihre Haut war so glatt wie die der Insulaner, wenn auch nicht ganz so dunkel. Ich sah, dass ihre Nase sehr schön war, und ihre Augen, und ihr Mund so schön geschwungen, die Lippen von Natur aus kräftig rot. Warum hatte ich das denn bloß vorher nicht bemerkt?

»Was ist?«, sagte sie. »Warum sehen Sie mich so an?«

»Ach, bloß so.«

»Aha.«

Schweigen trat ein, ich blickte über ihren Kopf hinweg, hinauf zu den Baumkronen – die ja auch wirklich rasend interessant waren. Dass sie die

Gelegenheit nutzte, mich zu betrachten – wie ich aus dem Augenwinkel sah –, machte mich noch nervöser.

»Wollen Sie mich denn nichts fragen?«, sagte sie.

»Bitte?«

Sie saß da, die Ellbogen auf den Knien, den Kopf in die Hände gestützt, und seufzte.

»Wegen meinem Namen vielleicht. Und ich frage Sie nach dieser Narbe.«

Ich überließ die Baumkronen ihrem weiteren Schicksal und erwiderte erneut ihren Blick.

»... wenn ich darf.«

Ich betrachtete meinen linken Arm, als wüsste ich nicht allzu gut, was es dort zu sehen gab. Meinen Arm, den ich um ein Haar verloren hätte. Der nicht mehr so belastbar war und nur begrenzt einsatzfähig, seitdem.

»Ein Unfall?«, fragte sie. »– Wenn Sie nicht gerne darüber sprechen ...«

»Es ist vor einigen Jahren passiert. Ein Autounfall.«

»Sieht schlimm aus.«

»Ja. Kein schöner Anblick.«

»Das meine ich nicht. Aber es muss eine schwere Verletzung gewesen sein.«

»Ich war lange im Krankenhaus, viele Wochen. Es sah schon danach aus, als würde ich den Unterarm verlieren. Aber sie haben es wieder zusammengeflickt. Vielmehr geschraubt. Ich habe Glück gehabt. Sehen Sie ... ich kann die Hand nicht richtig anwinkeln – und nicht so gut bewegen.«

»Ich habe es bemerkt – beim Wasserschöpfen, auf dem Boot. Sie hatten starke Schmerzen.«

»Hm. Ich wusste nicht, dass ich unter Beobachtung stand.«

»Ich habe es auch bemerkt, als wir das Boot an den Strand gezogen haben. Da haben Sie den Arm gar nicht benutzt.«

Ich grinste. »Nicht schlecht. Sie sind eine gute Beobachterin. Hoffentlich hat es sonst niemand bemerkt.«

»Wäre das denn so schlimm?«

Ich zuckte die Schultern. »Eigentlich nicht. Aber ich bin es einfach schon gewohnt, es zu verbergen. So was hängt man nicht an die große Glocke. Ich muss ja auch selten im Leben Boote an den Strand ziehen – oder Wasser schöpfen.«

»Keine Angst – ich werde Ihr Geheimnis bewahren.«

»Das ist sehr anständig – Inas. Jetzt können wir mal über Ihren Namen sprechen. Das wollten Sie doch.«

»Nein, Sie wollten es. Schon gestern Nacht. Sie haben sich nur nicht getraut.«

»Na ja, ehrlich gesagt, hab ich gedacht, ich hätte es vielleicht falsch verstanden. Inas habe ich noch nie zuvor gehört.«

»Aber jetzt sagen Sie's doch richtig.«

»Tags bin ich mutiger als nachts.«

»Aha. Es ist jedenfalls ein polynesischer Name. Daran ist mein Vater schuld, nicht meine Mutter. Er fand es wohl besonders schick.«

»Hat Inas eine Bedeutung?«

»Ja. Es heißt *die Frau des Mondes*.«

Ich glotzte sie an, erst mal sprachlos.

»Oder noch poetischer: *die Gefährtin des Mondes*. So erklärt es jedenfalls mein Vater immer stolz. Ich weiß, es ist sehr albern.«

»Albern, nein. Warum?«

»Weil Sie so komisch gucken.«

Ich sah bloß wieder dieses Bild vor mir: die entkleidete Frau, die langsam in die sachten Wellen watete, und dahinter, am Himmel, so ungewöhnlich groß, der Mond. Manchmal passierten im Leben schon merkwürdige Dinge.

»Ist es nicht ein bisschen albern …?«

»Nein, wirklich nicht!«

»Ich meine doch: dass wir immer noch Sie zueinander sagen.«

»Ach so, das … Ja, das ist wahr. Ziemlich albern.«

Wir lächelten, etwas ungeschickt.

»Gut«, sagte sie. »Und hast du vielleicht Lust, noch ein bisschen am Strand herumzugehen?«

Später, allein, dachte ich darüber nach. Das alles. Unsere Unterhaltung, und wie sie dagesessen hatte. Wie sie gesprochen hatte, so ruhig. Mit so einer Art träumerischem Ernst. Und überhaupt, wie sie war. So gefasst. Ihre ganze Haltung. So aufrecht. Und irgendwie so ... *anmutig*. Sie schien nicht in diese Zeit zu passen. Und nicht mal in diese Welt. Irgendwie sah sie aus wie Frauen aus alten Filmen. Ich konnte sie mir in einem viktorianischen Kleid vorstellen, hochgeknöpft und eng tailliert. Sie wirkte so: klug, gesittet, ernst. Aber wäre sie eine Viktorianerin gewesen, dann eine sehr eigensinnige, unbequeme. Sie hätte bestimmt nicht im Damensattel gesessen.

Die Gefährtin des Mondes ...

Mochte schon sein, dass manche das albern fanden. Und kitschig. Sicher wäre mir das unter anderen Umständen auch so vorgekommen.

Dann fiel mir ein: Woher hatte sie überhaupt gewusst, wie ich hieß?

Auch darüber dachte ich nach. Später, allein, als ich wieder einsam am Strand saß. Dort saß und ihren Namen in den Sand schrieb. Um ihn dann hastig wieder wegzuwischen.

16

Noch später, als ich, immer noch nachdenklich, über die Insel streifte, führte mich mein Weg auch wieder zur Wasserstelle. Nicht, dass wir auf diese im Augenblick angewiesen waren. Es war verrückt. Noch gestern hatten all unsere Hoffnungen auf dem Ertrag dieses Rinnsals gelegen. Und heute war es schon beinahe nebensächlich geworden.

Doch ich war neugierig, wie sich die Regenfälle ausgewirkt hatten. Inwieweit sie den Fluss des zutage tretenden Wassers hatten anschwellen lassen.

Zu meiner Überraschung rann es nun genauso spärlich den Felsen hinunter wie zuvor. Es hatte sich überhaupt nichts verändert. Im Sammelbecken befand sich eine ziemlich schmutzige Brühe, dem Anschein nach war es vor allem vom Regen gespeist, meiner Abdeckung zum Trotz, die allerdings auch nicht vollständig war. Ich schöpfte es leer und befreite es vom Schmutz, so gut es ging, damit es von Neuem volllaufen konnte.

Dann zog ich weiter, diesmal noch ein Stück nördlich, in die Richtung, wo Inas' Bericht zufolge Brisky und sein Sohn ihr Lager aufgeschlagen hatten. Nach meiner Schätzung war das noch ein ganzes Stück. Mag sein, dass mich die Neugier trieb und ich drauf aus war, durch die Bäume einen Blick aus sicherer Deckung zu erhaschen. Eine Konfrontation hatte ich dabei sicherlich nicht im Sinn. Doch viel eher, als ich gedacht hatte, und zudem ganz plötzlich, als ich niedrig hängende Zweige beiseiteschob, hatte ich die Bucht erreicht. Sie lag direkt vor mir.

Ich blieb verdutzt stehen. Und blickte genau in die Augen von Brisky. Brisky, der sich gerade an etwas zu schaffen gemacht hatte, was unverkennbar das Floß war, mich im Aufrichten bemerkt hatte und zu mir herübersah.

»Sie?«, sagte er, ebenso verblüfft wie ich. »Mit Ihrem Besuch hätte ich nun wirklich nicht gerechnet!«

Er schwitzte und wischte sich mit dem Handrücken den Schweiß von der Stirn. Sein Atem ging schwer. Die Hemdsärmel hatte er hochgekrempelt.

Da ich nicht antwortete, wie gelähmt dastand und keinen Ton herausbrachte, sagte er: »Wenn Sie gekommen sind, uns umzustimmen, dann können Sie sich den Versuch sparen. Das hat unsere Samariterin schon versucht.«

»Glauben Sie, dass sie eine Ordensschwester ist oder so was?«, fragte ich, und nichts hätte mich selbst mehr in Verwunderung setzen können.

Brisky glotzte mich irritiert an. »Eine Ordensschwester, nein! Wie kommen Sie denn darauf? Sie ist bloß wie eine Samariterin aufgetreten. Ihre weibliche Sorge um uns war ganz rührend.«

»Ich habe sie nämlich für eine Ordensschwester gehalten. Oder so was. Wegen diesem dämlichen Häubchen, das sie am ersten Tag trug.«

»Sah für mich eher aus wie die Tracht eines Zimmermädchens. Die Hotels hier unten stehen doch auf solch nostalgisches Zeug.«

Ein äußerst seltsamer Anfang für ein Gespräch, das gar nicht hätte stattfinden sollen. Und das ich mir, während meiner Schrecksekunde, wahrhaftig anders vorgestellt hatte. Brisky war verblüfft, aber nicht wütend. Sein hasserfüllter Blick war gänz-

lich verschwunden, war nicht wieder aufge-
flammt. Vielleicht hatte die Überraschung des unverhofften Augenblicks ihn ganz einfach völlig aus
dem Konzept gebracht, ähnlich wie mich. Und
vielleicht stolperten wir aus reiner Unbeholfenheit
in diese merkwürdige Unterhaltung.

Erst als ich mich halbwegs gefasst hatte, blickte
ich mich um, orientierte mich in der Bucht. Sie
war nicht groß und nicht sehr offen, sondern
wurde eingerahmt von Bäumen, die am entgegen-
gesetzten Ende bis nah ans Wasser wuchsen. In
ihren Reihen gab es Lücken, denn mehrere waren
gefällt worden, die Stümpfe ragten hässlich und
irgendwie anklagend bis auf Gürtelhöhe aus dem
sandigen Boden. Am Ufer, knapp oberhalb der
Flutlinie, lag das Floß, gezimmert aus eben jenen,
zurechtgehauenen Stämmen. Sieben waren es
insgesamt, auf fast gleiche Länge gekürzt. Davor
befand sich die Feuerstelle, Asche in einem
Steinkreis. Sonst gab es auf Anhieb nichts
Bemerkenswertes. Brisky war allein. Von Jakut
war nichts zu sehen.

Wir standen da, schweigend, über eine eigentlich peinlich lange Zeitspanne hinweg. Jeder
schien abzuwarten, was der andere tun oder sagen würde. Brisky zog unschön die Nase hoch
und wischte noch einmal in seinem verschwitzten
Gesicht herum. Er hatte gerade mit der flachen
Seite der Axt irgendetwas fest- oder zurechtge-
klopft. Feinarbeit im Endstadium. Das Floß sah

fertig aus, die Stämme akkurat behauen und fest-
gezurrt.

»Sie scheinen mir nicht mehr böse zu sein«, sagte ich endlich und wagte mich einige Schritte näher. In der Distanz stehenzubleiben ergab einfach
keinen Sinn.

»Nein«, sagte er. »Vielmehr ja, das bin ich nicht.
Was haben Sie gedacht? Dass ich Ihnen an die
Gurgel gehe?«

»Vorgestern sah es vorübergehend ganz danach
aus.«

Er lachte in sich hinein, warf die Axt in den
Sand und ließ sich dann erschöpft auf dem Rand
des Floßes niedersinken.

»Ich weiß, dass Sie mich für den Bösewicht in
diesem Spiel halten. Den Widerling. Den ungehobelten Klotz. Der notorisch missgünstig ist und
es nur darauf anlegt, anderen das Leben schwer
zu machen. Aber da täuschen Sie sich.« Er
schnaufte, dann hob er den Kopf und grinste
schief. »Außerdem sind Sie ein Stück jünger als
ich. Und ich weiß ja nicht, woher Sie das da am
Arm haben. Bei einer Narbe dieser Größe ist
Vorsicht geboten.«

»Die ist bloß von einem Unfall«, sagte ich. »Aber
es stimmt, manchmal macht sie Eindruck, und
das schadet ja nicht.«

»Setzen Sie sich doch«, sagte er. Er hatte eine
der Wasserflaschen hervorgeholt und hielt sie mir
hin. »Auch einen Schluck?«

Ich schüttelte den Kopf. »Sehr gastfreundlich. Ich darf also annehmen, dass auch Sie Wege gefunden haben, den Regen aufzufangen.«

»Es hat gereicht, unsere Wasserflaschen zu füllen. Und weil wir die Persenning aufgespannt haben, konnten wir uns sogar ein wenig waschen. Ein ungeheurer Luxus.«

»Auch wir konnten unsere Vorräte auffüllen. Damit und mit dem Ertrag der Wasserstelle sind wir soweit gut versorgt.«

»Schön«, sagte er – und grinste etwas übertrieben.

»Ich erzähle Ihnen das nicht, um Eindruck zu schinden. Vielmehr, um Ihnen klarzumachen, dass wir uns auf der Insel ganz gut mit Wasser versorgen können. Was draußen auf dem Meer etwas anders aussieht.«

Er lachte auf. »Sie versuchen also tatsächlich, uns zum Bleiben zu überreden? Nett. Wirklich. Wir sind ja ach so zivilisiert – und höflich. Richtige Prachtexemplare unserer westlichen Kultur ..., wenn ich uns dazuzählen darf. Es mag Ihnen etwas merkwürdig erscheinen, aber wir Neuseeländer zählen uns tatsächlich zur westlichen Kultur. Dank unserer kolonialen Wurzeln. Hier am Ende aller mutterländischen und westlichen Welten können wir unsere Masken allerdings ruhig ablegen. Die Wahrheiten sehen doch anders aus, also warum nennen wir die Dinge nicht beim Namen? Niemand von Ihnen will ernsthaft, dass wir hierbleiben. Wenn Sie Ihre anerzogenen Pietäten ablegen und ehrlich zu sich selbst sind, dann sind sie alle glücklich mit dieser Situation. Und froh, uns los zu sein!«

»Nein, Brisky, das stimmt nicht. Es stimmt einfach nicht.«

»Sie wissen, dass es stimmt. Und wissen Sie was? Wir können es kaum erwarten, hier wegzukommen. Wir möchten nicht zurück, Sie können ganz beruhigt sein. Ihre Alibi-Angebote brauchen Sie vermutlich, um Ihr Gewissen zu beruhigen. Na, dann haben Sie Ihre Pflicht ja jetzt getan. Sie können zurückgehen und denen sagen, wie verbohrt und unvernünftig wir sind. Das hat unsere reizende Französin gestern vermutlich auch bereits getan.«

»Sie sagte, Sie hätten nicht mal richtig zugehört.«

»Oh nein, das trifft es nicht ganz. Ich habe viel dazu gesagt, aber sie hat wohl nicht viel davon verstanden. Leider spreche ich kaum Französisch. Es reicht gerade, um Essen zu bestellen oder mit Nutten einen Preis auszuhandeln.«

Jetzt musste ich grinsen. Ich lachte sogar vor mich hin.

»Was ist daran so komisch?«

»Brisky, Sie versuchen immer den Hartgesottenen zu spielen, den Ungehobelten, das Ekel. Warum liegt Ihnen eigentlich so viel an der Darstellung eines Charakterschweins? Das Sie doch angeblich gar nicht sind. Trotzdem versuchen Sie eifrig den Eindruck zu erwecken.«

»Jetzt kommen Sie mir bloß nicht mit einer Charakteranalyse! So ein Gesülze kann ich nun wirklich nicht ab.«

»Sie wollten doch Klartext reden. Also bitte. Wenn Sie sich wie ein arrogantes Arschloch benehmen, können Sie nicht erwarten, dass die Leute sich um Ihre Gesellschaft reißen. Natürlich bedauert keiner, dass sie das Lager verlassen haben. Ist das eine große Wahrheit? Quatsch. Es liegt auf der Hand. Und trotzdem wollen wir nicht zusehen, wie Sie in Ihr Verderben rennen. Wenn das pietätvolle, verlogene Wohlanständigkeit ist, gut, meinetwegen. Ich verrate Ihnen was: Ich wollte überhaupt nicht herkommen, es ist bloß Zufall, dass ich hier gelandet bin. Im Gegensatz zu unserer netten Französin. Die konnte ihre Wohlanständigkeit einfach nicht bei sich behalten und ist nur deshalb zu ihnen gegangen: um Sie umzustimmen. Und dann hätten Sie sich ja vielleicht ein bisschen einfacher ausdrücken können, damit sie Sie versteht. Da hätten Sie sich auch keinen Zacken aus der Krone gebrochen.«

»Ich denke, dass sie das Wichtigste verstanden hat: dass es für uns kein Zurück gibt. Sie wirkte auch nicht übermäßig zerknirscht, und ich hatte nicht das Gefühl, als hätte ich einer zarten Seele bleibenden Schaden zugefügt. Warum haben Sie sie überhaupt hergeschickt, wenn Sie …?«

»Wir haben sie nicht hergeschickt. Sie ist aus eigenen Stücken gekommen. Niemanden hat das mehr gewundert als uns.«

»Also ist es Ihnen doch scheißegal. Worüber reden wir denn hier überhaupt? Und wozu?«

»Brisky, ob es uns nun gefällt oder nicht, aber wir sind der – zweifellos überpietätvollen – Auffassung, dass wir das hier besser gemeinsam durchstehen sollten. Mit vereinten Kräften. Und dass Ihr Vorhaben Wahnsinn ist. Sie begeben sich in eine unüberschaubare Gefahrensituation. Die Chancen sind einfach zu gering.«

»Das sehe ich anders. Und ich mag rüberkommen wie ein arrogantes Arschloch ... okay, ich bin nicht der Feinfühligste, meine Umgangsformen sind ein wenig ruppig ... aber ich bin überzeugt von dem, was ich tue, und ich halte nicht viel von übertriebenen demokratischen Prinzipien, ich mache alles gerne so, wie es mir passt und nehme nicht immer Rücksicht. So eine Sache, die man im Geschäftsleben lernt, das bleibt nicht aus. Und ich weiß, dass das abgedroschene Phrasen sind, und Sie wollen mir sicher sagen, kein Grund, sich das zu eigen zu machen ... aber ich habe es mir zu eigen gemacht. Mit dem ganzen demokratischen Geschwätz kommen wir zu gar nichts, das war mir sofort klar, und wenn ich der Überzeugung bin, dass Sie alle auf dem Holzweg sind, dann werde ich mich nicht aus hehrem demokratischen Verständnis Ihren Ansichten beugen und etwas mittragen, was ich nun mal nicht mittragen kann, Himmel Herrgott nochmal. Und ganz im Gegenteil mache ich mir Gedanken um Ihr Schicksal, denn *my way* hin und *my way* her, ist es mir nicht völlig egal, was hier mit Ihnen passiert. Aber ich konnte nicht mehr tun, als Ihnen allen zu sagen, dass hierzubleiben der falsche Weg ist. Sie wollten nicht auf mich hören. Also mache ich es alleine. Ganz einfach.«

»Nein, nicht ganz so einfach. Sie machen es eben nicht alleine. Ihr Sohn hängt mit drin. Den nehmen Sie mit auf dieses Himmelfahrtskommando – was es aus unserer Sicht ist.«

»Jake ist jetzt langsam ein erwachsener Mann und entscheidet für sich selbst.«

»Sie würden ihn also nicht hindern, wenn er sich entscheiden würde, hierzubleiben?«

»Wie könnte ich?«

»Wirklich nicht? Das bezweifle ich.«

»Können Sie. Falls Sie glauben, so können Sie etwas erreichen, dann fragen Sie ihn. Ist das Ihre letzte Strategie – uns zu entzweien?«

»Ob er schon erwachsen ist, darüber könnte man streiten. Und vielleicht schließt er sich Ihnen nur an, weil er meint, es zu müssen. Es Ihnen schuldig zu sein.«

»Ich denke vielmehr, dass er die Dinge so sieht wie ich. Was nicht so arg verwunderlich ist bei Vater und Sohn. Die sich nun mal oft sehr ähnlich sind. So etwas soll ja vorkommen. Und bevor

Sie noch weiter in Angelegenheiten herumwühlen, die Sie eigentlich gar nichts angehen, kann ich Sie – zu Ihrer Beruhigung oder bloß zu Ihrer Information – darüber in Kenntnis setzen, dass mein Sohn mir keineswegs hörig und auf mich eingeschworen ist, wie es vielleicht erscheinen mag, er ist nämlich nicht bei mir aufgewachsen, sondern bei seiner Mutter. In der Zeit, bevor er vierzehn war, habe ich ihn nicht öfter gesehen als vielleicht einmal im Jahr – wenn überhaupt. Ich war für ihn ein Fremder, unsere Begegnungen waren für uns beide mehr eine Quälerei. Wir wussten nicht, was wir sagen und was wir miteinander anfangen sollten. Vier Jahre lang habe ich ihn überhaupt nicht gesehen. Erst nach seinem vierzehnten Geburtstag ist die Verbindung ein wenig enger geworden. Da war er zum ersten Mal für einige Wochen bei mir, und seitdem haben wir Kontakt – aber, ehrlich gesagt, kaum mehr als früher. Vor dieser Tour haben wir uns fast zwei Jahre nicht gesehen, und wir hatten nie eine Phase, in der wir Vergnügungsparks besucht hätten oder so was, und jetzt ist er dafür längst zu alt. Also vergessen Sie Ihre großartigen Theorien von einem aufgezwungenen Willen und einer emotionalen Abhängigkeit – oder worauf immer Sie da hinauswollen.«

»Was nach all dem, was Sie mir da sagen, trotzdem nicht ausgeschlossen ist. Aber Sie haben recht, es geht mich nichts an, und darum geht es auch gar nicht. Es geht darum, dass Sie unter äußerst fraglichen Umständen ein großes Wagnis eingehen wollen – und verdammt nochmal, ich begreife einfach nicht, warum Sie das nicht sehen! Sie werden kaum Wasser haben, was immer Sie an Vorrat mitnehmen, wird nicht länger reichen als einige Tage oder eine Woche. Und es ist nicht einzuschätzen, wie lange diese Unternehmung dauern kann. Vielleicht viel länger. Sie können kaum steuern, Sie treiben aufs Geratewohl dahin. Das ist ein Lotteriespiel, aber keine vernünftige Alternative.«

Wir hatten uns längst heißgeredet und waren wohl ziemlich laut geworden. Jetzt schnaufte Brisky gewaltig und schaltete einen Gang zurück. Er ließ bewusst eine Pause entstehen.

»Aber das Gleiche könnte ich zu Ihnen sagen. Ganz einfach, weil ich Ihren Weg nicht für vernünftig halte. Ich kann Sie mit der gleichen Eindringlichkeit beschwören. Wenn Sie hierbleiben, werden Sie vor die Hunde gehen. Warum ist Ihnen das nicht klar? Natürlich, Sie haben jetzt Wasser. Und glauben vielleicht, damit sind Ihre Probleme gelöst. Aber diese Insel kann Sie nicht alle ernähren, das ist der Punkt. Es ist mir so deutlich, dass ich mich frage, warum Sie es nicht sehen.«

»Wir sind dabei, Wege aufzutun, um diesem Problem entgegenzuwirken. Es gibt Nahrungsquellen. Wir müssen Sie nur erschließen.«

»Ein paar Vögel? Würmer, Larven? Baumrinde? Sie können versuchen, was Sie wollen. Diese Insel ist eine Todesfalle. Sie liegt irgendwo im Abseits. In einer Zone, in die sich offenbar kein Mensch vorwagt. Ich weiß, ich weiß, von Ausnahmen abgesehen! Wenn Sie mich fragen, sprechen die Spuren, die wir gefunden haben, eine deutliche Sprache. Alle, die jemals zu dieser Insel gelangen, sind Verirrte wie wir. Vor uns haben schon andere versucht, hier zu überleben. Wenn man die Augen nicht verschließt, kann man sehen, wohin das geführt hat. Klar, wir alle wollen es nicht aussprechen, es uns nicht einmal ausmalen. Aber es ist passiert. Alles, was wir hier sehen, sagt uns, dass ein Überleben nicht möglich ist – und dass niemand von außerhalb hierherkommt. Haben Sie sich wirklich noch nicht gefragt, warum? Warum sucht uns hier niemand? Warum kommt niemals ein Schiff hierher?«

Ich blickte ihn mit finsterer Miene an. Er wollte auf etwas hinaus. Ich hatte keine Ahnung, was das war, aber ich hatte das sichere Gefühl, es würde mir nicht gefallen.

»Was meinen Sie?«, fragte ich. »Offenbar liegt diese Insel weit abseits. Es gibt keinen Grund, sie anzulaufen. Wozu auch? Wenn sie so abseits liegt und offensichtlich nichts bietet, was die Fahrt lohnen würde, warum sollten dann Schiffe oder Boote sich hierher aufmachen? Nur verständlich, dass niemand kommt.«

»Ja, aber vielleicht nur, weil überhaupt niemand herkommen will. Und zwar ums Verrecken nicht. Sie können sich Ihre Nachtwachen sparen. Keine Gefahr. Schauen Sie nur hin! Es gibt hier nicht mal Fische. Aber angeblich sind die polynesischen Gewässer doch so fischreich.«

»Nicht überall. Fischschwärme haben ihre Routen und Jagdgründe.« Natürlich betete ich Tavos Worte nach. Und wahrscheinlich wusste Brisky das sogar. »Im Übrigen haben wir unsere Nachtwachen eingestellt.«

Er erhob sich, so wie jemand, der es nicht länger fertig bringt, still an einem Fleck zu bleiben. Er stand da, neben mir, ohne mich anzusehen, dem Meer zugewandt.

»Wir sind fast drei Tage mit den Strömungen getrieben und ziemlich weit vom Kurs abgekommen. Nach Südosten, meiner Schätzung nach. In dieser Richtung liegt Tuamotu.«

»Tuamotu? Das liegt im Osten. Nach Südosten wären wir vorbeigetrieben. Und so weit können wir meines Erachtens auch nicht gekommen sein.«

»Ja, es ist ein ganzes Stück. Auch mir kam es erst nach einer Weile in den Sinn. Ich habe angefangen mich zu fragen, ob es nicht sein kann. Je nachdem, wo es uns hin verschlagen hat, würde das einen Sinn ergeben. Der Tuamotu-Archipel erstreckt sich weit nach Süden, sehr weit.«

Wir waren sehr leise, sehr still geworden.

»Eigentlich lässt die Richtung doch keinen Zweifel zu. Unentdeckte Inseln gibt es nicht mehr. Bestimmt nicht im Umkreis der Gesellschafts-Inseln. Tuamotu, die südlichen Inseln ... Das ist die einzige Erklärung. Und ... klingelt bei Ihnen da nicht etwas?« Er blickte auf mich hinab, mit einem seltsam ausdruckslosen Gesicht. »Oder wollen Sie einfach nicht, dass es klingelt?«

»Mururoa ... Darauf spielen Sie doch an. Die Atomtests der Franzosen. Aber wissen Sie genau, wo das war?«

»Nein. Und wissen Sie, wo wir genau sind?«

Ich war drauf und dran, sofort dagegenzuhalten, doch dann saß ich da und schwieg. Musste das erst mal auf mich wirken lassen. Ich gebe zu, es war mir kalt den Rücken hinuntergelaufen. Fieberhaft versuchte ich in meinem Kopf einen Atlas aufzuschlagen, eine kartografische Darstellung der Region aufzurufen. Es gelang mir nur ungefähr. Bilder huschten mir durch den Kopf: Tavo, schweigsam, kurz angebunden, seine großen, wachen Augen, hinter denen immer etwas vorzugehen schien, und immer viel mehr, als nach außen drang. Das Wissende, das ihm stets anhaftete. Wie viel wusste er? Und wie viel davon war er bereit, uns wissen zu lassen?

Reagierte ich hysterisch? Ließ ich mich von Briskys Auslegung anstecken?

»Wir wissen nicht, wo wir sind«, sagte ich. »Genau das ist der entscheidende Punkt. Und in

Ermangelung greifbarer Information entwerfen Sie ein Schauermärchen.«

»Im Tuamotu-Archipel gibt es Atolle und Inseln, die niemand ansteuert, das ist eine Tatsache. Die haben eine ganze Region zum Teufel gejagt, für Jahrtausende. So endet es, wenn man bis zum Erbrechen geltungssüchtigen Nationen Kolonien in die Hände gibt. Es fällt ihnen nichts Besseres ein, als das damit zu machen. Schauen Sie hin, Irving. Spüren Sie das nicht? Dieser Flecken Land hat etwas Gespenstisches. Es braucht keine Skelettreste in Asche, um das wahrzunehmen. Das hier ist eine Todeszone. Oder jedenfalls nahe genug daran. Ich habe nur einen Wunsch: schnell von hier wegzukommen. Und Ihnen rate ich das Gleiche.«

Während er noch sprach, sah ich das Bild vor mir: die Bucht in fast vollendeter Dämmerung, wo Inas gebadet hatte. Insel und Meer im milchigen Schimmer des Mondlichts. Diese trügerische Idylle. *Trügerisch.* War es das, was ich gespürt hatte? Dass das alles irgendwie *falsch* war? Oder war es nur das Groteske der Situation: diese urlaubshafte Idylle in Verbannung und Isolation zu erleben, am Rande der Welt?

»Wir wissen gar nichts«, sagte ich nach langer Pause. »Und müssen auch nicht das Schlimmste annehmen. Natürlich wollen auch wir so schnell wie möglich von dieser Insel weg – so oder so. Aber nicht um jeden Preis. Nicht solange sie mehr

Sicherheit bietet als irgendetwas, das uns von ihr wegbringen könnte.«

Brisky schüttelte den Kopf, mit verkniffenem Mund. Er sah zornig aus, ungeduldig.

»Ich appelliere an Sie: Kommen Sie mit uns. Fahren wenigstens Sie mit. Einer mehr an Bord ist kein Problem.«

»Sie fordern mich allen Ernstes auf, die anderen im Stich zu lassen? Und mal zurück zu den Wahrheiten, die Sie angesprochen haben: Sie glauben doch selbst nicht, dass Sie mich wirklich dabei haben wollen.«

»Große Zuneigung dürfen Sie nicht erwarten. Es stimmt schon, ich bin ein Egoist. Ich bin es gewohnt, meine Ziele zu erreichen, und dazu sind mir viele Mittel recht. Aber Sie scheinen mir von allen anderen der Vernünftigste zu sein. Kommen Sie mit uns. Und wenn wir Erfolg haben, dann können wir die anderen herausholen.«

Unfassbar, er meinte es ganz ernst. Glaubte er wirklich, ich würde mich ihm so einfach anschließen? Oder ging es ihm dabei nur um die Freude, den anderen einen der ihren abspenstig zu machen?

»Und was ist ... nur mal angenommen ... Stellen Sie sich nur mal vor, diese Insel hier liegt in völlig unbedenklichem Gebiet – und erst, wenn Sie losziehen und weiter mit der Strömung Richtung Osten treiben, verschlägt es Sie in die Gefahrenzone!«

»Das glaube ich nicht.« Er sagte es ruhig, doch seine Augen verrieten einen gewissen Schrecken, den ihm meine Worte eingejagt hatten, das war nicht zu verhindern gewesen.

»Aber es ist absolut möglich. Sie können nichts von dem beweisen, was Sie vermuten. Untrügliche Anzeichen gibt es nicht. Und ich kann meinen Entwurf ebenso wenig stützen. Was auch immer wir tun, kann genau das Falsche sein.«

Er zuckte mit den Schultern. »Wir müssen tun, was wir für das Richtige halten. Ich bin jedenfalls bereit, das zu tun. Und gegebenenfalls alle Konsequenzen zu tragen. Sie können mich nicht davon überzeugen, dass Ihr Plan besser ist.«

»Gut, wenn Sie meinen. Aber Ihnen stehen noch Wasserrationen zu.«

»Die brauchen wir nicht.«

Ich starrte ihn an und glaubte wirklich, ich hätte mich verhört.

»Brisky, Mann! Ist Ihr Stolz so groß? Sie haben doch nicht mehr als die Wasserflaschen. Und wir haben drüben einen ganzen Kanister voll. Da wird es Ihr Stolz doch wohl zulassen, dass Sie Ihren Anteil in Anspruch nehmen!«

Er setzte ein höhnisches Grinsen auf. »Wir kommen schon zurecht«, sagte er. »Machen Sie sich um uns keine Sorgen. Und wenn Sie es sich anders überlegen ... ich halte einen Platz für Sie frei.«

»Wann werden Sie aufbrechen?«

»Bald. Wie Sie sehen, sind wir soweit fertig. Wir werden die Persenning als Segel einsetzen. Müssen nur noch den Mast verankern. Das ist es, was wir geschafft haben, während Sie immer noch an Ihrem Lagerplatz hocken.«

»Und wovon wollen Sie sich ernähren während Ihrer heroischen Überfahrt ins Nirgendwo? Von Früchten?«

Sein Grinsen wurde breiter. Und spöttischer. »Halten Sie mich nur weiter für einen dickköpfigen Trottel, der blind in sein Unglück rennt. Aber ich bin gut vorbereitet, sehr gut. Wir haben einige nette Tierchen gefangen, die werden wir unterwegs als Köder benutzen. Draußen auf See werden wir fischen können. Eine meiner größten Leidenschaften.«

»Tierchen?«, fragte ich. »Was für Tierchen?«

Anstatt zu antworten, ging er hinüber zum Lagerplatz und bedeutete mir, ihm zu folgen. Dort war aus dünnen Stämmchen eine Art Holzpferch errichtet, sehr grob und ohne jeden Aufwand gezimmert, bedeckt mit einem Geflecht aus Zweigen. Als Brisky die mit einem Stück Seil gesicherte Abdeckung löste und anhob, wurde der Blick frei auf die dort Gefangenen: vier große Echsen, eine von ihnen so lang wie ein Unterarm, die anderen etwas kleiner. Wir hatten sie verschiedentlich auf der Insel beobachtet, und Tavo hatte sie bereits zum Notproviant erklärt, zu unser aller Entsetzen.

»Jake ist gerade auf der Jagd nach weiteren«, erklärte er, indem er die Abdeckung wieder festzurrte. »Drei haben wir erlegt und bereits gegessen. Diese hier werden uns entweder als Köder oder als Nahrung dienen. Sie sehen, wir sind nicht zimperlich. Und vor allem sind wir besser vorbereitet, als Sie angenommen haben. Wie gesagt, ist es nicht meine Art, alles schleifen zu lassen und meine Zeit mit Debattieren zu vergeuden. Ich packe die Dinge gerne an. Und ich weiß sehr genau, was ich tue. Sehr genau.« Er stand da, die Hände in die Hüften gestemmt. »Halten Sie sich nur weiter an Mr. Allwissend von den Inseln. Ich jedenfalls halte mich an mich selbst. Da weiß ich genau, woran ich bin. Vielleicht wären Sie alle besser meinem Rat gefolgt und hätten sich meiner Führung anvertraut, aber jetzt ist es zu spät.«

Ohne Zweifel, er imponierte mir. Ich empfand für ihn eine seltsam widersinnige, sehr ambivalente Mischung aus Verachtung und Respekt. Er wusste, was er wollte, ging seinen eigenen Weg. Sein Verstand war scharf. Und doch war er ein Narr. Mochte das Floß noch so solide sein und mochten sie noch so gewitzt für ihre Ernährung sorgen, sie würden dennoch jämmerlich verdursten, innerhalb weniger Tage. Sicher, sie hatten eine Chance, aber sie war nur gering. Wenn ihnen innerhalb der ersten drei Tage ein Boot begegnete ... Wenn sie eine andere Insel anlaufen konnten ... Sicher, dann ja. Aber wie wahrscheinlich war das? Machten sie sich wirklich klar, wie verloren ein winziges Floß auf diesem riesigen Ozean war? Es konnte wochenlang unbemerkt dahintreiben, sogar Monate. Ohne gezielte Navigation. Selbst wenn ein Schiff in Sichtweite vorüberfuhr, war es unwahrscheinlich, dass dieses winzige Ding, flach auf dem Wasser, bemerkt würde. Sie mussten nah an ein Schiff herankommen, ziemlich nah. Diese Chance war winzig.

Aber wozu ihm das alles noch einmal sagen? Es war bereits alles gesagt. Sein Entschluss stand unumstößlich fest. Vergebliche Mühe, dagegen noch anzurennen. Ich konnte mir jeden weiteren Versuch sparen.

Er sah zu, wie ich mit mir rang, und wartete ab. Hoffte er, dass ich noch etwas sagen würde? Ich glaube, es machte ihm Spaß, so zu debattieren, also das zu tun, was er nach eigenem Bekunden gar nicht mochte. Doch er war ein guter, ein sehr intelligenter Redner, und Reden war für ihn ein Mittel der Selbstdarstellung. Es gab nichts, was er lieber tat als das: sich selbst darstellen. Er war von sich überzeugt bis zur Selbstverliebtheit. Das war es, was ihn so unsympathisch machte. Und einen doch für ihn einnahm.

Ich hatte damals so ein Gefühl: dass wir unter anderen Umständen einen Weg hätten finden können, uns miteinander zu arrangieren. Sicher wären wir nie Freunde geworden. Aber es hätte mir Spaß gemacht, mit ihm zu reden. So wie es ihm Spaß machte. Wir hätten noch viele Diskussionen führen können, gerade weil unsere Ansichten und unsere Welten so konträr waren. Aber dazu blieb keine Zeit mehr. Jetzt waren weitere Diskussionen nutzlos.

Ich nickte. »Also gut«, sagte ich. »Wenn das so eine Art Rennen ist, dann wünsche ich mir, dass es zwei Sieger gibt. Dass wir beide ins Ziel kommen, jeder auf seine Art.«

»Glauben Sie mir, Irving, dasselbe wünsche ich mir auch. Ich wünsche mir, dass wir uns wiedersehen … und noch einmal über alles sprechen können. Vielleicht in einer netten Bar in Papeete. Oder in Vaitape. Die Getränke gehen dann natürlich auf mich.«

Ich lächelte, ein wenig verlegen. »Denken Sie nochmal über Ihre Wasservorräte nach.«

Da war ein Impuls, ihm die Hand zu reichen, aber das wäre vielleicht etwas theatralisch gewesen, und vielleicht hätte er sie ja nicht mal genommen, wer weiß? Also schwenkte ich einfach einen Arm.

»Viel Glück!«, sagte ich.

Dann drehte ich mich um und ging davon, ohne mich nochmal umzusehen.

Ich ging den gleichen Weg zurück, den ich gekommen war, wenigstens ungefähr, er führte an der Wasserstelle vorbei. Meist wuchs das Unterholz der Vegetation sehr dicht, doch manchmal öffnete es sich, wurde lichter, und irgendwo in der Nähe der Quelle machte ich plötzlich eine Gestalt aus.

Ich blieb abrupt stehen und äugte durch das Gestrüpp: Dort, auf einem halb im Boden versunkenen Baumstück, saß Jakut. Er konnte mich nicht sehen, den Kopf hatte er gesenkt, in beide Hände gestützt. Doch er sah nicht aus wie jemand, der vor Erschöpfung einen Augenblick ausruht. Alles, seine Haltung und wie er sich mit gekrümmten Fingern andauernd durchs Haar fuhr, drückte Verzweiflung aus. Als er den Kopf hob und aufwärts blickte, in das lichte Dach der Baumkronen, war seine Miene verzerrt, seine Lippen bewegten sich, unhörbar murmelte er vor sich hin. Ich hätte viel näher kommen müssen, um es zu verstehen. Aber diese Augen stierten, ohne etwas konkret zu fixieren, das war der Ausdruck eines ängstlichen Jungen, und man sah, dass er geweint hatte. Da er nicht direkt in meine Richtung blickte und überhaupt nicht wirklich etwas um sich herum wahrnahm, entdeckte er mich nicht. Als er erneut den Kopf in die Hände stützte, schlich ich mich leise davon, schlug die Richtung ein, die mich zum Lagerplatz führen musste.

Hätte ich zu ihm gehen sollen? Um herauszufinden, was ihn so bedrückte? Hätte er überhaupt mit mir gesprochen? Und hätte das irgendetwas gebracht?

Sehr oft habe ich später darüber nachgedacht und mir diese Fragen gestellt, immer und immer wieder.

17

Als ich ins Lager zurückkam, lagen dort kurioserweise drei genau jener Echsen im Sand, die ich in Briskys Pferch besichtigt hatte, allerdings tot. Tavos Jagdbeute. Gerade debattierte man darüber, es ging offenbar um die Zumutbarkeit in Fragen der Nahrungsversorgung.

»Wir müssen der Wahrheit ins Auge sehen«, sagte Tavo. »Was das Nahrungsangebot auf der Insel betrifft, haben wir keine Wahl!«

»Ich ernähre mich lieber nur von Früchten, ehe ich diese Dinger esse!«, bekundete Lilith sehr entschieden.

»Das wird nicht genügen.«

»Dann verhungere ich lieber!«

Inas pflichtete ihr bei. »Als ob nur Fleisch uns retten könnte ...«, sagte sie.

»Auf die Dauer nur von den Früchten zu leben, das wird Ihnen nicht gelingen«, beharrte Tavo. »Wenn wir nicht für ausreichend Nahrung sorgen, wird es mit unserem körperlichen Zustand sehr schnell bergab gehen, in diesem Klima.«

»Falls es jemanden interessiert«, sagte ich in die Runde, die meine Ankunft ohne große Aufmerksamkeit zur Kenntnis genommen hatte, »nach Briskys Angaben schmecken diese *Dinger* da ausgezeichnet.«

»Sie waren bei Brisky?« Carmichael schien mich überhaupt jetzt erst bemerkt zu haben. »In der Höhle des Löwen? Das war mutig.«

»Es hat sich zufällig so ergeben. Wir hatten ein langes Gespräch.«

»So? Und? Was kam dabei heraus?«

»Gar nichts. Ich habe versucht, ihn davon zu überzeugen, dass es besser wäre hierzubleiben. Aber sie haben das Floß fast fertig und sind fest entschlossen, demnächst zu starten.«

»Es sei denn, das alles ist nur eine große Show«, bemerkte Lilith. »Brisky macht ziemlich viel Wind, aber ich bin nicht überzeugt, dass auch viel passieren wird.«

»Danach sieht es nicht aus. Wie gesagt, das Floß ist fast fertig. Sie haben sich große Mühe gegeben. Und sie haben Jagd auf diese Viecher gemacht … und hatten sie bereits auf dem Speiseplan. Vielleicht war Briskys Urteil bloß sarkastisch, aber genießbar sind sie jedenfalls, so viel war klar.«

»Schlangen und Echsen zu essen ist vielleicht für Europäer eklig«, sagte Rania. »Und für Amerikaner. Aber viele Arten sind essbar – und schmecken sogar nicht schlecht.«

»Und was soll das heißen?«, fragte Lilith. »*Stellt euch mal nicht so an*, oder was?«

»Ja, so ziemlich genau das! Bei einigen ist anscheinend noch nicht angekommen, in welcher Situation wir uns hier befinden.«

»Einige weitere Tage«, beeilte sich Tavo, »dann dürfte es bei allen angekommen sein. Es ist eine Frage der Zeit. Ich spüre jedenfalls deutlich, wie es mit meiner Konstitution abwärts geht. Wasser und ein paar Früchte werden uns auf Dauer nicht auf den Beinen halten. Also sucht *danach*.« Er hielt eine Muschel hoch, die er schon die ganze Zeit in der Hand gehalten hatte. »Wir können das Fleisch kochen. Ein Geschmackserlebnis wird das nicht, aber das muss uns jetzt weiß Gott egal sein. Ich werde mich weiter auf die Jagd begeben. Und wer immer dazu bereit ist, sollte mir dabei helfen.«

Alle standen da und starrten ihn an, niemand machte Anstalten zu antworten Es gab keine Zustimmung, aber immerhin auch keine weitere Ablehnung.

»Wir sollten uns mit dem Gedanken vertraut machen, dass wir hier eine Weile überleben müssen. Wir haben jetzt lange genug die Horizonte angestarrt. Und Streifzüge über die Insel unternommen, jeder für sich.« Vielleicht war es ja nur Zufall, dass er mich dabei anblickte. »Wir sollten uns besser organisieren. Wir brauchen ständig Holz fürs Feuer, wir müssen jagen und Früchte sammeln. Und Süßkartoffeln. Die Wasserstelle im Auge behalten. Und schließlich sollten wir mal daran denken, uns etwas zu bauen, wo wir Unterschlupf finden können.«

»Schick«, sagte Carmichael. »Ein Baumhaus!«

»Ich denke, etwas Bodenständiges wird vollauf genügen.«

»Oh«, sagte Carmichael, »ich kann wunderbare Baumhäuser bauen. Das haben wir früher im Sommer bei meinen Großeltern in Wisconsin gemacht, als ich ein Junge war.«

»Sie gehen mir auf die Nerven mit Ihrem sarkastischen Geschwätz!«

Sagte Rania, und ihre Augen funkelten böse. Deutlicher Ausdruck einer Missstimmung, die ohnehin die ganze Zeit vor sich hin schwelte. In dieser zufällig hingewürfelten »Gemeinschaft« war nicht alles eitel Sonnenschein, auch nicht nach Briskys Abgang.

»Ihr geht mir alle auf die Nerven! Keiner von euch ist bereit, sich mit der Situation abzufinden und sich darin einzurichten. Von Tavo abgesehen. Ihr starrt aufs Meer und in den Himmel und wartet auf Hilfe und auf ein Wunder und unternehmt so gut wie gar nichts. Und findet das womöglich alle sehr spaßig. Das hier ist kein Spiel, das ist bitterer Ernst. Vielleicht müssen wir wochenlang hier aushalten, ist euch das nicht klar?«

»Sie sollten Predigerin werden«, sagte Carmichael bissig. »Die Einzige, die unsere Lage verstanden hat! Großartig!«

»Wir haben nichts getan?«, sagte Inas, erbost über Ranias Vorwurf. »Sie haben auch nicht viel dazugetan!«

»Es ging ihr auch nicht besonders«, verteidigte Lilith.

»Uns allen ging es nicht besonders.«

»Aber ihr ging es noch schlechter.«

Rania warf Lilith einen sehr zornigen Blick zu, offenbar um sie zum Schweigen zu bringen. »Alles, was ich sage, ist, dass wir endlich etwas tun müssen!«

»Ja«, sagte Carmichael. »Genau wie Tavo soeben festgestellt hat – nur ein bisschen charmanter.«

»Tut mir wirklich leid, dass ich Ihnen nicht *charmant* genug bin!«

Und damit wandte sich Rania schwungvoll um und stapfte davon.

Alle standen ein wenig betreten da, Carmichael tat einen gewaltigen Atemzug.

»Ganz schön zickig«, sagte er.

»Ach, lasst sie in Ruhe!«, fauchte Lilith und machte sich auf, Rania zu folgen.

Tavo blickte uns drei Verbliebene an. Er biss die Zähne zusammen und rieb sich mühsam beherrscht das Kinn. »Möchte vielleicht noch jemand gehen?«, fragte er. »Am besten wieder alle in verschiedene Himmelsrichtungen. Und wir schicken dann regelmäßig Suchtrupps los, um die zu finden, die wieder mal verschwunden sind.« Er seufzte. »Würden Sie vielleicht freundlicherweise nach diesen Muscheln suchen? Das würde uns helfen. Ich werde inzwischen auf die Jagd gehen.«

An diesem Abend brannte wieder ein Feuer an unserem Lagerplatz. Und über dem Feuer kochten wir das, was wir tagsüber zusammengetragen hatten, in dem lächerlich verbeulten Kessel, den wir nicht wieder in Form zu bringen wagten, aus Angst, ihn dann völlig zu zerstören. Mit dem Tagesertrag der Wasserstelle wurde es eine Suppe aus Muschelfleisch, Wurzelsträngen, Blattstücken und dem in Stücke geschnittenen Fleisch der Echsen. Ein Baumharz, das sehr süßlich schmeckte, war Tavos entscheidende Beigabe, es sollte den Geschmack der anderen Zutaten überdecken. So oder so schmeckte das Ergebnis widerlich, man konnte es jedoch mit einigem guten Willen ertragen. Inas und Lilith weigerten sich, davon zu essen, aber wir anderen würgten es tapfer hinunter.

18

Kaum war die Mahlzeit beendet, lauerte ich auf eine Gelegenheit, Lilith abzufangen. So unauffällig wie möglich. Sie ergab sich, als sie sich nochmal in die Büsche verdrückte, wo ich bereits Posten bezogen hatte und ihr dann ein Stück folgte.

Natürlich erschrak sie gehörig, als es in ihrer Nähe raschelte und ich da auftauchte.

»Psst!«, machte ich. »Nicht erschrecken. Ich bin's.«

Sie zischte etwas in ihrer Sprache, was deutlich klang wie ein Fluch. »Sie? Was wollen Sie? Ich ... ich schreie!«

»Blödsinn! Ich tue Ihnen doch nichts. Will Sie bloß was fragen.«

»Und dazu schleichen Sie mir durch die Büsche hinterher?«

»Na, die anderen sollen es möglichst nicht mitkriegen.«

Da es stockdunkel war, man gerade nur Umrisse sah, konnte ich ihren Gesichtsausdruck nicht erkennen.

»Ich warne Sie nochmal ...«, begann sie.

»Hören Sie schon auf! Es geht um Rania.«

»Rania? Was ist mit Rania?«

»Na, das möchte ich eben wissen. Irgendwas ist doch mit ihr. Ist sie krank oder so was?«

»Krank? Nein. Es geht ihr gut.«

»Es geht ihr eben nicht gut! Irgendwas stimmt nicht. Jedenfalls sieht sie sehr krank aus ... und schwach. Und ist sehr reizbar. Und dann hat sie Sie so komisch angesehen, als Sie gesagt haben, es ginge ihr schlechter als uns.«

Stille. Dunkelheit und Stille. Hörte sich nicht an, als ob da noch eine Antwort kommen würde.

»Also, was nun?«

»Ich ... ich darf es Ihnen nicht sagen. Niemandem.«

»Was? Was dürfen Sie niemandem sagen?«

»Wenn ich's nicht sagen darf, dann kann ich Ihnen auch so eine blöde Frage nicht beantworten!«

»Ach, kommen Sie. Was hat das alles zu bedeuten? Was ist mit ihr? Sie ist nicht krank, aber es geht ihr schlecht. Eins von beidem, Sie müssen sich schon entscheiden!«

»Dann zählen Sie doch einfach zwei und zwei zusammen!«

Das versuchte ich, da im Dunkeln. Obwohl ich zuerst noch gar nicht wusste, was sie meinte. Oder wollte ich es nicht wissen?

Nein, ich glaube, ich war einfach so dämlich und hatte keine Ahnung. Bis mir endlich – dann doch noch – ein Licht aufging, ganz plötzlich. Natürlich! Es war einfach zu peinlich! Typisch, so was passierte mir immer. Ich war imstande, Frauen ewig zu drängeln, wenn sie sagten, sie wollten nicht schwimmen gehen oder so was.

»Okay, jetzt weiß ich. Klar. Natürlich ...«

»Was? Was wissen Sie?«

»Na, was sie hat.«

»Und was hat sie?«

»Wollen Sie mich verscheißern? Als wüssten Sie's nicht! Macht es Ihnen Freude, wenn ich's ausspreche – und mich endgültig zum Idioten mache?«

»Ich frage doch nur, ob Sie wissen, was sie hat!«

»Ja, ich weiß es. Jetzt. Sie hat das, was Frauen manchmal so haben, und ja, ich bin ein bisschen dämlich, darauf hätte ich auch einfach kommen können!«

»Was?«, fragte sie. Es klang ungeduldig und sehr genervt. »Was quatschen Sie denn da? Rania ist schwanger!«

Allmächtiger! Erst jetzt war ich der Dorftrottel. Weil ich noch immer nichts begriffen hatte, als ich schon dachte, ich wäre superschlau.

»Wie bitte?«

»Jetzt hab ich's doch gesagt ... Aber Sie dürfen nicht verraten, dass ich es Ihnen gesagt habe. Sie bringt mich um, wenn sie es erfährt!«

»Schwanger ...?« Ich war noch immer wie vor den Kopf geschlagen. »Wie denn ... schwanger?«

»Na, wie wohl?«

»Ich meine doch, wie sehr ... im wievielten Monat?«

»Im vierten.«

»Ist mir gar nicht aufgefallen.«

»Man sieht ja auch noch kaum was. Vielleicht, wenn man genau hinschaut.«

»Ist es ... von ihrem Mann?«

»Ja, natürlich! Von wem denn sonst? Also hat sie Ihnen von ihm erzählt.«

»Halt nur das. Dass sie frisch verheiratet ist.«

»Ja. Und sie war auf dem Weg nach Bora Bora, um Rajesh dort zu treffen. Sie wollten dann zusammen zurück nach Indien.«

»Und warum will sie nicht, dass wir es erfahren?«

»Sie will's eben nicht. Weil das die Dinge nur komplizieren würde. Wahrscheinlich möchte sie keine besondere Aufmerksamkeit und Zuwendung. Sie ist so. Da behält sie's lieber für sich.«

»Lange wird's aber nicht mehr zu verheimlichen sein.«

»Lange werden wir aber auch hoffentlich nicht mehr hier auf dieser blöden Insel bleiben müssen.«

Was noch abzuwarten war. Dachte ich, sagte jedoch lieber nichts. Ich stand da und grübelte über die Dinge nach, und vermutlich entstand darüber eine ansehnliche Pause.

»Also«, sagte Lilith, »wenn ich darf, dann würde ich jetzt gerne einen Moment für mich sein. Wenn Sie natürlich unbedingt wollen, können Sie hier bei mir bleiben, es ist ja dunkel, meinetwegen. Halten Sie's, wie Sie wollen. Hauptsache, Sie denken daran, kein Sterbenswort davon zu sagen, dass ich es Ihnen verraten habe.«

»Und ... wenn ich behaupte, es selbst gemerkt zu haben?«

»Denken Sie nicht mal dran! Sie hat mich schon damit gelöchert, ob ich's Ihnen verraten hätte, nachdem Sie ihr Ihre Wasserrationen überlassen hatten.«

»Also, dann könnte ich es doch von alleine gemerkt haben!«

Sie schnaufte. »Ach, machen Sie, was Sie wollen! Aber vielleicht respektieren Sie einfach Ranias Wunsch, wie wäre denn das? Und es bleibt dabei: Ich hab Ihnen nichts gesagt!«

Ich ging zurück zum Lager, und als wir uns schließlich niederlegten, hatte ich eigentlich genug Stoff zum Nachdenken, es wurde immer mehr. Doch nach dem Essen war da, trotz eines leichten Anflugs von Übelkeit, auch ein widersinnig angenehmes Gefühl der Sättigung. Jetzt erst merkte ich, wie erschöpft ich war. Hundemüde fiel ich bald in einen tiefen Schlaf.

19

Morgens, ganz früh, als es erst dämmerte, erwachte ich. Ich weiß nicht, wovon. Vielleicht nur von dem berühmten Gefühl, dass irgendetwas vorgeht. Oder weil ich etwas gehört hatte? Ich erwachte und richtete mich auf. Und sah, dass Tavo nicht an seinem Platz lag. Als ich mich umblickte, sah ich ihn unten am Strand. Er stand da und blickte aufs Meer hinaus.

Leise erhob ich mich und schlich zu ihm. Ich musste besonders leise sein, denn es war kaum ein Laut zu hören. Das Meer war ganz glatt und still, die Brandung kaum hörbar. Es war drückend heiß, obwohl die Sonne noch nicht einmal aufgegangen war.

Tavo wandte sich um, als er mich kommen hörte, sagte aber zunächst nichts. Sein Blick kehrte zurück zum Horizont und dabei konnte mir nicht entgehen, wie angespannt er war.

»Was ist?«, fragte ich. »Irgendwas nicht in Ordnung?«

»Spüren Sie das?«, fragte er.

Ich horchte eine Weile und blickte wie er zum Horizont, wusste jedoch nicht, was er meinte.

»Was?«

»Da kommt etwas auf uns zu. Und es wird gewaltig!«

»Was meinen Sie? Ein Sturm?«

Ich blickte mich um, dann übers Meer, das nur leicht gekräuselt war von flachen Wellen.

»Es ist doch ganz still«, sagte ich.

»Ein bisschen zu still.«

»Die berühmte Ruhe vor dem Sturm? Es ist aber überhaupt nichts zu sehen. Nicht die kleinste Wolke am Himmel.«

»Nein«, sagte er. »Noch nicht. Aber es wird kommen. Hören Sie doch mal!«

Ich horchte erneut, konnte allerdings nichts Besonderes wahrnehmen. Es war einfach nur still. Alles friedlich.

»Vollkommene Stille«, sagte er. »Nicht mal die Vögel sind zu hören.«

»Sind Stürme nicht ziemlich häufig in diesen Regionen? Auf der Fahrt nach Papeete habe ich einen erlebt.«

»Ja«, sagte er. »Stürme ... Aber das hier wird ein Zyklon. Und er wird gewaltig. Ich kann nur hoffen, dass er vorbeizieht. Dass wir nicht mitten hineingeraten.«

Den ganzen Morgen trieb er sich am Wasser herum, bis die Sonne aufging, lange Schatten über den Lagerplatz warf und dann über die Baumkronen stieg. Nach und nach erwachten die anderen.

»Was gibt's?«, fragte Carmichael.

»Tavo sagt, es zieht ein Sturm auf.« Auch die anderen kamen herunter zum Strand.

»Es ist doch ganz klar«, sagte Lilith. »Keine Wolke am Himmel.«

»Aber heiß ist es.«

Und dann geschah etwas sehr Seltsames. Noch während wir so standen, konnten wir spüren, wie sich die Luft veränderte. Es war, als hätte jemand eine riesige Klimaanlage abgedreht. Mit einem Mal wurde es noch heißer, noch drückender.

»Da!«, sagte Tavo, der zu uns herüberkam. Er wies zum Horizont im Westen.

Sah er etwas, was wir nicht sahen? Für uns war alles ganz gewöhnlich. Ich hatte Geschichten gehört, von Leuten, die Stürme und Flutwellen und sogar das Nahen von Schiffen voraussagen konnten. Die Legende von Bottineau fiel mir ein, der im 18. Jahrhundert die Leute durch Voraussagen verblüfft hatte, dass sich Schiffe näherten, Tage, bevor sie am Horizont auftauchten. Das war auf Mauritius gewesen. Hatte Tavo ein besonderes Gespür? Eine gesteigerte Sensibilität? Sicher, er stammte von hier. Doch wies er auf einen Horizont, an dem wir anderen keine Veränderung erkennen konnten, nicht die geringste.

Dann wurde es so heiß, dass uns der Schweiß in Strömen herablief. Kein Lüftchen regte sich. Und erst dann, Minuten, nachdem Tavo es uns bedeutet hatte, entdeckten wir, wie im Westen über dem Wasser etwas wie ein Schatten sichtbar wurde. Eine gigantische Wolkenbank, die dort aufzog, mit erschreckender Geschwindigkeit. Wenige Minuten, und über dem Horizont war alles schwarz.

»Oh mein Gott!«, sagte Carmichael. »Es kommt genau auf uns zu!«

»Ja«, sagte Tavo. »Und es wird uns von dieser Insel fegen, wenn wir nicht Schutz suchen.«

»Schutz suchen? Wo denn?«

»Wird es denn wirklich so schlimm?«

Tavo blickte uns nacheinander fest an, als wollte er uns gezielt eine Chance geben, die Panik in seinen Augen zu erkennen. Und wir erkannten sie alle.

»In Kürze wird hier die Hölle losbrechen!«, rief er. »Die Hölle! Der einzige Ort, wo wir Schutz finden können, ist das Wrack. Wir müssen es festsetzen, irgendwie verankern. Und schnell! Wir müssen versuchen, es ganz an die Felsen zu drücken ... und dann von der anderen Seite zu sichern – irgendwie! Holen Sie alles, was da ist und bringen Sie es ins Wrack! Wir brauchen die

Seile. Und wir müssen versuchen, es in den Grund einzugraben, so weit es geht. Holt alles an Holz, was ihr könnt. Los! Große Stücke! Damit können wir das Wrack beschweren. Am besten ganze Bäume. Vielleicht können wir Bäume fällen und es damit sichern. Leon, laufen Sie rüber zu Brisky! Sie waren schon dort, Sie können es finden. Die beiden müssen zu uns herüberkommen, machen Sie ihnen das irgendwie klar! Sagen Sie diesem verdammten Dickkopf, dass er einmal auf mich hören muss. Sie werden das nicht überleben, wenn sie nicht bei uns im Wrack Schutz suchen. Das ist unsere einzige Chance!«

Ich stand mit hämmerndem Herzen da und nickte, wandte mich zögerlich um und machte die ersten Schritte. Wie alle anderen hatte ich noch nichts begriffen und versuchte, meinen Verstand den Ereignissen hinterherzuhetzen.

»Schnell!«, schrie Tavo. »Beeilen Sie sich! Und bringen Sie die Axt mit!«

Ich lief – und war binnen einer Minute vollends schweißnass. Am Ufer entlang, bis der zunehmend zerklüftete Grund es unmöglich machte, dann durch den Bewuchs der Insel, auf verschlungenen Wegen in Richtung der Wasserstelle, nach Süden. Ich durfte mich nicht ausgerechnet jetzt verlaufen! Mich jetzt zu verirren, wäre fatal gewesen, und weil ich das wusste, wurde ich nur unsicherer. Aber dann, zu meiner Erleichterung, erkannte ich das Gelände nahe der Wasserstelle wieder. Ich war versucht, dort Halt zu machen und mich zu erfrischen, die Hitze war unerträglich, ich fühlte mich wie ausgedörrt. Doch ich zwang mich weiterzugehen – laufen konnte ich nicht mehr, ich ging nur noch, so schnell wie möglich. Bis sich, nach einigen Richtungsänderungen, und als ich schon dachte, ich hätte mich tatsächlich verlaufen, die Zweige lichteten und ich mich der Bucht im Süden näherte, diesmal ein Stück weiter der Südspitze der Insel zu, ich war schon fast am anderen Ende der Bucht.

Als ich ins Freie trat, blieb ich abrupt stehen – und scheinbar mein Herz mit mir.

Die Bucht war völlig verlassen, das Floß verschwunden. Es reichte nicht mal für einen Anflug von Zweifel, ob ich nicht etwa die falsche Stelle erreicht hätte, deutlich waren die Spuren zu sehen, wo das Floß vom Strand ins Wasser gezogen worden war. Der Blick hinaus aufs Meer war vergebens, dort war nichts zu sehen. Sie hatten es wahr gemacht, sie waren aufgebrochen, bereits vor Stunden, in der Nacht oder wahrscheinlich noch am Tag zuvor.

Ich ließ mich in den Sand plumpsen, hockte da und versuchte zu Atem zu kommen. Ich musste einen Moment ausruhen, es ging nicht anders. Doch bald, sehr bald trieb mich die Gewissheit auf die Beine, dass etwa einen Kilometer entfernt die anderen fieberhaft Anstrengungen zu unserer Rettung unternahmen. Und noch mehr das, was ich im Westen über dem Horizont sah. Wo sich ein großer Teil des Himmels mittlerweile schon verdunkelte. Die Wolkenmasse, die dort aufstieg, war gewaltig. Sie wirkte wie eine riesenhafte Kreatur, schien zerfaserte Wolkenstränge wie Tentakel auszustrecken.

Erst im letzten Moment, als ich mich erhoben hatte und im Begriff war aufzubrechen, sah ich neben einigen der Zweige, die den Pferch mit den Echsen bedeckt hatten, etwas im groben Sand liegen: die Axt, von den Briskys zurückgelassen. Versehentlich? Wohl kaum. Die Tatsache, dass sie hier lag, war verblüffend, eigentlich kaum vorstellbar, doch noch weniger vorstellbar war, dass man vergessen hatte sie mitzunehmen.

Ich hob sie auf und machte mich dann auf den Weg. *Anständig, Brisky, verdammt anständig*, dachte ich noch, während ich versuchte, meinen Kurs über die Insel rückwärts wieder aufzuspulen.

Diesmal machte ich an der Wasserstelle Halt. Man konnte es kaum mehr eine Versuchung nennen, es war eine Notwendigkeit, eine Gelegenheit, die auszuschlagen geradezu unvernünftig gewesen wäre. Ich schob die Abdeckung beiseite, beugte mich ganz hinab und trank in vollen Zügen von dem Wasser, das sich gesammelt hatte. Es war immer noch leicht getrübt, aber das war mir egal. Ich sog es gierig in mich auf, ohne abzusetzen, die Art, wie Kinder trinken.

Ich kann mir heute nicht mehr vorstellen, wie ich die nächsten Tage ohne diese gierigen Schlucke Wasser hätte überstehen sollen.

Als ich unsere Bucht erreichte, war die Wolkenfront schon bedrohlich nahe, sie bedeckte bereits den ganzen Himmel im Westen. Nicht lange, und die nun hoch aufgestiegene Sonne würde dahinter verschwinden.

Ich beäugte gespannt, was inzwischen geschehen war. Mit vereinten Kräften hatte man das Wrack des Bootes ganz an den niedrigen Felsrücken gedrückt, der die Bucht im Süden abschloss. Sand war an der anderen Seite des Bootsrumpfes aufgehäuft worden, aber das Ergebnis sah kümmerlich aus. Man hätte Steine und Felsbrocken benötigt, doch die gab es hier nicht. Gerade schleifte Carmichael mit Inas' Hilfe einen Holzstumpf herbei, stark verrotteter Überrest eines umgestürzten Baumes. Offenbar hatten sie vor, ihn als Stütze gegen den Rumpf zu stemmen. Sie kamen mir vor wie Ameisen, wie sie das klobige Stück Holz den Strand hinabzerrten und -schoben.

»Sie sind weg!«, schrie ich atemlos im Näherkommen, Mund und Kehle schon wieder so trocken, dass ich ins Husten geriet. »Sie sind mit dem Floß verschwunden. Anscheinend schon in der Nacht. Aber die Axt haben sie dagelassen – immerhin.«

Ich hielt sie hoch wie eine Trophäe.

Die anderen näherten sich mir oder unterbrachen ihre Tätigkeit in Sichtweite, wandten sich mir zu.

Carmichael kam auf mich zugestampft, seltsam entschlossen, sein Gesicht ein Ausdruck puren Zorns. Ich erschrak nicht schlecht, denn es sah für mich im ersten Moment so aus, als wolle er auf mich losgehen.

»Der Teufel soll sie holen!«, schrie er. »Ja, ich hoffe, dass er sie holt!«

»Er wird sie holen«, sagte Tavo. »Und das noch heute. Wenn sie da hinausgefahren sind, dann kann ihnen niemand mehr helfen. Diese Wahnsinnigen! Ich habe sie gewarnt! Hätten sie nur noch einen Tag gewartet!«

»Nein!«, schrie Carmichael. »Das konnten sie nicht. Sie hatten es verdammt eilig, hier wegzukommen. Nachdem sie unser Wasser gestohlen haben!«

»Was?«

Tavo nickte. »Ja«, sagte er. »Der Kanister mit unserem Wasser ... er ist verschwunden. Sie haben ihn sich heute Nacht geholt. Und dann hatten sie es natürlich sehr eilig, von hier wegzukommen.«

Mein Blick schnellte zum Lagerplatz, genau dorthin, wo der Kanister gestanden hatte, als könnte ich ihn entdecken und die anderen hätten ihn bloß übersehen, so wie man immer meint, ein Problem lösen zu können, an dem andere sich schon vergeblich versucht haben. Aber natürlich war da nichts. Schon früh am Morgen, als ich erwachte und Tavo am Feuerplatz vermisste, war nichts dagewesen, aber ich hatte es nicht bemerkt.

»Der Kanister!«, rief ich, völlig unsinnig. Es durchfuhr meinen Körper, eine kalte Welle. Vielleicht waren mein Durst, meine ausgetrocknete Kehle nach der Hast über die Insel der eigentliche Grund für meine Reaktion grenzenloser Panik. Denn ich hatte Wasser jetzt schon wieder dringend nötig. Die Vorstellung, dass keines mehr da war, erschien geradezu absurd. Tausend Gedanken gingen mir auf einmal durch den Kopf. Ich selbst war es gewesen, der im Gespräch mit Brisky mit unserem Überfluss geprahlt hatte. Außerdem hatte ich erwähnt, dass wir mittlerweile auf die Nachtwachen verzichteten. Und war noch so dankbar gewesen für die Axt, hatte Brisky im Stillen dafür gesegnet.

»Zwanzig Liter Wasser ...« Tränen traten mir in die Augen, vor Schreck, Verzweiflung und Wut. Vermutlich auch vor Angst. Weil mir schwante, was das für uns bedeutete.

»Die drei Flaschen voll haben sie uns gelassen«, sagte Tavo. »Womit wir wieder so weit wären wie zuvor. Es ist alles, was wir haben, für wer weiß wie lange. Und jetzt können wir ...«

»Los! Beeilt euch!«, rief Rania. »Wir vergeuden nur Zeit!«

»Die Axt!«, sagte Tavo. »Wenn wir Bäume fällen, können wir es vielleicht noch schaffen. Dünne, hohe Stämme. Wir müssen sie in Stücke hacken und sie zuspitzen und tief in den Boden treiben. Damit müssen wir das Wrack einkeilen. Sonst reißt der Sturm es mit sich!«

»Bekommen wir sie weit genug in den Boden?«

»Wenn nicht, dann müssen wir sie an Bord hieven und das Boot so weit beschweren, wie wir können.«

Tavo ging mit wuchtigen Schlägen ans Werk, nicht überhastet, nicht panisch, sondern gleichmäßig wie ein Uhrwerk. Da wir nicht mehr als die eine Axt hatten, konnten wir ihm nur helfen, indem wir ihn dann und wann ablösten. Die Stämme zu fällen und in Stücke zu hacken ging relativ leicht, doch sie zuzuspitzen war nicht ganz so einfach. Zumal in der drückenden Schwüle jeder Hieb für sich eine Kraftanstrengung war.

»Zieht genau hier herüber!«, sagte Carmichael, während wir damit zugange waren, in die völlige Stille hinein, die immer noch herrschte. Wir folgten seinem Blick, musterten den Himmel. Noch regte sich nichts, die Luft stand, doch als wir uns nach Westen wandten, sahen wir, dass das Meer in der Ferne bereits aufgewühlt wurde.

»Schnell!«, rief Tavo. »In den Boden damit!«

Auch dazu benötigten wir die Axt. Mit ihrer flachen Seite trieben wir die Pflöcke so weit in den sandigen Grund wie möglich. Es knirschte, bald wurde der Grund härter, die Stämme bohrten sich Stück für Stück in das hinein, was Korallen in Jahrmillionen hier angelegt hatten. Dann keilten wir die Pflöcke fest gegen den Rumpf des Bootes, drückten es damit in seiner Schräglage an den felsigen Grat. Es waren erst fünf, viel mehr schienen nötig.

»Weiter!«

Zwei weitere Stämme fielen unter Tavos wuchtigen Schlägen, dann hackten Carmichael und ich wie besessen auf sie ein. Ich legte das ganze Gewicht auf den rechten Arm, dennoch begann der linke zu schmerzen. Ich war froh, als Tavo mich ablöste.

Drei Pflöcke wurden mühsam zurechtgespitzt, in den Grund getrieben und gegen den Rumpf gestemmt, diesmal höher, verkeilt unter der Reling. Noch während wir damit beschäftigt waren, kamen die ersten Böen, ganz plötzlich, mit einer Gewalt, die erschreckend war. Alle hielten unwillkürlich inne, bei dem, was sie taten.

»Die restlichen Blöcke noch ins Boot!«, schrie Tavo und rannte hinüber, dorthin, wo wir die Bäume gefällt hatten. Mit ausladendem Winken bedeutete er Carmichael und mir, herüberzukommen, um ihm beim Schleppen zu helfen. Ich stand für einen Augenblick ziemlich unschlüssig und etwas hilflos da, mit meinem schlaff herunterhängenden Arm.

Plötzlich war Inas neben mir.

»Wir müssen ins Boot!«, rief sie. »Geh rüber und hilf Rania!«

Wir tauschten einen Blick, nur für den Bruchteil einer Sekunde, dann schubste sie mich schon hinüber, während Carmichael Tavos Ruf folgte.

Und dann begann der Sturm über die Insel zu fegen. Die Böen erfassten die Bäume und bogen sie derart, dass wir mit offenen Mündern staunten. Aber auch an uns rissen und zerrten diese Böen, und alles, was sich in unseren Gedankenfetzen und Assoziationen noch erkennen ließ, war der panische Wunsch danach, Schutz zu suchen.

Noch während wir damit beschäftigt waren, ins Boot zu klettern, hatte ich den Eindruck, von den Beinen gerissen zu werden. Und im nächsten Moment fühlte es sich an, als erfasste uns eine Flut. Als ob das Meer seine Fühler nach uns ausstreckte. Denn der Regen fiel nicht nieder, er wurde von See her über die Insel gejagt. Das alles geschah mit einer solchen Urgewalt, dass jedes Selbstvertrauen, jegliches Gefühl von Sicherheit ausgelöscht wurden. Die Winzigkeit, auf die man als Individuum schrumpfte, war erschreckend. Innerhalb einer einzigen Sekunde wurde einem klar, dass man es mit einer Kraft zu tun hatte, gegen die man vollkommen machtlos war. Alles, was man an europäischen Stürmen erlebt hatte, Windstöße, die einem die Hosen flattern und einen nicht mehr vorwärtskommen ließen, verblasste im Vergleich mit dem, was hier passierte.

Es war widersinnig: Die Natur, indem sie ihre Gewalten potenzierte, schwang sich auf, alles auszulöschen, was doch in ihr selbst lag und aus ihr selbst entstanden war. Ein entsetzlicher Grundzug von Vergänglichkeit offenbarte sich darin, es erschütterte einen bis ins Mark. Nie werde ich vergessen können, wie in diesem Moment ein kindliches Urvertrauen in eine alles letztlich begünstigende Weltordnung fast völlig verloren ging.

Binnen einer Minute waren wir alle an Bord des Wracks, stolperten durch das Führerhaus hinunter in den Frachtraum. Tavo, als letzter, schloss die Türen hinter sich. Wir waren in Sicherheit.

Doch was für eine Sicherheit war das? Draußen nahm das, was wir für das Äußerste an Urgewalten gehalten hatten, immer erschreckendere Formen an.

»Gnade uns Gott!«, sagte Carmichael.

Im Brausen des Zyklons konnte ich es nur noch von seinen Lippen ablesen.

20

Drei Tage und Nächte wütete der Sturm, und drei Tage und Nächte lang mussten wir jeden Augenblick damit rechnen, fortgeweht zu werden. Der Zyklon ließ mit immer neuen, gewaltigen Stößen unsere Angst davor niemals ganz erlahmen. Wenn nach Stunden und einer überstandenen

Nacht in uns Zweifel daran erwachten, weil wir doch schon eine Zeit lang unbehelligt überstanden hatten und wir uns sagten, dass man also auch den Rest noch überstehen könne, dann fegten neue Orkanböen diese Hoffnungen immer wieder hinweg.

Ich frage mich, ob es eine desolatere Situation gibt: eingesperrt auf engstem Raum, in ständiger Gefahr, in völliger Ungewissheit, was der nächste Moment an ausgemalten Schrecken bringen mag, ohne Beschäftigung, nur zum Warten verdammt. Wir konnten in dem ständigen Lärm, der an den Nerven sägte, kaum miteinander sprechen, konnten uns kaum bewegen, uns nicht mal die Beine vertreten.

In der Kabine, wo der Brand gewütet hatte und wo das Boot leckgeschlagen war, wäre für uns alle genügend Platz gewesen, sie war Aufenthaltsort für Passagiere und mit Notlagern ausgestattet. Der Frachtraum am Bug, in den wir uns stattdessen drängen mussten, war klein und bot nicht das Geringste an Inventar. Man konnte kaum etwas sehen, zwei kleine Luken ließen nur wenig von dem spärlichen Licht herein, das draußen noch herrschte; tatsächlich war es beinahe dunkel. Stehen konnte man so gerade eben, man zog unwillkürlich den Kopf ein. Dort ließen wir uns also notgedrungen nieder, kauerten uns in eine Sitzposition gegen die Bordwände. Alles, was zählte, war, dass wir hier

Schutz finden konnten, nichts anderes interessierte uns zunächst.

Doch der Sturm ließ das Wrack bedenklich erzittern, eingekeilt zwischen den Pflöcken und dem Felsrücken, knackte der Rumpf, als versuche draußen eine riesige Hand, ihn zusammenzudrücken. Immer wieder zuckten wir zusammen, saßen stocksteif da und starrten ins Dämmerlicht. Manchmal schien der Klang keinen Zweifel zuzulassen, was im nächsten Moment passieren würde.

Die ersten Stunden war ich allein den Schrecken unserer Lage hingegeben, alle Sinne waren bei dem, was da auf uns niederging. Unmöglich, etwas Zusammenhängendes zu denken. Alles war Horchen und Erspüren der Erschütterungen, der Verstand blockiert von der bangen Frage, ob sich das Unwetter noch weiter steigerte oder seinen Höhepunkt erreicht hatte. Und wenn auch die Angst nie verging und von Zeit zu Zeit verstärkt wiederkehrte, so machten sich doch nach und nach die Gedanken frei. Und einmal freigesetzt, türmten sie sich zu erstaunlichen Gebilden und sammelten sich zu endlosen Grübeleien.

Wie war ich überhaupt in diese unmögliche Situation geraten? Ich hatte doch gedacht, das große Los gezogen zu haben, mit dieser Arbeit für den Sender. Eine Dokumentation über Bora Bora, eines der erklärten Südsee-Paradiese. Und ich Glückspilz durfte so einen Job machen. Endlich ein Lichtblick, endlich eine Perspektive nach dem endlosen Herumeiern zwischen diversen Jobs und haltlosen Beziehungen, ich reiste auf Kosten des Senders auf die Sonnenseite der Welt, ein herrliches Gefühl, und im Team war diese blonde Verheißung, Alessandra, die Nachlassverwalterin der Erbsünde, mit der ich schon in München Bekanntschaft gemacht hatte. Sie wartete in Bora Bora auf mich, und das Leben war einfach herrlich, neues Sakko und neue Sonnenbrille, und vor mir die Fahrt von Papeete aus durch die Inselwelt. So richtig den Abenteurer spielen, sich jedenfalls so fühlen, dahergelaufenen Knirpsen Münzen geben für Dienstbotengänge und Auskünfte wie die coolen Jungs in alten Filmen, auf diese Art das Boot finden und diesen hinreißenden Tahitianer. Ich hatte Tavo tatsächlich mit einem gemäßigten Pidgin-Englisch angesprochen wie einen Idioten. *Suchen Überfahrt nach Bora Bora, hören du machen gute Preis.* Als er mir in fließendem Amerikanisch antwortete, wäre ich am liebsten im Erdboden versunken.

Ich hatte mich selten dämlich aufgeführt. Hatte mich für besonders cool und besonders schlau gehalten. Und wünschte mir jetzt, ich hätte diese verdammte Fahrt nie angetreten. Schuld daran war eigentlich Rania. Die indische Schönheit, die ich im Vorbeigehen in einer der Bars entdeckt hatte. Sie und Lilith hatten dagestanden und gerade mit Carmichael geredet, der ihnen von Tavos

Boot erzählte, und als ich mich zu ihnen vorpirschte, hörte ich etwas von Bora Bora und noch heutiger Abfahrt, und so war alles gekommen. Carmichael hatte den Namen des Bootes erwähnt, und ohne überhaupt mit ihnen zu sprechen, hatte ich mich danach auf die Suche gemacht, zweifellos, um ihnen zuvorzukommen. Als ich hinkam, war Brisky – mit seinem Sohn – natürlich schon an Bord gewesen.

Brisky. Ich musste an ihn denken. War er jetzt dort draußen im Sturm? Kaum vorstellbar, dass ein Floß diese Apokalypse überstehen konnte. Tavo hatte mit seinen Warnungen recht behalten. Doch um welchen Preis! Ich malte mir eine Szene aus, in der Brisky reumütig vor ihm das Haupt senkte und seine Dummheit eingestand. Aber das war Wunschdenken, eine Art naive Malerei des Verstandes. Oder war das Floß noch in direkter Nähe zur Insel gewesen und hatten die beiden Männer – wenn man Jakut großzügig diesen Status zusprach – noch zurückkehren können, bevor es zum Schlimmsten kam? Immerhin denkbar, dass sie irgendwo auf der Insel Schutz suchten. Weit konnten sie seit der vergangenen Nacht nicht gekommen sein. Der Orkan hatte sie auf See überrascht, aber vielleicht gar noch in Sichtweite der Insel. Und vielleicht war dann noch Zeit genug gewesen, den Weg zurück zu finden.

Doch selbst wenn, sagte ich mir. Wo auf der Insel wollten sie Schutz suchen? Wir hatten die Gewalt des Zyklons erlebt. Wieder ein naives Bild: dass sie über die Insel irrten, auf der Suche nach uns, dass sich irgendwann die Tür zum Ruderhaus öffnete und Brisky hereingestolpert käme, durchnässt und zerzaust, aber lebend. Das verkörperte er doch: die Unverwüstlichkeit. Wenn einer das Unmögliche schaffen konnte, dann er.

Selbst wenn es wirklich so gewesen wäre, wenn sie tatsächlich die Insel noch erreicht hatten, in den ersten Ausläufern des Sturmes, dann hätten sie längst hier sein müssen. Und es entbehrte ohnehin jeder Wahrscheinlichkeit. Ohne Zweifel waren sie in den Zyklon geraten und seinen Gewalten ausgesetzt, ohne noch gegensteuern zu können. Sie waren vollkommen ausgeliefert. Sich für sie einen Ausweg zu erdenken, war pure Illusion. Sie liegen schon auf dem Meeresgrund, sagte ich mir, jetzt, in diesem Augenblick, und dachte dann kurz darüber nach, ob das nicht völliger Unsinn war. Weil Leichen doch nicht sofort auf den Grund sinken, sondern im Gegenteil zunächst eine ganze Weile an der Oberfläche treiben.

Aber davon wusste ich zu wenig. Wie von vielen Dingen in diesem Teil der Welt. Und ich stellte mir vor, wir wären ohne Tavo hierhergelangt. In diesem Fall wären wir vermutlich jetzt alle schon tot.

Oder hätten schon Tage früher mit Brisky auf einem Floß die Überfahrt gewagt …

Natürlich, Brisky hätte es sich nicht nehmen lassen, das Steuer an sich zu reißen, wäre Tavo nicht gewesen. Und hätte sich dann jemand vehement gegen ihn gewandt? Vermutlich hätten wir uns alle seinem Kommando ergeben. Und sein Kommando wäre der Bau eines Floßes gewesen, groß genug für uns alle. Und das ohne langes Zögern.

Vielleicht, dachte ich mir, hätte er aber auch darauf bestanden, mit dem lecken Boot in See zu stechen, bloß um so schnell wie nur möglich wegzukommen. Hatte er nicht anfangs immer darauf gedrängt? Und wären wir dann nicht längst alle auf dem Meeresgrund – oder treibend an der Oberfläche, wie auch immer?

Brisky. Ich sah ihn vor mir. Stark, gebräunt, gutaussehend, strotzend vor Leben. *Ich bin ein Egoist*, hatte er gesagt. Es war ja nicht so, dass er mich nicht gewarnt hätte, bei unserem seltsamen Gespräch. Dass er immer seinen Weg gehe, hatte er gesagt, und dass ihm dabei viele Mittel recht seien.

Ja, das hatten wir gesehen. Davon hatte er uns eine reichliche Kostprobe gegeben. Hatte im Schutz der Nacht unsere Wasservorräte geplündert. Und dies vermutlich schon geraume Zeit vorgehabt. Hätte er sonst den Floßbau tatsächlich verwirklicht, wissend, dass er fast ohne Wasser die Fahrt ins Ungewisse unternehmen würde? Hätte er den ihm zustehenden Anteil unseres

Wassers abgelehnt, wenn er nicht schon genau gewusst hätte, dass er sich viel mehr als diesen Anteil holen würde? Und ich hatte ihm noch verraten, dass er nicht einmal mehr mit Nachtwachen rechnen musste.

Brisky hatte über Leichen gehen wollen. Unsere Leichen. Und jetzt war er tot. Aller Voraussicht nach. Das ganze Wasser zum Teufel, ohne dass auch nur ein Schluck davon seinen Zweck erfüllt hätte, für niemanden von uns. Wut kam in mir auf. Das geschah ihm recht! Ich stellte mir sein Gesicht vor, in dem Augenblick, als er begriff, dass er verloren war. Dass wir recht gehabt hatten. Tavo. Und ich. Ich hatte ihn eindringlich gewarnt. Und während ich – vermeintlich so überraschend vertraulich – mit ihm sprach, waren seine Pläne bereits fertig gewesen. Seinen Kopf durchzusetzen, um jeden Preis. Uns zu hintergehen. Uns hier im Stich zu lassen. *Nach mir die Sintflut.* Sollten wir doch sehen, wie wir fertig wurden. Das war nicht mehr Herrn Briskys Angelegenheit. Der sich immer durchschlug. Und dem dabei so viele Mittel recht waren.

Doch da war eine Sache, die ich nicht ins Bild bekam.

Die Axt.

Er hatte sie zurückgelassen. Nicht versehentlich. So dämlich war er nicht. Er war kein bisschen dämlich. Vielleicht hundsgemein. Und egoistisch. Aber nicht dumm.

Er hat sie nicht vergessen, sagte ich mir. Vielmehr bewusst zurückgelassen.

Warum?

Weil er sie schlicht nicht mehr benötigte? Es lag auf der Hand, dass sie ihm unterwegs, während der Fahrt, noch von Nutzen sein mochte. Sie war ein beinahe unverzichtbares Werkzeug, zum Kappen von Seilen, zu Ausbesserungsarbeiten auf dem Floß, zum Zerlegen von Fischen. Wofür auch immer. Hätte ein absoluter Egoist sie nicht auf jeden Fall mitgenommen? Und sei es nur für den Fall der Fälle?

Nein, ich wurde den Eindruck nicht los, dass er sie bewusst hatte liegen lassen. Sicher, hätte er sie uns überlassen wollen, dann hätte er sie gleich in unserem Lager zurücklassen können, als er den Wasserkanister stahl. Doch er war klug genug zu erkennen, dass er damit eine unnötige Spur zurückgelassen hätte. Oder aber die Anwandlung war ihm ohnehin erst im letzten Moment gekommen. Ich sah ihn vor mir, wie er die Axt in seiner Hand wog, sie betrachtete und dann schließlich in den Sand fallen ließ. *Ihr braucht sie mehr als wir*, hatte er gedacht. Wenigstens das wollte er uns lassen. Wenigstens so fair sein.

War auch das naive Malerei? Wunschdenken?

Ich sah Brisky vor mir, rekapitulierte unser Gespräch, soweit mir das gelang (denn den genauen Wortlaut weiß man im Nachhinein ja nie). Wie er mich angesehen hatte! Mir vorschlug, ihn und seinen Sohn zu begleiten. Er hatte es mir ernsthaft vorgeschlagen. Wissend, dass er uns ohne Wasser hier zurücklassen würde?

Doch auch das war nicht die ganze Wahrheit. Wir waren nicht völlig ohne Wasser geblieben. Die drei Flaschen hatte er uns überlassen. Dieser Mann, egoistisch wie er war, hatte genau abgewogen, mit seinem glasklaren Verstand. So viel Vorteil für sich selbst, wie nötig war. Doch ein Spielraum war dagewesen. Für Menschlichkeit. Barmherzigkeit. Wie immer man es nennen will. Es war ihm nicht egal gewesen, ob wir hier zugrunde gingen, nicht völlig. Da war ein Rest von Ehrlichkeit und Aufrichtigkeit. Gerade so viel, wie er erübrigen konnte. Auch Menschlichkeit unterlag bei Brisky anscheinend einem streng vernünftigen Kalkül.

Ich sah ihn da stehen, wie er mich angesehen hatte, mit einem Grinsen übers ganze Gesicht. Das Leben hatte ihn hart gemacht. Erbsubstanz und Erziehung und das Schicksal, wie es ihm widerfahren war, hatten Hand in Hand gearbeitet, genau das aus ihm zu machen, was er war. Wie bei allen von uns. Er war Brisky. Simon Brisky. Ein Unikat. Ein eiskalter Rechner. Ein Überlebenskünstler. Dessen Maxime lautete, immer oben zu sein und beim Fallen immer auf den Füßen zu landen. Aber er war nicht durch und durch schlecht. Die Axt war sein Tribut gewesen, davon war ich jetzt überzeugt. Je nachdem, in welche Situation er hätte kommen können, war es kein kleiner Tribut gewesen.

Brisky hatte mit dem Leben bezahlt. Und dabei seinen Jungen geopfert. Uns aber hatte die Axt – hoffentlich nachhaltig – das Leben gerettet.

21

Wir mussten uns in dem engen Frachtraum organisieren, um zu überleben. Nachdem Tavo uns klar gemacht hatte, dass Zyklone dieser Größenordnung tagelang anhalten konnten, sogar bis zu einer Woche lang (während die meisten von uns anfangs immer noch hauptsächlich darauf gehorcht hatten, ob der Sturm nicht vielleicht schon nachließ, nach nur wenigen Stunden). Wir mussten Dinge wie Wasserversorgung und Notdurft regeln. Mussten, was wir hatten, sinnvoll rationieren. Und uns so bequem wie möglich einrichten.

Aber bequem ist in diesem Zusammenhang ein unwillkürlich zynischer Begriff. Wir hockten da, Stunde um Stunde, zur Bewegungslosigkeit verurteilt. Die Decken, die wir ausbreiteten, waren ein äußerst geringer Komfort. So auszuharren, wurde zur Qual. Kaum dass man seine Position wesentlich verändern konnte, nach einiger Zeit tat einem alles weh, wie man sich auch drehte und wendete. Die Luft war stickig, man badete in seinem eigenen Schweiß. Das Atmen ging mühsam, nur in kurzen Stößen. Dann und wann öffnete Tavo eine der Luken, nur so weit, dass Luft hereinströmte. Böen drangen durch den Spalt, es war, als streckte der Sturm seine Fühler nach uns aus.

Die Verteilung der Plätze hatte sich mutwillig ergeben, wir hatten uns einfach irgendwo niedergelassen. Wer neben mir, vor mir saß, war kaum zu erkennen, Carmichael war zu meiner Rechten, so viel wurde mir klar. Bald dämmerte ich nur noch schicksalsergeben vor mich hin, rettete mich in Gedankenspiele, indem ich Erinnerungen aufrief. Die Augen geschlossen, ersehnte ich Schlaf oder einen Zustand zwischen Träumen und Wachen. Dann und wann entstand Bewegung, wenn jemand sich erhob und in Richtung des Ausgangs und durch die Tür verschwand. Immer wieder wurden Rufe laut, Versuche einer Verständigung, wegen des Wassers, der Dauer des Sturms, oft laut und unbeherrscht, wenn die Angst sich nicht mehr unterdrücken ließ. Im Halbdunkel wurde das Verteilen des Wassers organisiert. Erhob sich jemand, rührte sich etwas, dann machte sich eine Art Herdentrieb bemerkbar, man nutzte die Gelegenheit, sich aufzurichten, aufzustehen und etwas gegen den Sturm anzubrüllen. Und dann sank man wieder zurück, ohne auf einen angestammten Platz zu bestehen, suchte eine erträgliche Position zu finden, immer vergebens, glitt erneut hinüber in einen Dämmerzustand, atmete, dachte, weinte still für sich, es konnte ja niemand sehen.

Zeit verging und verging doch nicht. Abzählen von Sekunden zu Minuten, Mutmaßungen, wie viel man zurückgelegt hatte, immer in dem Misstrauen, sich völlig zu verschätzen.

Einmal, nach langen Stunden, erwachte ich aus einem gnädigen Dahindämmern, in dem treibende Assoziationen von Träumen nicht zu unterscheiden gewesen waren. Ich erwachte, weil ich etwas spürte. Es war eine Hand, die nach meiner tastete und sie vorsichtig ergriff. Als ich sie ohne Zögern in meine nahm, war mir das seltsam vertraut. Ich erkannte sie, und mit klopfendem Herzen spürte ich Inas an meiner Seite, die sich an mich drängte, und ich legte den Arm um sie und zog sie ganz zu mir heran, wo sie sich anschmiegte, ganz fest, den Kopf an meiner Schulter.

Wir sagten kein Wort, der Sturm hätte es ohnehin kaum zugelassen; uns leise etwas zuzuflüstern wäre nicht möglich gewesen. Klammerten uns bloß aneinander und blieben so sitzen, ich spürte ihren warmen Atem auf meiner Brust, an meiner Schulter. Als sie den Kopf hob, küsste ich sie auf die Stirn, und irgendwann tauschten wir einen ersten Kuss, mit trockenen, rauen Lippen, im dunklen Frachtraum eines Wracks, von dem wir befürchteten, dass es jeden Augenblick vom Orkan weggerissen würde. Es hätte denkbar angenehmere und romantischere Orte und Situationen dafür gegeben, aber wir hatten keine anderen als diese.

Von da an blieben wir beisammen, und ihre Nähe linderte alles: Durst und Hunger, Schmerz und Angst. Es stimmt, dass geteiltes Leid halbes Leid ist. Und was wir in diesen Stunden teilten, war nicht wenig. Als der Hunger zu einem bohrenden Nagen in unseren Eingeweiden wurde, das Verlangen nach Wasser uns manchmal fast verrückt machte. Sie blieb bei mir, ich hielt sie fast die ganze Zeit umschlungen, ihr Kopf lag an meiner Brust. Und es war viel leichter, alles zu ertragen, wenn man es für jemanden tun musste. Um Vorbild zu sein, Mut zu machen, aufzumuntern, Hoffnung und Geborgenheit zu geben.

Ich weiß, es ist widersinnig, aber ich habe mich in meinem Leben nie so geborgen gefühlt wie damals im Bauch der *Croix du Sud*.

Immer wieder Schrecksekunden, wenn das Boot erzitterte, stärker als zuvor. Wenn das Knacken zu einem Knirschen wurde, so dass es schien, als müsse es jeden Moment auseinanderbrechen. Der Orkan wurde so stark, dass wir uns fragen mussten, was es denn überhaupt noch an den Felsen hielt.

Und dann die Flutwellen. Eine so stark, dass das Boot in Bewegung kam, in einem Ruck die Position verlagerte. Sodass ich ernsthaft glaubte, es habe sich gelöst und werde bereits vom Ozean mitgerissen. Das Meer brandete über die Insel hinweg, wir hörten und fühlten Wasser unter dem Kiel, es gab uns ein Gefühl, eine Angst, dass die gesamte Insel in den Fluten untergegangen sein mochte.

Das war unsere allergrößte Angst: dass die Fluten das Boot mitrissen und wir wieder auf offenem Meer treiben würden, hilflos den tobenden Elementen ausgeliefert. Im Inneren dieses Wracks jämmerlich zu ersaufen.

Erschreckend, dass man sich sogar an Todesangst gewöhnen kann. Die Angst vor dem Sturm war abgelöst worden durch die Angst vor den Flutwellen. *Lass diese die letzte gewesen sein*, kreiste es in meinem Kopf, ein Satz konnte das Denken für Stunden blockieren. *Lass es damit gut sein!* In einer vagen Erinnerung an erworbenes Wissen über tropische Stürme, die gigantische Flutwellen auslösen konnten.

Wieder ein Erzittern, wieder eine Erschütterung, der Eindruck, dass erst jetzt dort draußen die Hölle losbrach. Wieder ein Knirschen, ein Ruck. Während Inas und ich abwechselnd mit einem Finger die Höhen und Täler unserer Fingerknöchel abwanderten.

Am vierten Morgen, als der Sturm sich gelegt hatte und nur noch starke Böen wie eine Nachhut hinter sich ließ, kletterten wir aus dem Wrack ans Licht eines noch grauen Tages. Uns bot sich ein Bild der Verwüstung. Obwohl wir schwere Sturmschäden erwartet hatten, war das Ausmaß erschreckend. Die Insel lag da wie zerzaust, ganze Bäume waren umgestürzt, überall Zweige und Blätter, die Strände waren völlig damit bedeckt. Stellenweise türmten sich die Fetzen der Vegetation mit angeschwemmtem Treibgut meterhoch auf. Es sah aus, als sei eine riesige Hand über dieses verlassene Stück Land gefahren wie durch einen verwilderten Garten. Außerhalb des Bootes, dem Zyklon ausgeliefert, hätten wir keine Chance gehabt. Und nicht einmal der Schutz des Bootes hätte uns retten können, das wurde uns jetzt klar. Unser einziges, großes Glück war gewesen, dass der Sturm es beständig gegen den Felsgrat gepresst und es sich dort in Felsvorsprüngen verkeilt hatte. In welchem für uns günstigen Maße, sahen wir erst, als alles vorüber war. All unsere Vorbereitungen, es zu verankern, waren nutzlos gewesen. Der Zyklon hatte das Boot regelrecht deformiert, wie von einer gigantischen Kreatur verbogen klebte es am Fels.

Ziellos, mutlos, wie paralysiert stapften wir durch dieses Chaos, in dem sich kaum Wege bahnen ließen, fassungslos angesichts dieser Spuren von Gewalten, die wir für so mächtig nie gehalten hatten. In diesem Durcheinander aus Geäst, Blättern und umgestürzten Bäumen sahen wir zwischen Seetang und Schlamm die Leichen von Seevögeln, mit verrenkten Flügeln, ein grausames Bild. Das alles war so trostlos, so erschreckend, dass ich mich fühlte wie innerlich ausgehöhlt. Keine Regung der Freude über unser Überleben, sie wurde erstickt von diesem Anblick einer Zerstörung, die boshaft erschien. Als habe jemand das alles vernichten wollen. Diese Insel mit ihren hellen Stränden und den im sachten Wind schaukelnden Baumkronen, die vor Tagen noch so trügerisch malerisch und traumhaft erschienen war. Schon da hatten wir sie verlassen wollen. Schon da hatte sie uns Aufgaben gestellt, die kaum zu bewältigen schienen. Was jetzt vor uns lag, empfanden wir wie eine unverdiente Strafe. Am liebsten wäre ich auf die Knie gesunken und hätte geheult wie ein Kind.

Doch was blieb uns anderes übrig, als daranzugehen, das Chaos zu beseitigen? »Unseren« Strand freizuräumen und wieder bewohnbar zu machen. Auf diese Weise hatten wir keine Zeit nachzudenken, und das war besser so. Wir hatten kein Wasser und nichts zu essen, die Wasserstelle war völlig verwüstet, unter Sand und Schlamm und Blättern begraben. Wir mussten wieder völlig von vorne anfangen.

Es kostete mich zwei Stunden, die Stelle überhaupt wiederzufinden. Nichts sah mehr so aus wie vorher, alle Wege, die man sich eingeprägt hatte, waren versperrt und unkenntlich geworden.

Ich weiß noch, wie ich mit Tavo vor einem turmhohen Dickicht ineinander verwobener Äste

stand, das zwischen den Bäumen kein Durch-
kommen ließ.

»Es wird Jahre dauern, bis sich das alles erholt
und wieder so ist wie vorher«, sinnierte ich.

Es muss so mutlos geklungen haben, dass Tavo
eine Hand auf meine Schulter legte.

»Nein«, sagte er, »das braucht keine Jahre. Es
geht erstaunlich schnell. Schon in einigen Wochen wird kaum noch etwas darauf hindeuten,
was hier geschehen ist.«

Es war später, am Nachmittag, als ich irgendwo,
unweit des Lagerplatzes, eingekeilt zwischen zwei
Bäumen, einen Stamm entdeckte. Er hätte mir
nicht weiter auffallen müssen, es gab viele davon,
Äste, Holzstücke, ganze Stämme, die sich auf diese Weise verfangen hatten. Doch als ich genau
hinsah, lief mir ein Schauer über den Rücken. Ich
ging näher, um mich zu vergewissern, obwohl eigentlich überhaupt kein Zweifel bestand. Das zu-
gespitzte dicke Ende und weiter oben die beiden
deutlichen Kerben für die Befestigung der Persenning: Ich hatte diesen Stamm vor Kurzem in der
Bucht im Süden der Insel gesehen.

Es war der Mast, den Brisky für sein Floß vorge-
sehen hatte. Schon fertig bearbeitet, hatte er noch
vor wenigen Tagen im Sand gelegen.

Alle Spekulationen, wie es Brisky und Jakut ergangen sein mochte, waren damit beendet. Als
hätte es dieses Beweises noch bedurft, dass der
Zyklon alle ihre kühnen Hoffnungen im Keim er-

stickt hatte, kaum dass sie zu ihrer waghalsigen Unternehmung aufgebrochen waren.

22

»Verdammt!«, fluchte Carmichael. »Verdammt, verdammt!«

Es klang wie ein Ausdruck äußerster Verzweiflung.

»Was ist?«, fragte Lilith, die am Lagerplatz neben ihm saß.

»Ich habe keinen Tabak mehr!«

»Mann, haben Sie keine anderen Sorgen!«

Es war etwa zwei Wochen danach. Wir waren keinen Schritt weiter. Alles, was wir hatten tun können, war das Chaos zu beseitigen, so gut es ging, den Lagerplatz wieder herzurichten und uns mithilfe der Axt eine Behausung zu bauen. Es war nicht mehr als ein überdachter Raum, an die vier Quadratmeter groß, in dem wir uns zum Schlafen niederlegen konnten, auch tagsüber, und in dem wir Schutz fanden vor der Sonne. Ihn aus dünnen Stämmen zu bauen hatte uns ein Gefühl des Vorankommens gegeben, doch genau genommen hatten wir damit nichts Nennenswertes erreicht.

Carmichael hatte sich tatsächlich und allen Ernstes ein Baumhaus gebaut. Vielleicht nur aus Trotz, er war ein bisschen kauzig, wie sich mehr und mehr herausstellte. Eigentlich war es mehr die Andeutung eines »Hauses«, winzig, nach einer Seite hin offen und schräg überdacht, in nicht mehr als etwa vier Metern Höhe. Unweigerlich erinnerte es an einen Hochsitz in europäischen Wäldern oder an ein riesiges Vogelhaus. Wir nannten es jedenfalls so, das »Vogelhäuschen«, und von einem seltsamen Vogel wurde es in der Tat bewohnt. Carmichael thronte dort über unserem Lagerplatz, ein Stück entfernt, überblickte die Bucht und das Meer, das er hin und wieder mit seinem Fernglas absuchte, den Hut wie angewachsen auf dem Kopf (während meiner im aufkommenden Sturm eine Reise ins Ungewisse angetreten hatte). In einem Anflug von Betroffenheit hatten wir Briskys Mast oberhalb des Lagers aufgestellt, wo die Vegetation begann, und Carmichael hatte eine Fahne angefertigt, aus einem Stück Segeltuch, und sie dort befestigt. Mit dem Saft der roten – und giftigen – Beeren hatte er zwei vertikale Streifen darauf eingefärbt, sie gehisst und die Unabhängigkeit der Insel ausgerufen, die er »Desolation« nannte. Der Wind musste schon kräftig wehen, um das dicke Tuch zum Flattern zu bringen, meist hing sie nur schlaff am Mast.

Vielleicht war das ja Carmichaels Art, mit dieser Verbannung umzugehen. Jeder von uns hatte seine eigene Strategie, unter dem Druck der Situation nicht die Nerven oder gar den Verstand zu verlieren. Seine war anscheinend, die Dinge nicht ernst zu nehmen und sie mit dem ihm eigenen Sarkasmus zu übergießen. Wenn wir anderen uns um den Feuerplatz sammelten, zog er es oft vor, in seinem Hochstand zu bleiben und auf uns herabzublicken. Er saß da und schaute übers Meer, und manchmal hörten wir ihn vor sich hin brabbeln oder gar singen.

Als ich einmal etwas Derartiges äußerte – dass das seine Strategie sein mochte, nicht den Verstand zu verlieren –, sagte Rania: »Ich glaube eher, es ist ein sicheres Zeichen dafür, *dass* er ihn verliert!«

Meist blieb das »Haus« zum Schlafen den Frauen überlassen, insbesondere Rania, die am meisten unter unserer Lage litt und die deutlichsten Ermüdungserscheinungen zeigte. Von ihrem Zustand wussten mittlerweile alle, er ließ sich auch kaum noch verheimlichen: die wiederkehrenden Schwindelanfälle, ihr Hang, sich abzusondern, um alleine zu sein, die Rundung unter ihrem Sari, die man – noch – als »Bäuchlein« assoziierte, das alles sprach für sich. Oft suchte sie tagsüber den Schatten im Innern unseres Wunderwerks.

Ihr Zustand hatte – bei uns allen – eine besondere Besorgnis hervorgerufen. Mit wenig Wasser und Nahrung auszukommen, mutete man einem gesunden Menschen unwillkürlich zu. Das Geschlecht hatte seit unserer Ankunft auf der Insel bei der Verteilung nie eine Rolle gespielt, wir waren immer bemüht gewesen, es allen gleich zu machen. Nicht einmal Alter oder Körpergewicht waren je ins Spiel gekommen. Doch Ranias Zustand, sowohl ihre Schwangerschaft als auch damit einhergehende Beschwerden, weckte bei uns allen die Bereitschaft für Zugeständnisse. Sie selbst jedoch lehnte jede bevorzugte Behandlung ab. Sodass man sie überlisten musste. Sofern einem dies gelang, denn sie war in dieser Hinsicht sehr wachsam.

Für Inas und mich war es eine schöne Zeit. Wenn man das so sagen kann, unter den gegebenen Umständen. Seitdem wir dem Innern des Wracks entstiegen waren, blieben wir unzertrennlich, wir klebten förmlich aneinander. Ein Umstand, der allerseits fraglos hingenommen wurde. Da wir einmütig darauf achteten, uns in Anwesenheit der anderen keinerlei Vertraulichkeiten hinzugeben, warf diese neue Zuordnung keine Peinlichkeiten auf, man konnte stillschweigend darüber hinweggehen. Man ersparte uns Kommentare und sogar Blicke, oder vielleicht waren wir auch einfach zu sehr miteinander beschäftigt, um irgendetwas Derartiges zu bemerken. Und was man in unserer Abwesenheit sagte, ging uns nichts an.

Das mag nach unbeschwerter Glückseligkeit klingen, aber das war es natürlich nicht. Unsere überschäumende Zuneigung hat – in der Rückschau – etwas rührend Kindliches. Wie wir uns bei den Händen nahmen, sobald wir alleine waren. Sich an den Händen zu fassen war wie ein Symbol, in Erinnerung an unsere nächtliche Odyssee über die Insel, etwas, was uns – konkret wie im übertragenen Sinne – fest zusammenhielt. Wir entkamen der Gesellschaft der anderen wirklich wie Kinder, liefen manchmal einmütig los, um ihnen, in irgendeiner Bucht, fern zu sein. Einander dann in den Armen zu liegen, die entbehrten Zärtlichkeiten auszutauschen, war Bedürfnis und Glück.

Doch glückselig war das nur sehr bedingt. Unsere Lage war – und blieb – bedrohlich. Und diese Bedrohung spürten wir ständig. Unsere körperliche Verfassung litt. Das begann mit dem Zustand unserer Kleidung, ging über die Hygiene bis hin zu den Mangelerscheinungen, die uns mehr und mehr zusetzten. Mit trockenen Kehlen, durstig, nur notdürftig gewaschen und in schmutzigen, völlig verschwitzten Sachen kann nichts unbeschwert vonstattengehen, auch keine Zweisamkeit und keine geschlechtliche Annäherung. Wir waren dazu übergegangen, uns der Kleidung weitgehend zu entledigen, was wir ablegen konnten, legten wir ab. Für uns Männer war das einfacher. Doch entblößte Oberkörper auf tropischen Inseln sind ebenfalls nur bedingt malerisch. Meine Haut war in manchen Partien arg verbrannt, schälte sich immer aufs Neue. Häufiges Baden im Meer hatte sie zusätzlich ausgetrocknet, sauber konnte man sich dabei kaum fühlen und musste ständig an sich halten, sich an bestimmten Stellen nicht andauernd zu kratzen. Die Kopfhaut juckte fürchterlich, auch Kinn und Wangen, wo der Bart verwilderte und munter vor sich hin spross. Hygiene und Sorgfalt mit der Kleidung unterlagen zwangsläufig einem Gewöhnungsprozess. Am Anfang hatten wir noch darauf geachtet, uns sauber zu halten, unsere Kleidung zu schonen, waren auf Äußerlichkeiten bedacht gewesen. Ohne dass wir es recht merkten, ließ diese Sorgfalt nach. In Ermangelung von Seife und frischen Sachen war das unvermeidlich. Glücklicherweise schwand gleichzeitig die Empfindlichkeit unserer Sinne, ohne dass wir es recht merkten. Die Sensibilität für üble Gerüche sank – eine echte Gnade.

Ich sehe Inas und mich Hand in Hand über diese Insel streifen, durch einen sonderbaren Garten Eden. Manchmal, für Momente, waren alle Gefahren um uns herum vergessen, so genug waren wir einander, so sehr konnten wir uns berauschen an der Nähe des anderen. So sehr verloren wir uns ineinander, seelisch und körperlich. Auch die sinnlichen Wege erforschten wir wie Kinder, zurückhaltend und scheu, so als erfordere das Sonderbare der ganzen Situation auch eine besondere Vorsicht, so als erwarteten wir, dass auch das, wie alles hier, anders wäre. Ein wenig schämten wir uns, bei aller Gewöhnung, auch unserer mangelnden körperlichen Pflege. Da wir alles wie einen bösen Traum erlebten, waren wir vielleicht auch skeptisch, ob inmitten des Traums etwas so gut und so schön sein konnte, wie wir es unter normalen Umständen erwarten durften.

Und konnten vielleicht nicht recht begreifen, dass es tatsächlich noch viel besser und schöner war.

Ja, wir waren glücklich, wenigstens für Stunden oder nur Momente. Klammerten uns aneinander und wurden unruhig, wenn wir uns auch nur für eine Minute voneinander entfernten.

Doch immer lag über allen Berührungen, Küssen und Vereinigungen ein tiefer Schatten. Als befänden wir uns auf einer hauchdünnen Eisfläche, uns ständig bewusst, in welcher Gefahr wir schwebten. Und als wüssten wir bereits, was noch kommen würde.

Wir sprachen viel in dieser Zeit, und nie habe ich einen Menschen besser kennengelernt, nie bin ich jemandem näher gekommen als damals Inas. Tagsüber verbrachten wir alle Zeit miteinander, die uns blieb, nachts schliefen wir gemeinsam an unserem alten Feuerplatz; selten, dass sie oder wir beide den Schutz der Hütte suchten. Wir igelten uns ein, klammerten uns aneinander, sie schlief in meiner Umarmung, alle Unbequemlichkeit nahmen wir dabei in Kauf, wir wollten einander bloß nicht loslassen. Als ahnten wir, wie begrenzt unsere Zeit miteinander sein würde.

Ich frage mich tatsächlich bis heute, ob wir manches ganz instinkthaft spüren, ohne dass es uns bewusst wird. Ob uns nicht vieles unterschwellig klar wird, was die Zukunft betrifft, das, was eigentlich noch kommt und was wir doch eigentlich gar nicht wissen können. Vielleicht spüren wir es aber, nur werden uns diese Regungen nicht bewusst, und erst im Nachhinein erkennen wir die Zusammenhänge. Natürlich, andererseits ... Es liegt in der Natur der Sache, dass man sich anfangs so zusammenschweißt, sich in einer ersten Verliebtheit so bedingungslos einander öffnet, zumal in einer Situation wie dieser.

Inas erzählte mir von ihrem Leben, ihrer Kindheit, so als wüsste sie, dass uns später dafür keine Zeit bliebe. Und auch ich vertraute ihr Dinge an, die ich normalerweise nicht bereit war, so schnell preiszugeben. Vielleicht nur einmal im Leben haben wir die Chance, jemanden zu treffen, der alles verdient und alles versteht, vielleicht spüren wir auch das, und vielleicht nehmen wir die Chance dann wahr, wenn sie sich bietet. Inas erzählte mir, wie es war, mit ihrem Vater aufzuwachsen und in ihrer Heimat immer eine Exotin zu sein, immer diese diverse Abkunft mit sich herumzutragen. Immer durch ihr Aussehen aufzufallen, immer nach ihrem Namen gefragt zu werden, immer anders zu sein als die meisten anderen, immer erklären zu müssen.

»Als Kind«, sagte sie, »habe ich manchmal ein Spiel daraus gemacht, wenn die Leute von mir erwarteten, anders zu sein. Ich antwortete ihnen mit einem fiktiven Akzent, der mir passend erschien, als wäre mein Französisch nur mühsam erlernt und nicht perfekt. Es war erstaunlich, wie viele bereit waren, das fraglos hinzunehmen. Wenn mein Vater es erfuhr, war er manchmal böse. Er verstand nicht, warum ich den Leuten etwas vormachte. Dabei war es mir gar nicht so ernst. Es machte mir einfach Spaß, die Leute an der Nase herumzuführen. Ich erinnere mich, dass ich manchmal Kindern etwas von Tahiti erzählte, als hätte ich dort früher gelebt und als wäre es meine eigentliche Heimat.«

Sie erzählte von den Phasen, in denen sie versucht hatte, diesen Teil ihrer Herkunft zu verbergen. Wie sie, als sie dreizehn oder vierzehn war, hartnäckig ihren zweiten Namen führte, Anabel. Und manchmal nicht widersprach, wenn man sie Inès nannte. Ein spanischer Name, der in Mode gekommen war, sodass es niemandem auffiel. Das nicht zu korrigieren, war eine bequeme Lösung gewesen.

Sie hatte ihren Namen geliebt und gehasst, so wie sie ihre Besonderheit geliebt und gehasst hatte. Was bedeutete, dass sie sie manchmal liebte und manchmal nicht. Sie hatte sie abgeschüttelt und geleugnet – und dann wieder angenommen. Hatte sich dadurch definiert, dass sie nicht war wie die anderen. Es war schön gewesen, fremde Wurzeln zu haben – und auch lästig. Alles wäre einfacher gewesen, wenn ihr Vater diese fremde Herkunft nicht in ihr wachgehalten hätte. Er erzählte ihr von Tahiti und brachte ihr tahitianische Sätze bei, die er selbst gelernt hatte. Nur zum Vergnügen. Doch in ihrem Bewusstsein hatten sie sich eingegraben. Bis sie sie für so etwas wie die Stimme ihres Blutes gehalten hatte.

»Das war natürlich Unsinn«, sagte sie. »Aber da ich eine romantische Natur bin, konnte ich irgendwann nicht mehr widerstehen, dieser Stimme zu folgen.«

Lange hatte sie ihre Entscheidung aufgeschoben, aber irgendwann war das wie ein Fluch gewesen, von dem sie sich erlösen musste. Also hatte sie zu Hause die berühmten Brücken abgebrochen, um für ein Jahr nach Tahiti zu gehen. Hatte diesen Job bei *Foodfare* angenommen und sich durchgeschlagen.

»Und warum wolltest du nach Bora Bora?«

Wir saßen im körnigen Sand der Bucht, in der sie gebadet hatte, in jener Nacht, saßen uns dort gegenüber, wie Kinder, die Beine gekreuzt und ineinander verschlungen, sodass wir uns ganz nahe waren.

»Dort leben Verwandte meiner Mutter. Ich war auf dem Weg, sie kennenzulernen. Hatte endlich drei Tage frei und konnte sie besuchen. Das war etwas, was mir sehr wichtig war und worauf ich mich sehr lange gefreut hatte. Ich weiß, dass es dramatisch klingen muss, aber es war, als liefe mein ganzes bisheriges Leben auf diesen einen Punkt zu. Ich stand ganz kurz vor dem Erreichen eines Ziels. Und jetzt ...«

»Du wirst dein Ziel schon noch erreichen«, sagte ich. »Sobald das hier vorbei ist. Es verzögert sich alles ein bisschen. Aber immerhin können wir *hiervon* später wirklich unseren Enkeln erzählen!«

Sie blickte mich mit großen Augen an.

»Du meinst ... *unsere* Enkel?«

Nein, so hatte ich es eigentlich nicht gemeint, ich hatte lediglich eine Floskel aufgegriffen, die passend war und einem Zweck diente: sie aufzumuntern, ein wenig von ihren düsteren Gedanken abzubringen. War es scheinheilig, war das das richtige Wort für die Antwort, die ich ihr gab? Auch darüber habe ich immer wieder nachdenken müssen. Aber es gibt doch Momente und Situationen, wo gar nichts anderes möglich ist, als dem anderen die Unwahrheit zu sagen. Was sollte ich denn sagen? *So habe ich das eigentlich nicht gemeint*? Ich wünschte ja, ich hätte es so gemeint, wünschte es mir sofort. Es war ein so schöner Gedanke, und es war so wunderbar, dass sie es so verstanden hatte.

»Wer weiß«, sagte ich. »Vielleicht ist das hier ein Anfang – von etwas sehr Langem.«

Sie lächelte und blickte versonnen zu Boden.

»Das ist merkwürdig«, sagte sie. »Schon von Anfang an ... ich meine, seit wir uns nähergekommen sind, hatte ich dieses Gefühl, angekommen zu sein. Eine Gewissheit, dass man nicht mehr weitersuchen muss. Dass eine Suche zu Ende ist, für immer. Ich weiß nicht ... ob du verstehst, was ich meine.«

»Ich verstehe sehr gut, was du meinst. Sehr gut.«

»Hast du dieses Gefühl auch?«

»Ja«, sagte ich. Und diesmal war es einfach die Wahrheit. »Es kommt mir vor, als sollte alles genau so kommen, diese ganze verrückte Geschichte, hier auf dieser komischen Insel zu landen. Ich meine, wir waren einander doch vollkommen fern, sind in verschiedenen Ländern aufgewachsen, nie haben unsere Wege sich überkreuzt – und die Chance dazu war äußerst gering. Nur weil wir beide nach Bora Bora wollten, genau zum selben Zeitpunkt, sind wir uns begegnet. Und anfangs hab ich's nicht mal begriffen. Es erschien so abwegig ... weil ich doch dachte ... na, du weißt schon. Ich hab es überhaupt nicht in Erwägung gezogen, die große Chance gar nicht erkannt. Und jetzt ... wenn ich mir vorstelle, ich hätte nichts von Tavos Boot erfahren ...«

»Da wärst du nicht froh? Immerhin hat es dich in diese Situation gebracht. Das wäre dir dann erspart geblieben.«

»Ja, sicher. Aber ich habe das Gefühl, es sollte genau so kommen. Dass genau diese Situation hier auf mich gewartet hat. Mit allem Drum und Dran.«

»Weißt du, dass ich an jenem Tag eigentlich die Fähre nehmen wollte? Ich hätte sie bestimmt genommen, wenn ich nicht länger bei der Arbeit hätte bleiben müssen, ganz plötzlich. Auf einmal hieß es, du kannst jetzt nicht weg. Ich habe mit Engelszungen geredet, ich wollte unbedingt diese Fähre kriegen, aber die ließen sich nicht erweichen, und ich stand kurz davor, einfach alles hinzuschmeißen und zu gehen. Ganz kurz davor. Ich bin selten in meinem Leben so wütend gewesen, wie ein kleines Kind.«

Wieder und wieder rekapitulierten wir »unsere« Geschichte, wie es uns zusammengebracht hatte, wie wir nachts über die Insel geirrt waren, Hand in Hand, ich weiß nicht, wie oft. Wie frisch Verliebte das nun mal machen. Von Anfang an, und wenn eine Liebe lange Zeit hält, dann immer und immer wieder, ein ganzes Leben lang.

Dass ich sie bei ihrem Bad beobachtet hatte, behielt ich damals allerdings für mich. Ich dachte, es wäre noch früh genug, ihr das zu sagen. Irgendwann.

23

Wenn es uns die Zeit erlaubte, streiften Inas und ich über die Insel und suchten nach Früchten, nach Blättern, in denen sich morgens der Tau sammelte, nach irgendetwas, was Durst und

Hunger stillen konnte, wenigstens ein bisschen. Wann immer sich die Gelegenheit bot, schaute ich sie bloß an und wurde nicht müde, mit ihrem langen Haar zu spielen (das sie jetzt meist offen trug), es mit den Fingern zu kämmen und zu ordnen, manchmal saßen wir wirklich da, einer hinter dem anderen, und hegten einander in einer Art gegenseitiger Körperpflege wie Affen.

Wir erzählten uns unser Leben und unsere Träume. Vergangenes, Zukünftiges. Eine ganz neue Welt tat sich auf, wie immer, wenn man einen Menschen kennenlernt. Staunend hörte ich ihr zu – ich hatte ja keine Ahnung gehabt. Ich hatte sie für so unscheinbar gehalten und nur beherrscht von einer – in meinen Augen – banalen Mission. Eine Mission hatte sie wirklich, und sie war nicht banal.

Sie brachte mir bei, mit den Händen zu sprechen, mit Gestik und Mimik. Es waren nur Grundlagen, ich begriff, dass es viele Jahre dauerte, bis man sich professionell in einer Welt bewegen konnte, in der es keine Geräusche gab. Sie erzählte mir von Menschen, die taub und blind waren, und für mich war diese Vorstellung so grauenvoll, dass ich fast ehrfürchtig verharrte, wenn sie mir beschrieb, wie sie trotzdem lernten zu sprechen und an der Welt teilzunehmen.

»Ich glaube, ich könnte das nicht«, gestand ich. »Es würde mich zu sehr mitnehmen. Ich meine ... tun sie dir nicht furchtbar leid?«

»Nein«, sagte sie, mit ehrlichem Unverständnis. »Es ist schön zu sehen, wie sie Fortschritte machen und nach und nach ihre Isolation verlassen. Du kannst ihnen helfen. Das ist ein schönes Gefühl.«

»Mein Gott ... das ist großartig. Wirklich großartig.«

Das schien sie eher zu amüsieren.

»Bleib auf dem Teppich. Deswegen bin ich noch keine Heilige. Natürlich ist es gut, Menschen zu helfen. Aber eigentlich ist es eine Arbeit wie jede andere.«

»Und wie bist du dazu gekommen?«

»Ich war im Kirchenchor und habe ständig in der Bibel gelesen ... Das denkst du doch vermutlich immer noch! Passend zum *Farefood*-Häubchen.«

Ich gab ihr einen Klaps. »Hör auf mich zu verscheißern!«

»Na ja ... ich wollte es eigentlich schon immer. Schon seit ich dreizehn war oder so. Da habe ich angefangen, Gebärdensprache zu lernen. Ich habe sogar angefangen, ein neues System zu entwickeln. Völlig verrückt. Aber es sagt viel über meine Begeisterung. Dass es ein Forschungsgebiet ist, dass man noch viel verbessern kann ... das hat mich wohl am meisten fasziniert.«

Fast schämte ich mich, dass ich sie mir kleine Sätze und Phrasen beibringen ließ. Als wäre das ein lustiges Spiel. Aber es kam eben nur mir so vor, für sie war der Umgang damit einfach ganz normal.

Irgendwann kamen wir auch auf San Francisco zu sprechen, auf meinen großen Jugendtraum. Den ich – im hohen Alter von dreiundzwanzig – ja eigentlich schon begraben hatte.

Inas sagte, das sollte ich nicht.

»Wenn du einen Traum hast«, sagte sie, »dann solltest du ihn dir erfüllen.«

Ich lag da, im Sand unserer Bucht, die Arme hinter dem Kopf verschränkt, und blickte hinauf in den Himmel. Der mir ungefähr so fern erschien wie dieser Traum. Es kam mir vor, als gehöre er einer anderen Zeit an, wie etwas längst Vergangenes.

»Wenn das so einfach wäre ... Mit fünfzehn oder sechzehn habe ich über Komplikationen noch nicht nachgedacht. Da stellte ich es mir bloß himmlisch vor, dort zu leben. Aber dort zu leben heißt auch zu arbeiten, seinen Lebensunterhalt zu bestreiten.«

»Und?«

»Die warten dort nicht auf Träumer. Und vielleicht ist alles gar nicht so himmlisch, wie ich es mir vorgestellt habe.«

Inas saß neben mir und blickte auf mich herab. Wie ich aus den Augenwinkeln wahrnahm. »Vielleicht«, sagte sie. »Aber so wirst du's nie herausfinden. Ich meine: Was hindert dich an einem Versuch? Ich habe meinen Traum ja schließlich auch erfüllt. Warum solltest du's dann nicht können?«

Vermutlich sah ich – nach wie vor – nicht sehr enthusiastisch aus, denn sie beugte sich über mich, um sich zwischen mich und den Himmel zu schieben.

»Wenn du dich nicht traust ...«, sagte sie.

»Was dann?«

»Dann ... führ ich dich hin. Wir machen es ganz einfach gemeinsam!«

Sie lächelte, bloß mit den Augen, und gab mir einen Kuss.

Und meinte das offenbar ganz ernst.

So rührten wir während dieser seltsamen Tage im Nirgendwann und Nirgendwo auch an das Wesentliche. Es war nicht zu vermeiden. Es war etwas, was kommen musste.

»Hast du denn wirklich keine Familie?«, fragte sie. Ich hatte so etwas einmal gesagt, am Lagerplatz, als in gemeinsamer Runde die Sprache darauf kam – und ich gewiss keine Lust hatte, mein Leben vor Fremden auszubreiten. Das Leichteste wäre gewesen, dabei zu bleiben, aber mit Inas war das mittlerweile natürlich etwas anderes. Es war eine Sache, kleine taktische Unwahrheiten zu platzieren, um sie glücklich zu machen, aber eine andere, sie anzulügen. Das ging jetzt nicht mehr. Inas war die Frau, mit der ich den Rest meines Lebens verbringen würde, ich hatte nicht das Gefühl, dass mir dabei noch irgendein Maß an

Entscheidungsgewalt zukam, meines Erachtens waren die Dinge einfach entschieden.

Schweigen war noch keine Lüge, es war so etwas wie ein sicherer Hafen, in den ich mich flüchtete, aber immerhin verriet es schon, welche Antwort nicht in Frage kam.

»Es kam mir so vor, als hättest du das nur so gesagt. Und ... als hätte es irgendwas *damit* zu tun.«

Sie legte ihre Hand auf meinen linken Arm, dorthin, wo es auf der Oberfläche aussah wie eine völlig wirre und misslungene Version polynesischer Tattoos, Verwerfungen der Haut, die fast wirkten wie noch frische Verbrennungen.

»Ich habe eine Familie«, sagte ich. »Aber ich habe keinen Kontakt mehr.«

»Seitdem?«, fragte sie.

»Nicht lange danach. Dieser Arm ...«

... war die Strafe, die ich erhalten hatte. So wie ich jetzt etwas wie eine Belohnung erhielt, ohne recht zu wissen, wofür. Eine Strafe, die mich ein Leben lang erinnern würde. Die mir keine Chance ließ, je etwas zu vergessen.

»Ich habe es nie jemandem erzählt. Nie.« Denn wie soll man Menschen etwas erklären, was sie doch nicht verstehen können? Es ist unmöglich, wenn sie nichts Vergleichbares erlebt haben.

»Und willst du es mir erzählen?«

Ich nickte bloß.

»Was ist damals passiert?«

»Es war ein Autounfall. Ich war neunzehn und fuhr nachts nach Hause, nach einem Besuch bei Verwandten. Es war sehr spät und ich hatte getrunken. Nicht sehr viel – jedenfalls kam es mir nicht viel vor und ich dachte, es ...«

Ich stockte und verstummte für eine Weile, und mein Herz klopfte mir bis zum Hals. Wie immer versuchte ich mich selbst zu belügen, wenigstens noch ein Stück weit. Als gäbe es da noch irgendwas zu retten.

»Die Wahrheit ist: Ich war betrunken. Stockbetrunken, aber ich wollte unbedingt noch zurück und die Nacht nicht dort bei den Verwandten verbringen. Ich war sehr müde und bin wohl irgendwann am Steuer eingeschlafen. Ich habe jedenfalls die Kontrolle verloren und bin von der Straße abgekommen, der Wagen hat sich überschlagen, ich weiß nicht, wie oft.«

»Dabei hättest du fast den Arm verloren.«

»Sie mussten mich da rausschweißen und haben mich ins Krankenhaus geflogen, mit einem Hubschrauber. Von alldem weiß ich nichts. Ich bin erst Tage später wirklich zu mir gekommen.«

»Und?«

»Auf dem Rücksitz des Wagens schlief mein kleiner Bruder. Er war sofort tot. Er war neun Jahre alt.«

Er war neun Jahre alt gewesen, ein kleiner blonder Junge in dem neuen Trikot seiner Hockeymannschaft, so stolz darauf, dass er es überall vorführte. Sie sagten mir, er habe gelächelt, als man ihn fand, es habe ausgesehen, als sei er selig eingeschlafen. *Du hast getrunken*, hatte mein Onkel beim Abschied noch zu mir gesagt, mit strenger Miene, und darauf gedrängt, dass wir vor Ort übernachteten, aber ich hatte abgewinkt und so getan, als hätte ich alles im Griff.

»Verstehst du?«, sagte ich. »Ich habe meinen eigenen Bruder getötet. Da kannst du drei Leben leben und wirst doch nie drüber wegkommen. Ich hatte auch gar keine Lust mehr zu leben. Ich wollte allem ein Ende machen. Das war vielleicht ein Jahr danach. Ich hatte schon alles arrangiert, Tabletten besorgt und so.«

»Und? Warum hast du's nicht getan?«

»Weil es keinen Sinn ergeben hat. Es hatte einfach keinen Sinn. Das Leben ist manchmal schon theatralisch, und vielleicht habe ich alleine deshalb mit keinem Menschen drüber gesprochen. Weil das doch niemand verstehen würde. Es konnte doch niemand begreifen, was in mir vorging, also behielt ich es für mich. Ja, ich kam damals zu einem Schluss, der jedem außer mir selbst idiotisch vorkommen musste. Ich dachte: Ich werde für ihn weiterleben, für uns beide. Ich nehme ihn mit und zeige ihm alles. Ich trage ihn mit mir und lasse ihn in mir leben. Er konnte doch meine Augen und Ohren benutzen und alles. Verstehst du«, sagte ich, und es fiel mir wirklich schwer, weiterzusprechen, »ich habe ihn immer bei mir. Bei allem, was ich tue, denke ich immer an ihn. Und frage mich, was er davon halten würde. Ob er es richtig fände. Manchmal tue ich Dinge nicht, weil ich weiß, dass er es nicht verstehen würde. Und manchmal bitte ich ihn um Verzeihung, wenn ich mich zu etwas entschließe, dann, wenn es einfach getan werden muss, auch wenn es nicht richtig ist und ein Kind das nicht begreifen kann. Und dass ich das niemandem erzählen will, wirst du vielleicht verstehen, denn alles, was die Leute dazu sagen würden, wäre, dass ich sie nicht alle habe und dass ich theatralisch bin und hysterisch und völlig durchgeknallt. Und sie würden mich doch nur zu Psychiatern und Therapeuten schicken, und das wäre wirklich das Letzte, was ich brauche. Wenn ich etwas gelernt habe, dann, mit allem alleine zurechtzukommen.«

»Und deine Familie?«

»Hat sich von mir abgewendet. Für meinen Vater existiere ich nicht mehr. Er hat es mir nie verzeihen können. Er hat gesagt, er wünschte, ich wäre tot, an Damians Stelle. Und dass ich's auch wäre, für ihn. Tot.«

»Und deine Mutter?«

»Ich sehe sie manchmal, in sehr langen Abständen. Mütter sind anders als Väter. Sie haben ein Kind ausgetragen und geboren. Sie würden sich niemals ganz davon abwenden.«

»Und weiß dein Vater von diesen Besuchen?«

»Er hat davon erfahren. Was das Leben für meine Mutter nicht einfacher macht. Die es auf ihre Art nie verwunden hat. Ich habe in einer Nacht um einiger Gläser Alkohol willen das Leben einer Handvoll Menschen zerstört. Ich habe alles kaputtgemacht.«

»Ist das der Grund, warum du keinen Alkohol trinkst?«

»Ja, deshalb, und weil ich für eine Weile meinen Schmerz mit Alkohol betäubt habe, noch vor gar nicht so langer Zeit. Da wäre ich fast vor die Hunde gegangen, viel hat nicht gefehlt. Und weißt du, was mich gerettet hat? Dass ich mich vor Damian dafür geschämt habe, was aus mir geworden war. Glaub mir, ich bin nicht verrückt. Ich weiß, dass er nicht wirklich da ist. Ich weiß genau, dass das etwas ist, was ich nur für mich so empfinde. So wie Leute, die an Gräbern mit Verstorbenen reden, doch auch wissen, dass es nicht wirklich so ist, nicht real ... und andererseits eben doch. Ich hab mich damals geschämt, und dann hab ich beschlossen, so zu leben, dass niemand sagen konnte, ich hätte es nicht wirklich versucht, und ich wollte mich nie wieder schämen müssen.«

Wir schwiegen, eine ganze Weile. Inas hätte dazu nichts sagen können außer Phrasen. Sie war einfach da, wartete, ob ich weitersprechen würde.

»Ich war nicht sehr erfolgreich«, sagte ich. »Und nie glücklich. Aber ich habe mich mit allem arrangiert. Auch *damit*. Mein Leben war die letzten

Jahre nicht so besonders schön, doch dafür bin ich selbst verantwortlich. Ich ganz allein.«

»Aber jetzt«, sagte sie, »jetzt geschieht in deinem Leben wieder etwas Gutes.«

Sie legte die Arme um mich und gab mir einen Kuss.

»Ja«, sagte ich. »Allerdings. Etwas sehr, sehr Gutes.«

24

Es mögen zwei Wochen gewesen sein, die wir so verbrachten. Zwei Wochen, in deren Ablauf uns die Realität einzuholen begann. Wir hatten die Anstrengungen wieder aufgenommen, uns zu ernähren und mit Wasser zu versorgen. Doch nach dem Zyklon war es ungleich schwieriger geworden. Er hatte die dürftige Fauna der Insel bis auf Reste dezimiert, kaum noch gab es Vögel und Echsen, auch von Fischen war weiterhin nichts zu sehen. Selbst die Quelle auf dem Felsgrat floss dürftiger, was uns zunächst Rätsel aufgab. Es war klar, dass sie uns weniger als zuvor versorgen konnte, wir waren auf Regen angewiesen, der jedoch nicht kam. Nur einmal, nach Tagen, hatte es geregnet. Das hatte uns gerettet, nur deshalb waren wir überhaupt noch da.

»Sieht ganz so aus, als ob die Quelle langsam versiegt.«

Wir standen da, wie so oft, betrachteten die Wasserstelle wie einen Patienten, jedes Mal hoffend, sie hätte wenigstens zu ihrer alten Kraft gefunden.

»Ich glaube nicht, dass es eine Quelle ist«, sagte Tavo. »Ich hatte von Anfang an meine Zweifel.«

»Na fein!«, sagte Lilith, die Arme in die Hüften gestemmt. Wie sie leibte und lebte. Voller Temperament. Man hatte immer das Gefühl, sie wolle einem gleich an den Hals springen. Die zwangsläufig verlorenen Pfunde hatten aus ihr mittlerweile eine fast schlanke junge Frau gemacht. Während uns anderen der Gewichtsverlust weniger gut stand, Carmichael allen voran. »Und was soll es sonst sein?«

»Grundwasser«, sagte Tavo.

»Grundwasser?«

»Ja, Grundwasser, das hochgedrückt wird und hier zutage tritt. Es gibt keine andere Erklärung.«

»Grundwasser ... hier auf der Insel?« Das erschien mir damals völlig abwegig. »Vielmehr unter der Insel. Aber hier ist doch überall nur Ozean.«

»Ja, aber der Regen fließt ab und sammelt sich im Grundwasser. Und Süßwasser ist leichter als Salzwasser, also sammelt es sich darüber. Natürlich sind die Grenzen etwas fließend. Was auch den leicht brackigen Geschmack erklärt.« Tavo nickte sacht vor sich hin. »Ja, das ist es. Von Anfang an war mir diese Wasserstelle ein Rätsel. Es gibt auf den Inseln in dieser Region keine

Quellen, wer dort lebt, ist auf Regenwasser angewiesen. Oder auf Grundwasser.«

»Und hier tritt es zutage – zu unserem Glück.«

»Aber genau das ist das Rätsel«, sagte Tavo. »Es tritt normalerweise nicht zutage. Es sei denn, man unternimmt Anstrengungen, es anzuzapfen. Und ich glaube, dass genau das hier geschehen ist. Seht euch die Felsen an. Von Anfang an kam mir das seltsam vor. Diese ausgezackte Stelle. Ich glaube, dass jemand dafür verantwortlich ist, der vor uns hier war.«

Er wies auf die entsprechenden Bruchstellen im Gestein. In der Tat sah der flache felsige Grat hier zerklüftet aus.

»Es ist eigentlich so deutlich. Nur der Ablauf der Zeit hat die gröbsten Spuren beseitigt. Hier ist gesprengt worden. Wer immer vor uns auf dieser Insel war, kannte die Bedingungen und wusste von dem Grundwasser. Wusste vermutlich sehr genau Bescheid, über Druckverhältnisse und so weiter. Und wusste, was zu tun ist und wo. Clever, wirklich clever. Ja, hier hat jemand genau gewusst, worum es ging. Jemand, der von solchen Dingen etwas versteht.«

Noch einmal, und diesmal noch deutlicher, erstand vor uns die Geschichte derjenigen, die vor uns auf diesem abgelegenen Stück Land gestrandet waren. Die alle Anstrengungen unternommen hatten, hier zu überleben. Die aber letztlich gescheitert waren. Vermutlich gingen uns allen solche Gedanken durch den Kopf, denn nach einer Weile rief Lilith zornig:

»Warum kommt bloß niemand hierher? Nicht mal, um Verschollene zu suchen! Man muss uns doch gesucht haben, verdammt nochmal!«

»Brisky hatte dazu eine eigene Theorie«, sagte ich. Ich fand, es war an der Zeit, alle Dinge auszusprechen und nichts mehr im Verborgenen zu halten. Deshalb fuhr ich fort, als die anderen mich erwartungsvoll ansahen. »Er hielt diese Region für Sperrgebiet, nahe Mururoa.«

Ein Augenblick eisigen Schweigens trat ein.

»Mururoa?«, fragte Carmichael voller Entsetzen. Jeder von uns wusste, was das bedeutete. Weitere Erklärungen waren unnötig.

»Natürlich habe ich daran gedacht …«, sagte Tavo.

»Aber wieder mal den Mund nicht aufgemacht!«, platzte Lilith heraus. »Finden Sie nicht, es wäre mal Zeit, alles zu sagen, was Sie wissen, oder woran Sie so alles denken?«

»Wäre plausibel«, murmelte Carmichael, mehr für sich, und rieb sich hektisch den struppigen Bart. »Wäre verdammt plausibel.«

»Nein«, sagte Tavo, »ich glaube es nicht. Es kann auch andere Gründe dafür geben, dass uns hier niemand findet.«

»Aber welche denn?«, beharrte Lilith. »Würden unsere Leute denn nicht alle Anstrengungen unternehmen, uns zu finden? Ihre Familie. Oder

Rajesh, Ranias Mann. Und ihr Vater. Er ist reich, sehr reich. Er würde alles unternehmen, um sie zu finden!«

»Dann hat er vielleicht auch alles unternommen. Aber uns eben nicht gefunden. Vielleicht hat man uns einfach in der falschen Richtung vermutet. Vielleicht hat man auch Hinweise auf einen Schiffbruch gefunden. Auf das Sinken unseres Bootes.«

Es war Inas, die sofort verstand, was er meinte, während wir anderen ihn noch fragend anstarrten.

»Die Sachen, die Brisky über Bord geworfen hat«, sagte sie.

Tavo nickte. »Zum Beispiel.«

Es war ein Ereignis, an das niemand von uns seitdem je gedacht hatte. In der Nacht nach dem Brand hatte Brisky eigenmächtig, wie es seinem Credo entsprach, das Schiff um Ballast erleichtert – wie er es ausdrückte. Hatte angesengte und unnütze Gegenstände dem Meer überantwortet: Decken, Eimer, Kisten, Kanister. Es war die Nacht gewesen, in der er auch ebenso eigenmächtig den Kurs geändert hatte.

»Ich sage nicht, dass es das war. Aber es wäre eine Erklärung. Die Transportkisten trugen zum Beispiel den Schriftzug der *Croix du Sud*. Und wenn es das ist, worauf man bei der Suche gestoßen ist, dann mag es ausgesehen haben wie die Spuren eines Schiffsuntergangs.«

Carmichael schnaufte wütend, er rang förmlich nach Luft.

»Dieser Dreckskerl!«, sagte er. »Er hat uns das eingebrockt!«

»Ich sage nicht, dass es wirklich so war«, beschwichtigte Tavo noch einmal. »Aber immerhin ist es eine ebenso gute Erklärung, wenn nicht eine bessere als Mururoa.«

»Wir hätten ihn schon damals ersäufen sollen!«, konstatierte Lilith unbeirrt. »Dann wäre uns manches erspart geblieben.«

Wir gingen zum Lager, zu Rania, die wir in der Hütte zurückgelassen hatten. Berichteten ihr von unseren Erkenntnissen. Und versammelten uns dann um den Feuerplatz. Ohne Einberufung, unverabredet. Es ergab sich. Der Tag der Abrechnung war gekommen. Wir hatten ihn lange genug hinausgezögert.

»Brisky hat recht gehabt«, sagte Tavo.

Brisky. Manchmal hatte ich das Gefühl, als schwebe er über allem wie ein Geist. Es war erstaunlich, wie oft wir von ihm sprachen, wie oft er erwähnt wurde in der Zeit nach dem Sturm.

»Diese Insel kann uns nicht ernähren. Wenigstens damit hat er recht behalten. Wir können nicht einfach länger hier warten und weiter auf Regen hoffen. Und die Wasserstelle kann uns nicht versorgen, so viel ist klar.«

»Vielleicht können wir sie vergrößern«, sagte Carmichael. »Ich meine: vertiefen, erweitern.«

»Wie denn?«, fragte Lilith. »Wir haben keinen Sprengstoff. Mit der Axt?«

»Und graben?«

»In diesem Boden?« Tavo schüttelte den Kopf. »Ein bisschen Sand und Erde über hartem Korallengrund. Keine Chance. Wir müssten einen tiefen Graben ziehen. Dafür fehlen uns die Mittel. Außerdem können wir uns nicht weiter von Blättern und Insektenlarven ernähren – und ein paar Früchten, die die Insel noch hergibt. Tag für Tag ein Defizit an Wasser und Nahrung – das halten wir nicht mehr lange durch. Wir müssen der Wahrheit ins Auge sehen.«

»Das heißt ...«, sagte ich. »Wir müssen die Insel verlassen.«

»Ja. Darauf läuft es wohl hinaus. Wir sollten uns also ernsthaft Gedanken machen, auf welche Weise.«

»Auf welche Weise?«, fragte Rania. »Was haben wir denn überhaupt für Möglichkeiten?«

»Wir können ein Floß bauen«, sagte ich. »Auch das hat Brisky zumindest bewiesen: dass es möglich ist.«

»Oder?«

Für einen Moment trat Schweigen ein.

»Oder wir dichten doch das Boot ab«, sagte Carmichael.

»Auch das hat Brisky gefordert«, sagte Lilith kampfbereit. »Aber angeblich ging es ja nicht. Und jetzt plötzlich doch?«

»Ich meine nur, dass es eine Möglichkeit ist. Wir müssten uns Gedanken machen, ob es nicht doch einen Weg gäbe, es abzudichten. Und wenn ja, dann wäre das eine Möglichkeit.«

»Der Zyklon hat es arg mitgenommen«, gab Tavo zu bedenken.

»Ja«, sagte Carmichael. »Aber es ist immer noch da. Und wenn es schwimmfähig ist und wir es irgendwie abdichten können – vielleicht nur notdürftig – dann könnte es uns hier wegbringen. Übrigens habe auch ich mich am Anfang dafür ausgesprochen.«

Die anderen konnten das offenbar so wenig widerlegen wie ich, so genau konnte sich im Eifer des Gespräches niemand erinnern.

»Sich mit diesem Eimer auf den Ozean wagen? Ha!«

In Carmichaels Kehle grollte es. »Alles was ich sage, ist, dass es eine Möglichkeit ist, abgesehen von einem Floß. Wir erörtern doch die Möglichkeiten, oder?«

»Und wie wollen Sie es abdichten?«

»Darüber kann man sich dann Gedanken machen. Vielleicht gelingt es uns, aus diesem Korallenzeug eine Art Mörtel herzustellen. Oder aus Baumharz oder was weiß ich. Wie auch immer, wenn es uns gelingt, das Boot wieder halbwegs flott zu machen, halte ich es für die bessere Alternative. Ein Boot unter meinen Füßen, und sei es auch nur ein havariertes, flößt mir mehr

Vertrauen ein als eine Reihe zusammengebundener Balken.«

»Er hat recht«, sagte Tavo. »Es ist eine Möglichkeit, und wir müssen sie ins Auge fassen. Und es gibt noch eine dritte Möglichkeit.«

»So? Und welche?«

»Dass wir nicht alle gehen. Auch das müssen wir in Erwägung ziehen. Diese Fahrt ist jetzt nicht weniger gefährlich als vor einigen Wochen. Und auch das hat Brisky eindrucksvoll bewiesen. Es hat sich nichts geändert: Eine Fahrt übers Meer, ohne Richtung, ohne festes Ziel, ist mit großen Risiken verbunden. Wir werden kaum Wasser haben. Wir können diese Fahrt sogar nur dann antreten, wenn es in nächster Zeit wenigstens ein weiteres Mal regnet. Sollte das in allernächster Zeit nicht der Fall sein ... nun ... Ohne einen Wasservorrat macht eine solche Unternehmung jedenfalls keinen Sinn. Und dann müssten wir Glück haben. Großes Glück. Die richtige Richtung zu wählen ... beziehungsweise irgendwohin getrieben werden, wo Land ist. Oder Schiffsrouten. Die Strömungen ... das Wetter, Wind: das alles liegt nicht in unserer Hand. Aber mittlerweile haben sich die Verhältnisse verändert. Hierzubleiben hilft uns nicht. Es gäbe allerdings die Möglichkeit, dass sich nicht alle ins Ungewisse begeben, sondern vielleicht nur einer von uns.«

Wir alle blickten Tavo mit großen Augen an. Was er da sagte, war etwas völlig Unerwartetes.

»Und der wären dann natürlich Sie?«, sagte Carmichael. Es klang vorwurfsvoll.

»Ich weiß es nicht. Vielleicht. Ich reiße mich nicht darum. Glauben Sie, ich will mir einen Vorteil verschaffen? Mich aus dem Staub machen? Ich habe Ihnen doch gerade erklärt, welche Risiken bestehen – sowohl für ein Hierbleiben als auch für ein Verlassen der Insel. Was das betrifft, sehe ich eigentlich keinen Unterschied. Beides ist so gefährlich, dass ich mir beides am liebsten gar nicht vorstellen möchte.«

»Und warum dann überhaupt diese Fahrt unternehmen – wenn sie uns auch keine besseren Aussichten bringt?«

»Wenn wir fahren, haben wir zumindest eine Chance, uns aus dieser Isolation zu befreien – mit einer guten Portion Glück. Und wenn nur einer fährt, dann hat er die Chance durchzukommen und Hilfe zu holen. Und die anderen können die Chance auf der Insel nutzen – mit einem Esser und Trinker weniger.«

Es herrschte bedrückendes Schweigen. Vielleicht auch, weil diese Worte so ungeschminkt waren, so entsetzlich nüchtern. Ein Esser und Trinker weniger ... Sollte das ein Anreiz sein? Zum Teufel nochmal, genau das war es! Diese Vorstellung: Einer weniger, mit dem man knappe Rationen teilen musste, ein paar Tropfen Wasser mehr. Ob ich es nun wollte oder nicht, es klang verlockend.

»Ich stelle mich gern zur Verfügung«, sagte Tavo in diese Stille hinein. »Aber nicht, weil ich mir davon einen Vorteil verspreche. Alleine da rauszufahren, ist keine angenehme Vorstellung, das könnt ihr mir glauben. Doch vielleicht, nein, wahrscheinlich würde das unsere Chancen erhöhen.«

»Und wenn Sie nicht zurückkommen?«, fragte Lilith. »Sollen wir dann den nächsten losschicken?«

Tavo blickte sie an, und ich hatte ihn nie so ernst gesehen. Nie so traurig.

»Was immer dann zu geschehen hat, müssen die Zurückgebliebenen entscheiden.«

»Und ... können nicht auch zwei gehen statt nur einer?«, fragte ich. »Die Vorstellung, ganz alleine da rauszufahren, ist wirklich nicht gerade angenehm.«

»Es können auch zwei sein. Oder drei. Wir können uns aufteilen, wie auch immer. Wer gehen will, kann gehen, und wer bleiben will, kann bleiben. Ganz wie es jedem Einzelnen beliebt. Wir sollten darüber nachdenken. Aber nicht lange. Dazu haben wir keine Zeit mehr. Wir sollten darüber nachdenken, darüber reden. Und dann bald eine Entscheidung treffen. Sehr bald!«

25

»Willst du gehen?«, fragte Inas. »Oder lieber hierbleiben?«

»Und du?«

Wir saßen in der Bucht, die wir schon längst als »unsere« betrachteten. Wohin wir uns immer wieder zurückzogen. Selbst die anderen wussten es längst und machten darum rücksichtsvoll einen Bogen. Carmichael hatte sein Baumhaus, wir hatten die Bucht. Auch sie hatten wir freiräumen müssen von allem, was im Sturm dort niedergegangen war.

»Ich frage doch dich.«

Ich betrachtete sie. Sie saß da, mit zu einem Zopf geflochtenem Haar, in ihrem verschmutzten, sonnengebleichten Kleid, das am Kragen ganz ausgeleiert und an einem Arm sichtlich zerrissen war, auch am Saum und an einer Seite war es ganz zerfetzt. Sie war hübsch, ihr schmutziges Gesicht gab ihr etwas jungenhaft Verwegenes, doch sie sah müde und abgemagert aus, ihre Schläfen und Wangenknochen traten ein wenig hervor. Ich wusste nicht, wie lange ich versucht hatte, diese Tatsache zu verdrängen, aber jetzt gelang es mir nicht mehr. Ich fing an, mir Sorgen zu machen. Ernsthafte Sorgen.

»Ich tue doch ohnehin das, was du möchtest. Oder glaubst du, ich würde mich für etwas anderes entscheiden als du?«

»Und ich«, sagte sie, »werde das tun, was du willst. Was immer das ist. Ich werde sowieso bei dir bleiben.«

Ich nahm ihre Hand. Oder sie meine. Sie fanden sich immer wieder, irgendwie.

»Und? Was ist es jetzt, was du willst?«

»Und du?«, fragte ich.

Wir sahen uns an, ich versuchte zu lächeln, doch es gelang mir nicht sehr überzeugend.

Wir sagten nichts mehr, blickten uns nur so an, dann nahm ich sie in die Arme und hielt sie ganz fest.

Ich habe sie seit diesem Moment nie wieder losgelassen. Bis heute.

26

Während das Floß schnell Gestalt annahm, lag eine seltsam bedrückende Stimmung über der Bucht und dem Lagerplatz. Wir alle waren schweigsam geworden, jeder war auf seine Weise in sich gekehrt und mit seinen eigenen Gedanken beschäftigt. Zunehmend litten wir unter Hitze und Wassermangel, jeder Handgriff fiel schwer und die Erschöpfung überfiel uns in immer geringeren Abständen. Unsicherheit und Angst lähmten uns. Weil wir nicht wussten, ob wir das Richtige taten. Ob irgendetwas, was wir tun konnten, das Richtige wäre. Ob es nicht schon zu spät war, für was auch immer. Geschwächt, ohne rechte Überzeugung, voller Zweifel und einer immer tiefer gehenden Furcht, verstummten wir einmütig. Wohl auch, weil wir jetzt wirklich verstanden hatten, um was es ging, und den Moment kommen sahen, der uns in Kürze bevorstand. Ein Moment der Trennung und des Aufbruchs ins Ungewisse.

Carmichael half uns beim Bau des Floßes, aber sein Entschluss stand unverrückbar fest: Er würde auf der Insel zurückbleiben. Natürlich versuchten wir ihn zu überreden, jeder von uns, jeder in dem Glauben, er könne erreichen, was die anderen nur falsch angefangen hatten.

»Nichts und niemand kriegt mich da raus!«, sagte er und wies mit dem Arm aufs Meer. »Ich werde hier die Stellung halten!« Und er erkletterte trotzig seine winzige Burg und bezog seinen Posten, suchte mit dem Fernglas den Horizont ab, hisste die Fahne und zog sie wieder ein.

Manchmal beratschlagte ich mich mit Tavo. Auch und gerade darüber.

»Wir können ihn doch nicht so einfach zurücklassen«, sagte ich. »Als einzigen.«

»Warum nicht? Was wollen Sie tun, hierbleiben und ihm Beistand leisten? Nur, um ihn nicht allein zu lassen? Und zwingen können Sie ihn nicht.«

»Aber es ergibt doch gar keinen Sinn. Früher war er der Erste, der hier wegwollte. Nur weil es nicht gelungen ist, das Boot abzudichten?«

»Vielleicht«, sagte Tavo. »Mit dem Boot hätte er es gewagt. Briskys Beispiel ist ihm wohl einfach zu abschreckend. Und es ist ohnehin nicht leicht, ihn zu verstehen. Mit der Zeit ist er ... nun ... etwas wunderlich geworden. Seit er keinen Tabak mehr hat, ist er unausstehlich. Ich meine: noch unausstehlicher.« Er grinste. »Seine Entschlüsse sind sehr überraschend – was mich zu der Hoffnung bringt, dass er es sich ebenso schnell wieder anders überlegt.«

Eigentlich hatten wir gehofft, dass Rania und Lilith sich dazu bewegen ließen, mit ihm hierzubleiben. Aber Rania war fest entschlossen zu fahren, und Lilith mit ihr.

»Dass ihr mich hierlassen wollt, ist nicht gerade ein Zeichen dafür, dass ihr viel Vertrauen in unser Unternehmen habt.«

Sie saß zusammengesunken, wie ein Häuflein Elend, in der Hütte, verschwitzt, geschwächt. Und mutlos.

»Es ist halt nur so, dass wir denken, in deinem Zustand wäre es sicherer hierzubleiben.«

»Mit Carmichael?«, fragte sie, in einem Ton, als hätte ich ihr vorgeschlagen, auf der Sonne spazieren zu gehen.

»Was hast du eigentlich gegen ihn? So schlimm ist er doch gar nicht.«

»Er geht mir einfach auf die Nerven.«

Leicht war es ja nicht gerade mit ihr. Aber ich hütete mich, etwas Derartiges zu sagen. Ich wusste auch nicht, was möglicherweise dahinter steckte. Carmichael war gegenüber Rania und Lilith anfangs sehr zuvorkommend gewesen. Vielleicht ein bisschen zu sehr. Vielleicht war es einfach nur das. Ich wusste ja nicht, was im Einzelnen alles auf dieser Insel vorgefallen war.

Sicher, sie hatte Angst um ihr Kind. Das hatten wir alle, aber unsere Sorge war mit ihren Gefühlen nicht zu vergleichen. Ich versuchte mir vorzustellen, wie das sein mag, wenn im eigenen Körper ein Kind heranwächst, aber es war natürlich ganz vergeblich, ich konnte es nicht.

»Spürst du eigentlich schon was?«, fragte ich.

»Was?«, fragte sie. »Ob es schon tritt oder so was? Dummkopf, dafür ist es noch zu früh!«

»Ich dachte ja bloß.«

Sie starrte ins Leere, ihr Gesicht wurde sehr ernst. »Weißt du, manchmal wünschte ich fast, ich hätte es verloren ... Guck nicht so entsetzt! Ich habe *fast* gesagt! Vielleicht wäre das das Einfachste. Nicht um mir irgendwas zu ersparen. Aber ihm selbst. Die kommenden Tage und Wochen ... wer weiß, wie noch alles wird. Ich habe wenig Hoffnung. Deshalb wünschte ich manchmal, es wäre nicht da. Ich hasse mich für solche Gedanken. Doch ich kann sie nicht verhindern.«

»Aber du willst doch, dass es lebt, oder?«

»Natürlich will ich das. Und vor allem will ich, dass es gesund zur Welt kommt, dass es eine faire Chance hat. Ich würde gerne irgendwas dafür tun, aber ich kann nicht. Ich kann es nicht gut ernähren. Kann nicht dafür sorgen, dass es gesund heranwächst. Das macht mich ganz verrückt. Mir ist es egal, ob ich hungern muss oder fast umkomme vor Durst. Aber je mehr Zeit vergeht, desto mehr wird mein Kind darunter leiden. Alles, was eine Mutter möchte, ist das Beste für ihr Kind, und du kannst dir nicht vorstellen, wie weh es tut, wenn man ihm das nicht geben kann. Warum musste das alles jetzt passieren, gerade jetzt?«

Sie saß da, an eine Wand der Hütte gelehnt und starrte mit großen Augen ins Nichts. Obwohl wir ihr – mit allen Tricks – versuchten zukommen zu lassen, was nur irgend möglich war, sah man ihr die Entbehrungen deutlich an, auch ihre Wangen wirkten schon eingefallen.

»Du darfst die Hoffnung nicht aufgeben«, sagte ich. Was mir bloß einen zornigen Blick einbrachte.

»Verschon mich mit aufmunternden Phrasen!«

»Was ist dir lieber? Bittere Wahrheiten? Also schön: Du siehst nicht gut aus. Deine Verfassung macht uns große Sorgen. Und Resignation wird dir bestimmt nicht helfen.«

»Glaub mir, ich weiß selbst, wie es mir geht. Wäre wenigstens mein Zustand besser! Und ich nicht so verdammt schwach. Wäre ich doch nie schwanger geworden! Das wäre das Beste gewesen.«

»Nein. Das Beste wäre, du würdest aufhören, so etwas überhaupt nur zu denken. Wenn du es sowieso nicht wirklich meinst. Und wenn du dein Kind retten willst, dann musst du auch alles dafür tun.«

»Und tue ich das etwa nicht?«

»Nein. Du lässt zum Beispiel nicht zu, dass wir dir mehr zuteilen als uns anderen.«

»Weil ich keine bevorzugte Behandlung möchte!«

»Es geht aber gar nicht um dich. Sondern um das Kind. Wenn du nur aufhören würdest, so stur zu sein!«

»Stur? Ich bin stur?«

»Ja, bist du. Stur und unausstehlich!«

»Dann komm doch einfach nicht her und lass mich in Ruhe!«

»Nein, das werd ich nicht! Und von jetzt an wirst du die Rationen annehmen, die wir dir geben!«

»Du hast mir gar nichts zu befehlen!«

»Und wenn ich sie dir eintrichtern muss!«

Lilith steckte den Kopf in die Hütte und musterte uns mit einem prüfenden Blick.

»Was ist denn hier los?«

»Nichts«, sagte ich.

»Gar nichts«, sagte Rania, fast gleichzeitig.

Lilith blickte kopfschüttelnd von einem zum anderen und zuckte mit den Schultern. »Na, dann ist es ja gut«, sagte sie.

27

Der Regen kam wie ein Gottesurteil. Wir würden fahren.

Endlich trinken, in vollen Zügen. Wie so oft in Momenten, wo es ganz unpassend war, versuchte ich mir vorzustellen, wie wir auf jemanden wirken mussten, der uns, vielleicht vom Strand her, betrachtete. Sechs abgerissene Gestalten, schmutzig, mit verfilzten Haaren, denen die Köpfe juckten, sodass sie an mehreren Stellen wundgekratzt waren, die Männer mit struppigen, ungepflegten Bärten (Tavo ausgenommen, dessen Bartwuchs sehr bescheiden ausfiel). Lilith, ein Tuch um den Kopf gebunden, sah aus wie eine Piratenbraut, mit eingefressenem Dreck an Füßen, Händen und Armen und sogar im Gesicht. Unter Carmichaels offen stehendem Hemd konnte man die Rippen zählen. Sein linkes Auge war rot, es hatte sich entzündet. Gierig ließen wir uns das Wasser von Blättern in den Mund rinnen, tapsten hektisch herum, um das alte Sonnensegel aufzuspannen. Wir brabbelten und riefen und glucksten vor uns hin.

Die Wasserflaschen waren gefüllt. Für wie lange? Alles konnten wir noch austrinken, wo sich Wasser sammelte, in Blättern, in den Winkeln des Wracks. Wann es wieder regnen würde – niemand wusste es. Jetzt galt es, keine Zeit mehr zu verlieren.

Das Floß war fertig, verkeilte Stämme, akkurat zusammengebunden, darauf, an einem Ende, vier Pflöcke, über die wir das Sonnensegel spannten. In einer weiteren sentimentalen Anwandlung hatten wir Briskys ehemaligen Mast fast mittig platziert, um daran ein Stück Segeltuch befestigen zu können, Carmichael hatte seine Fahne an einem Pflock über seinem Baumhaus befestigt.

Es lag nahe an der Wasserlinie, aber es in die Brandung zu befördern, war schwieriger als gedacht. Mit vereinten Kräften gelang uns, es anzuheben und Stück für Stück ins Wasser zu zerren. Und da, nach allen Mühen und Kraftanstrengungen vergangener Wochen, nach allem Hantieren mit der Axt, das glimpflich abgegangen war, passierte es: Das Floß rutschte uns weg, scherte ein Stück zur Seite aus, wo Carmichael und ich im wellenüberspülten Untergrund einsanken, und krachte nieder. Ein stechender Schmerz an meinem Schienbein, der mich aufstöhnen ließ, doch gleichzeitig ein lauter Schrei. Tavo hatte ihn ausgestoßen, während es ihn gleichzeitig hingestreckt hatte, in die Ausläufer der Wellen.

Wir hasteten zu ihm. Auch ich, nachdem ich festgestellt hatte, dass mein Bein zwar blutete, aber offensichtlich nicht ernsthaft verletzt war. Tavos Fuß war jedoch unter dem Floß begraben, tief in den Sand gedrückt.

Hastig hoben wir es mit aller Kraft an, sodass Tavo ein Stück beseite robben konnte.

Ich dachte, sein Fuß sei zerschmettert, ich hatte keinen Zweifel daran, doch als wir ihn im Meerwasser von allem Sand und Schmutz reinigten, so gut es ging, und ihn untersuchten, schien es, als habe Tavo großes Glück gehabt. Ein starker Bluterguss entstellte den Knöchel, und am Spann blutete es stark. Doch auf den ersten Blick schien nicht einmal etwas gebrochen zu sein.

»Kannst du ihn bewegen?«

Er stöhnte und ächzte ausgiebig, brachte es aber fertig, ihn langsam in alle Richtungen zu justieren.

»Kannst du aufstehen? Versuch zu gehen!«

Gehen war zunächst ein wenig viel verlangt, aber er konnte stehen und auftreten. Während der wenigen Minuten unserer bangen Betrachtungen verfärbte sich die ganze Partie um den Knöchel zusehends.

»Halb so wild, denke ich. Ich halte ihn noch eine Weile ins Wasser. Das kühlt und heilt. Und dann sollten wir die Wunde verbinden. Was ist mit dir?«

Ich präsentierte mein blutiges Schienbein wie eine Trophäe.

»Nur oberflächlich«, sagte ich. »Nichts passiert.«

Was Inas nicht daran hindern konnte, mir einen Verband anzulegen. Den ich dann bloß ihr zuliebe länger behielt als nötig. Während Tavos Blutung nicht so schnell zu stillen war. Schon bald schwoll der Fuß an und die Schmerzen setzten ein, die am Anfang kaum spürbar gewesen waren.

Der Schreck saß uns allen in den Gliedern, und an Aufbruch dachte keiner mehr. Im Gegenteil machten wir Anstalten, Tavo auf ein Lager in der Hütte zu betten, damit er den Fuß schonen und sich auskurieren konnte. Doch davon wollte er nichts wissen.

»Unsinn!«, sagte er. »Es ist halb so schlimm, und ich kann mich auf dem Floß genauso gut auskurieren wie hier. Es ist nichts, was unser Vorhaben verzögern sollte!«

Wir debattierten eine Weile darüber, doch Tavo war fest entschlossen.

»Weiter! Das Floß ins Wasser. Solange noch Flut ist.«

Mit Seilen gelang relativ leicht, was vorher so mühsam gewesen war. Carmichael, der dabei absoff, aus dem Wasser zu ziehen, war ein geringes Problem.

Er saß am Strand, breitbeinig, halb liegend, japste noch ein wenig und ließ sich trocknen. Ich nutzte die Gelegenheit für einen letzten Versuch, ihn zu überreden.

»Wie wär's, wollen Sie nicht doch einfach mitkommen?«

Er blickte zu mir auf und schüttelte den Kopf.

»Nein«, sagte er, »ich bleibe.«

»Ganz allein hier – das wird nicht lustig.«

»Das, was Sie vorhaben, aber auch nicht.«

»Was ist mit Ihrem Auge? Sieht nicht gut aus.« Es war ganz rot.

»Wird schon nicht so schlimm sein. Ich bräuchte Wasser, um es auszuspülen. Vielleicht habe ich ja Glück und es regnet bald wieder.«

»Gehen Sie nicht immer dran!«

Er lachte durch die Nase. »Yes, Sir!«, sagte er. »Ich werde artig sein.«

»Also dann …«, sagte ich. »Die anderen werden sich sicher auch noch verabschieden wollen.«

Er nickte bloß und ich wandte mich zum Gehen. Es war mir zu blöd, ihm auf die Schulter zu klopfen oder so was. Bei Abschieden war ich schon immer sehr ungeschickt.

»Irving?«

»Ja?«

»Wenn Sie zurückkommen, wenn Sie es schaffen sollten … und … na ja … ich nicht, dann …« Er hielt inne, und ich dachte schon, ich müsse ihn auffordern, weiterzureden. »Sagen Sie meinen Leuten, was passiert ist. Mein Vater lebt in Tulsa. Und meine Frau … wir sind nicht verheiratet, aber wie man so sagt …«

Ich kam mir ziemlich dämlich vor. Ich wusste nicht mal, dass er verheiratet war. Beziehungsweise jemanden hatte.

»Wir haben uns zerstritten«, sagte er. »Und ich bin abgehauen, hinaus in die weite Welt. Nur deshalb bin ich hier. Wollte es ihr mal so richtig zeigen. Aber …«

Er blickte hinaus aufs Meer und schüttelte den – schon wieder behüteten – Kopf.

»Wie idiotisch man sich manchmal benimmt ... Sagen Sie ihr, dass es mir leidtut. Und dass ich nie vorhatte, für immer wegzubleiben.«

Das können Sie ihr selber sagen, ging es mir durch den Kopf. Aber es war ein Satz aus irgendeinem Film, da war ich sicher, deshalb sagte ich ihn nicht. Stattdessen nickte ich. »Okay, ist gut. Aber ... Sie werden doch überleben und wir werden draufgehen. War's nicht so rum?«

»Ach ja, das hatte ich ganz vergessen.«

»Nur für den Fall der Fälle ... Wie heißt sie denn überhaupt?«

»Lynn. Mein Vater wird Ihnen alles sagen.«

In Gedanken sah ich mich schon durch amerikanische Ortschaften in Oklahoma fahren und an Häusern klingeln, wo es Fliegengittertüren gab.

Aber das wird nicht passieren, dachte ich. *Das wird nicht passieren!*

Am frühen Nachmittag dieses Tages brachen wir auf.

Es gab nichts mehr zu tun oder zu sagen. Wir mussten nicht mal bis zum nächsten Morgen warten. Wozu? Das Meer ist abends oder nachts nicht gnädiger als am Tag. Und ob wir nun im Dunkeln dahintrieben oder nicht – was machte das schon? Viel eher war Eile geboten. Und während einer weiteren Nacht an Land hätten wir doch nur wach gelegen.

Abschied von der Insel? Er fiel nicht schwer. Natürlich, wir hatten Angst. Aber gleichzeitig waren wir ungeduldig. So ungewiss es auch war, was da vor uns lag, es war doch etwas Großes, Aufregendes. Aufregend nicht an sich. Nicht im Sinne von erstrebenswert. Aber wir taten einen großen und entscheidenden Schritt. Wir spürten sehr genau, dass es ein Schritt von der Art war, bei dem es kein Zurück gibt.

Also fuhren wir los. Ganz einfach. Lösten die Verankerung, stießen unser Gefährt durch die Brandung. Carmichael half dabei, blieb dann zurück, als ich mich an Bord ziehen ließ.

Schnell gerieten wir in eine Strömung und wurden hinaus aufs Meer gezogen. Setzten unser Segel, voller kühner Hoffnungen, die von dem Tempo, mit dem die Fahrt begann, kräftig genährt wurden. Gut zwei Stunden, und von der Insel und dem Mann, der anfangs noch vom Ufer aus gewinkt, den Hut geschwenkt hatte, war kaum noch etwas zu sehen.

28

Über uns die Sonne und der weite Himmel und überall um uns herum das Meer.

Es war eine Erlösung, so zu fahren, den Wind in dem improvisierten Segel. Endlich wieder frei, endlich das Gefühl, sich fortzubewegen, einen Rückweg angetreten zu haben. Denn das war das Gefühl, was sich unwillkürlich einstellte: Wir waren aufgebrochen, wir befanden uns auf dem Weg zurück. Die Insel hinter uns langsam verschwinden zu sehen, bedeutete, unserem Ziel näher zu kommen, selbst wenn es nicht definiert war.

Endlich herunter von der Insel. Die uns mehr und mehr wie ein Gefängnis vorgekommen war, ein Ort der Verbannung. Vermutlich hatten nur Inas und ich ein ambivalentes, ansatzweise gegenteiliges Gefühl. Denn immerhin war die Insel auch der Ort, der uns miteinander verbunden hatte, »unsere« Bucht war eine Zuflucht gewesen. Doch die negativen Gefühle überwogen. Es war schön, sich schließlich wieder einer Zukunft entgegenzubewegen, anstatt sie nur auf sich zukommen zu lassen. Es war gut, zu handeln. Die Dinge selbst in die Hand zu nehmen. Ja, es war befreiend.

Aber es war auch beängstigend, zu gleicher Zeit. Hier auf dem Meer schien man allem ausgesetzt zu sein, schutz- und haltlos. Wo immer wir uns gerade befanden, es war tiefer im Nirgendwo als zuvor. Auf einem Floß zu sein war etwas ganz anderes als die Situation in einem Boot. Alles war unmittelbarer: der Wind, die fliegende Gischt, das Schwanken auf den Wellen. Die Stämme lagen tief im Wasser, die sehr begrenzte Fläche, auf der wir uns befanden, ragte kaum daraus hervor und wurde von Wellen immer wieder überspült. Zwar verlor das bald seinen Schrecken, aber unbequem und störend war es trotzdem. Es gab uns einen immerwährenden Eindruck, in welchem Maße wir dem Meer ausgeliefert waren.

Die See ging nicht hoch, und doch war ihre Bewegung unverhältnismäßig spürbar, ein ständiges Schwanken, heftiger als auf Booten. Ich kämpfte, nicht als Einziger, von Anfang an mit einer starken Übelkeit. Was meine, unsere Verfassung nicht besser machte. Ich war schwach, wollte nichts weiter als unter dem Sonnensegel daliegen, wilden Illusionen hingegeben, dass schon im nächsten Moment ein Ruf laut würde, der ein Schiff oder gar Land verkündete. Zum Aufstehen, zu jeder Bewegung musste ich mich mühsam motivieren. Ich musste es, weil es galt, das Floß zu steuern, das Segel so auszurichten, dass der Wind es blähte. Tavo tat sein Bestes, dabei mitzuhelfen, doch bereitete ihm sein Fuß mittlerweile solche Schmerzen, dass er sich kaum aufrecht halten konnte. Die Wunde sah schlimm aus, sein Knöchel war auf ein erschreckendes Maß angeschwollen.

So oft es ging, versuchte ich seinen Platz einzunehmen, doch nie für lange. Die Anflüge von Schwäche, die mich nach einiger Zeit überfielen, wurden heftiger, die geringsten Anstrengungen fielen schwer, ich zitterte am ganzen Körper. Mein linker Arm war jetzt beinahe unbrauchbar, er versagte schnell den Dienst, meist hing er schlaff an der Seite herunter. Anfangs brachte mich das noch in Wut, so wie es zuletzt auf der Insel gewesen war, ich stemmte mich gegen diese aufkommende Schwäche, setzte ihr trotzig einen eisernen Willen entgegen. Doch das wurde immer schwieriger, je länger der Mangel an Nahrung und Flüssigkeit anhielt. Selbst dieser Zorn war kaum noch zu erwecken und verrauchte zunehmend in der Unfähigkeit sich aufzulehnen.

Es waren die Frauen, die oft einsprangen, mit bewundernswerter Tatkraft. Lilith und Inas legten einen beinahe verbissenen Eifer an den Tag. Und selbst Rania beteiligte sich im Rahmen ihrer Möglichkeiten an unseren Anstrengungen. Das galt jedenfalls noch für die ersten Tage.

Diese Tage, die vergingen, einer nach dem anderen. Gleichförmig, verwechselbar, denn das Wetter blieb gut. Was wir als großes Glück empfinden mussten. Schließlich waren unsere größten Befürchtungen in diese Richtung gegangen. Es war tatsächlich so, dass wir es uns nicht besser hätten wünschen können: klarer Himmel, kaum eine Wolke, relativ ruhige See bei einem stetigen Wind. Was bedeutete, dass wir konstant in eine Richtung getrieben wurden. Nordost, nach unseren Beobachtungen.

»Und ist das günstig?«, fragte ich, an Tavo gewandt. Wie immer noch, in allen wesentlichen Belangen.

»Schwer zu sagen. Die Meeresströmung spielt eine Rolle. Und letztlich wissen wir ja nicht, von wo wir aufgebrochen sind.«

»Nach Tahiti führt uns das jedenfalls nicht«, sagte Inas.

»Wohl kaum. Aber davon bin ich auch nicht ausgegangen. Es bleibt uns nichts übrig, als uns dem Wind anzuvertrauen. Und zu hoffen, dass wir bald eine Schiffsroute kreuzen. Oder zu irgendeiner der Inseln gelangen, von denen es in diesen Breiten weiß Gott genug gibt.«

Tavo litt immer stärker unter den Schmerzen und der zunehmenden Unbeweglichkeit. Ich beäugte ihn in diesen Tagen sehr aufmerksam, und es erschreckte mich, in welchem Maße auch bei ihm die Veränderungen sichtbar waren. Die Konturen schienen sich um seinen Schädel zusammenzuziehen, und nicht nur dort – er schien förmlich zu schrumpfen. Schläfen- und Wangenknochen traten hervor, um seine Augen bildeten sich Falten, die ich zuvor wohl kaum bloß übersehen haben konnte. Sogar das Haar war an den Schläfenpartien grauer geworden. Er wirkte jetzt alt. Oft, wenn er sich unbeobachtet glaubte, wurde sein Blick ernst und bohrend, richtete sich auf einen Punkt und verhärtete sich. Es war der Blick eines Menschen, der sich Sorgen machte. Sorgen, die von Tag zu Tag wuchsen.

Rania war tapfer, aber sie sah oft so elend aus, dass wir uns zwingen mussten, sie nicht ständig anzustarren und sie mit andauernden besorgten Nachfragen zu piesacken. Nach wie vor plagten sie Schwindelanfälle, hinzu kam die Übelkeit auf dem schwankenden Floß und ihr Gesicht sah leicht aufgedunsen aus, Schweißtropfen standen ihr auf der Stirn. Sie nahm jetzt hin, dass wir ihre Wasserration vergrößerten, doch hatten wir Mühe, sie zum Essen zu bewegen. Der Genuss der Früchte brachte sie fast zum Erbrechen. Mit einer Engelsgeduld führten ihr Lilith und Inas Batatas zu, doch vertrockneten diese zusehends und schrumpften in sich zusammen. Schon nach wenigen Tagen waren sie zäh und holzig, die Noni dagegen innen faulig-matschig, so dass wir kaum entscheiden konnten, ob es besser war, sie noch zu essen oder lieber nicht. Wir taten es, gierig nach Fruchtfleisch und -saft. Aber auch ich war nahe daran, mich beim Verzehr zu übergeben.

Im Ablauf der Tage ging es bergab, mit unserem Wasser und unseren Vorräten. Die letzten Batatas waren kaum noch genießbar, die Noni innen faul.

Und dann gab es überhaupt nichts mehr.

Sechs Tage mochten vergangen sein, vielleicht eine Woche, als wir die Grenzen unserer essbaren Vorräte erreichten. Mangels Ködern und Ausrüstung waren unsere Angelversuche bescheiden verlaufen, nur zweimal war es uns gelungen, einen Fang zu machen. Doch Rania und Inas hatten sich geweigert, den rohen Fisch zu essen. Beim zweiten Mal hatte ich Inas fast zwingen müssen, wenigstens ein Stück hinunterzuwürgen.

»Wann ist dein Hunger endlich groß genug?«

»Nie!«, sagte sie. »Niemals!«

Sie war zornig, bockig wie ein Kind.

»Aber ich bitte dich darum!«, sagte ich.

»Ich kann nicht«, sagte sie. »Warum lässt du mich nicht endlich damit in Ruhe!«

Ich blickte sie an und versuchte sie an den Armen festzuhalten, die sie mir trotzig entzog.

»Weil ich dich nicht verlieren will!«, sagte ich, leise, vornübergebeugt, ihr ins Ohr.

Wenn ich sie ansah, krampfte sich mein Herz zusammen. Ihre Augen waren riesengroß in ihrem bleichen, schmutzigen Gesicht, ihr Haar war wirr und zerzaust; kaum noch möglich, da Ordnung hineinzubringen.

Es war gut, dass ich mich selbst nicht sehen konnte, wenigstens nicht mein Gesicht und kaum die hervortretenden Schlüsselbeinknochen. Doch wenn ich mir ins Gesicht griff, erspürte ich meinen wilden, filzigen Bart und darunter die eingefallenen Wangen.

»Es geht mir gut!«, sagte sie. Und war bei mir, ich hielt sie fest, wir saßen Wange an Wange, sodass sie mein Zittern spüren musste.

»Tu's für mich!«, sagte ich leise.

Doch sie schüttelte den Kopf. »Gib es Rania«, sagte sie.

»Rania will es nicht. Also nimm du es. Bitte!«

Sie würgte Stücke von dem glitschigen Fleisch hinunter, fast ohne es zu kauen. Saß stocksteif da, schluckte mit äußerstem Widerwillen und blickte mich dabei die ganze Zeit tapfer an.

Lilith dagegen kaute den Fisch mit beinahe zorniger Entschlossenheit, mit eisernem Willen überwand sie ihren Ekel, sodass sie fast gleichmütig wirkte. Sie hatte sich verändert im Laufe der vergangenen Wochen. Oder auch nicht, je nachdem, wie man es betrachtete. Temperamentvoll war sie weiß Gott immer dahergekommen, aufbrausend, unbequem. Doch jetzt hatte sie ihr ganzes Selbstmitleid und ihr bereitwilliges Hadern mit allem und jedem abgelegt. Sie wirkte entschlossen, fast verbissen. War ruhiger geworden, sprach kaum noch. Sie tat, was zu tun war, ohne Murren und ohne jedes Zögern. Auch sie sah jetzt mitgenommen aus, ihre Kleidung war in erbärmlichem Zustand, eine Nummer zu groß, flatterte im Wind um ihren Körper. Ihr Gesicht war bleich und ernst, ihr Mund meist verkniffen. Doch so matt und erschöpft sie aussah – ihre wunderschönen Augen funkelten, als konzentriere sich darin ihr ganzer Wille. Ich las darin eine wilde Entschlossenheit. Alles daranzusetzen, das hier zu überstehen. Diesen Albtraum, den wir verurteilt waren zu erleben und den wir nicht beenden konnten. Fünf Menschen zusammengepfercht auf einem schwankenden Viereck, das kaum größer war als ein Garagendach, beinahe zur Unbeweglichkeit verdammt. In einer fragwürdigen Zweckgemeinschaft. Denn immer noch waren wir einander fremd, eine Gesellschaft, die wir uns nicht ausgesucht hatten, und wenige Wochen hatten daran nicht grundlegend etwas ändern können. Ganz woanders gab es ein Leben, das wir mit Übereifer bereit waren, wiederaufzunehmen, ohne uns je nach diesem Ort und dieser Situation zurückzusehnen, einen Zeitabschnitt unseres Lebens, den wir einfach nur wieder vergessen wollten und den wir liebend gern aus unserem Gedächtnis gestrichen hätten, als wäre alles nie geschehen. Es war so elend, so quälend: sich diesen immer noch Fremden offenbaren zu müssen, in Verwahrlosung und fortschreitendem Verfall. Wir waren einander ausgeliefert; kein Moment, den wir für uns hatten, immer unter Beobachtung. Nicht einmal die Notdurft verrichten zu können, nicht einmal dann für sich zu sein. Wie wir uns schämten, einander verabscheuten und uns trotzdem auch aneinander klammerten, ist unbeschreiblich. Es verletzte unseren Stolz, unsere Würde, sich so schutzlos zu offenbaren, auch wenn scheinbar alles so gleichgültig geworden war und es auf nichts mehr ankam als bloß das: zu überleben.

Delfine umkreisten uns, und ich erschrak vor mir selbst, als ich ihre vorübergleitenden Körper im Wasser betrachtete, über den Rand des Floßes gelehnt, aufgeregt – und gierig. Sie fangen, war mein einziger Gedanke. Sie töten. Kein Netz zu haben, keinen Speer, nichts, was eine Harpune ersetzen konnte, entzündete in mir eine ohnmächtige Wut, einen Zustand der inneren Raserei. Irgendwie musste man sie doch töten können! Ich machte den anderen lautstark Vorwürfe, weil sie nichts unternahmen, fauchte Tavo an, weil er nicht vorgesorgt hatte, was Fangvorrichtungen betraf. Er, der doch alles wissen musste. Als ob ich nicht selbst hätte daran denken können und in gleichem Maße wie jeder von uns unfähig war, etwas zu tun.

Wasserrationen, die immer schmaler wurden. Schon ersehnten wir keine Dunkelheit, nicht Nacht oder Tag, keinen Wind, keine Schiffe und Küsten am Horizont, sondern nur diesen Moment der Verteilung. Einen halben Becher voll Wasser, wie eine Garantie, dass alles weiterging und doch noch irgendwohin führte.

»Gebt es Rania«, hörte ich Inas sagen. Nur einmal am Tag nahm sie ihren Becher an. Und wie hätten wir ihrem Beispiel nicht folgen können? Bei allem war immer zuerst dieser Gedanke: Rania und das Kind. In mir fühlte ich eine Ahnung, dass das etwas ungeheuer Wichtiges war. Solange wir diesen Gedanken, diese Regung aufrecht hielten, solange behielten wir unsere Menschlichkeit. Denn mir war sehr wohl bewusst, dass wir im Begriff standen, sie nach und nach zu verlieren.

Da war ein dumpfes Bedauern, während die Tage vergingen und wir spürten, dass irgendetwas mit uns geschah. Wie wir abstumpften, die Kreise unserer Gedanken immer kleiner wurden. Wie wir uns auflehnen mussten, um etwas von dem zu bewahren, was wir für so wesentlich und unverzichtbar gehalten hatten, Dinge, die uns nach eigenem Verständnis ausgemacht hatten: Aufrichtigkeit, Stolz, Rückgrat, Charakter. Alles nur Ballast, den ein bis in ungeahnte Tiefen alarmiertes Bewusstsein jetzt bereit war, achtlos abzuwerfen, um sich auf wesentliche Triebe zu reduzieren: die Gier nach Nahrung und Wasser.

Ich beobachtete die anderen, ich beobachtete mich selbst, und mit einer Verbissenheit, die bloßem Willen entsprang, hielt ich ein Stück Würde fest und schwor, es nie aufzugeben. Wie viele Tage vergangen waren, wusste ich nicht mehr, und in mir war etwas Monströses und unbeschreiblich Entsetzliches erwacht: pure Todesangst. In Filmen und Büchern gab es immer diese Beschreibungen, wie man sich dagegen auflehnte, und das mussten wir doch auch tun: uns auflehnen, die letzten Reserven mobilisieren, über uns hinauswachsen. Wir durften uns doch nicht geschlagen geben!

Und dann dazuliegen, matt, schwach wie ein krankes Kind. Es einfach nicht zu können: sich erheben. Dazuliegen und nachzuspüren, wie die Zeit vergeht. Und sie einfach vergehen zu lassen. Mühe zu atmen. Mund und Augen trocken. In den Eingeweiden ein bohrender Schmerz. Hunger. Hunger und Übelkeit und Leiden.

Ein auffrischender Wind hatte unser Segel davongerissen, die See ging höher, das Schwanken war stärker geworden. Ziehende Wolkenfelder, doch immer noch Sonne, die durchbrach und auf uns niederbrannte. Das Floß trieb dahin, führerlos, wir überantworteten uns dem Schicksal.

Lilith half mir auf, ich erwachte aus einem Dämmerzustand, fand mich sitzend unter dem Sonnensegel, Inas an meiner Seite. Lilith hielt ihr einen Becher hin, vielleicht zu einem Drittel mit Wasser gefüllt, das, was von den Rationen übrig war, nachdem wir sie wieder und wieder gekürzt hatten. Doch Inas schüttelte den Kopf, entschieden, wie angewidert.

»Gib es Rania«, sagte sie.

Lilith, mit zittrigen Händen, hielt ihr den Becher weiter hin. »Du musst trinken«, sagte sie. »Ein bisschen.«

Inas setzte den Becher an die Lippen und nahm einen Schluck, dann gab sie ihn zurück.

»Für Rania«, sagte sie. Schloss dann die Augen und blieb so sitzen, unansprechbar. Es wirkte, als habe sie sich eingesponnen. Es erschreckte mich, dass es so aussah, als spiele sie es nicht nur, als höre sie Liliths weitere Beschwörungen tatsächlich nicht mehr.

Lilith füllte den Becher erneut auf ein Drittel und reichte ihn mir.

Manchmal, heute, erlebe ich diese Momente wieder. Sehe mich selbst auf dieser Fläche zusammengebundener Stämme sitzen. Lilith vor mir, oder Tavo, die mir den Becher reichen, und darin Wasser, nicht mehr als ein großer Schluck. Und in mir nichts als die Gier, ihn zu nehmen und ihn hinunterzustürzen, in den Mund zu schütten, wo alles so ausgetrocknet ist, dass es schmerzt. Ganz unmöglich, diese Gier zu besiegen.

Ich weiß, dass ich es einmal tat. Mindestens einmal. Heimlich, in einem Moment, als Ina so dasaß, mit geschlossenen Augen. Sie konnte es ja nicht sehen. Und mein Durst war so groß. So entsetzlich groß.

Also stürzte ich den Becher hinunter.

Schließlich: Ich wollte doch überleben.

29

Ein Ruf. Undeutlich, fern, unverständlich. Er kam von weit her in mein Bewusstsein.

»Helft mir!«

Das war doch genau der Wunsch, den ich aus tiefstem Innern empfand. War ich es also selbst, der ihn äußerte? Hörte ich meine eigene innere Stimme?

Aber das war nicht meine Stimme.

»Helft mir, ihn herauszuziehen! Los, helft mir doch!«

Ich öffnete die Augen und machte den Versuch, mich aufzurichten. Es ging kaum, alles drehte sich.

Was ich sah, war Tavo. Er hockte am Rand des Floßes und zog an einer Angelleine, die straff ins Wasser führte. Ein erneuter Versuch zu fischen. Mit einem blutgetränkten Stoffklumpen als Köder, ein Stück von seinem Verband, wie ich später begriff. Und etwas hatte tatsächlich angebissen. Etwas Großes.

Mühsam kam ich auf Hände und Knie und kroch zu ihm. Als ich dorthin blickte, wo die gespannte Leine im Meer verschwand, sah ich etwas unter der Oberfläche, das sich wild aufbäumte und wand: ein Fisch, fast so lang wie mein Arm.

»Ein Bonito!«, rief Tavo. Es hatte jedenfalls ein Ruf sein sollen, laut gegen den Wind, doch seine Stimme versagte fast.

Ich hatte nicht für möglich gehalten, mich noch aufraffen, mich überhaupt noch bewegen zu können. Wie lange ich in einem Dämmerzustand dagelegen und nur versucht hatte, Durst und Schmerzen auszuhalten, wusste ich nicht. Da ist eine dunkle Erinnerung, dass ich mühsam zur Wasserflasche kroch, um zu trinken, und dass Lilith, wie eine Wächterin, sich aus ihrem eigenen Dämmer erhob und sie mir verweigerte. Sie nahm sie und hielt sie fest an sich gepresst. Und ich wollte sie ihr tatsächlich entwinden.

Schwer zu entscheiden, was Traum war und was Wirklichkeit, doch ich glaube, es ist wahr, das ist wirklich geschehen. Auch wenn ich diese Eindrücke bloß sehe wie durch einen Schleier.

Tavo und ich zogen gemeinsam an der Leine, dann war auch Lilith da, und mit vereinten Kräften gelang es uns, den Fisch an Bord zu ziehen. Lilith stieß einen schrillen Schrei aus, denn für einen Moment sah es aus, als habe er sich gelöst, er kam unter dem Floß außer Sicht. Doch wir zogen ihn wieder hervor, seine Schwanzpartie zuckte an die Oberfläche, wir riefen panisch und ziemlich sinnlos Kommandos, ohne recht darauf zu achten, was die anderen taten oder äußerten, und erst recht nicht auf die beiden Frauen, die immer noch teilnahmslos unter dem Sonnensegel lagen, sich kaum gerührt hatten.

Da lag er an Deck unseres großartigen Floßes und zappelte fürchterlich. So stark, dass er drohte, durch seine wilden Sprünge zurück ins Meer zu gelangen. Wir stürzten uns auf ihn mit einer an Besessenheit grenzenden Entschlossenheit, ein unvermuteter Ausbruch an Energie, jetzt, wo es um alles ging und wir auch bereit waren, noch einmal alles zu geben. Wir hielten ihn fest, schlugen auf ihn ein, um ihn bloß zum Verharren zu bringen. Ich traf ihn mit den Fäusten am Kopf, seine Augen schienen mich panisch anzuglotzen, auch dann noch, als er endlich in schnelleren, unkontrollierten Zuckungen verendete.

Unsere Rettung. Sie musste es sein. Denn jetzt konnten wir essen, uns stärken. Tavo zerteilte den Fisch mit seinem Messer, die Hände zittrig wie bei einem Greis. Ich sah, dass die Schwellung an seinem Fuß zurückgegangen war. Alles schien sich zum Guten zu wenden. Auch wenn wir vorrangig nur Durst hatten und viel eher Mengen von Süßwasser erträumten, würde uns das hier Kraft geben. Die Kraft, den Rest zu überstehen, wenn wir nur ein wenig Glück hatten. Denn wir mussten weit gekommen sein in all den Tagen, und nun konnte es doch nicht mehr lange dauern, bis Land in Sicht kam. Jetzt endlich wirklich, nachdem wir wie oft schon geglaubt hatten, am Horizont welches zu sehen, immer wieder.

Wir aßen, würgten das blutige, bitter schmeckende Fleisch hinunter, zerteilten, zerrissen es mit den Fingern, stopften es in unsere Münder. Ich steckte Inas Stücke davon zwischen die Lippen, animierte sie beharrlich, sie zu kauen und zu schlucken, und Lilith tat dasselbe bei Rania, die sich jetzt nicht einmal dagegen noch wehrte.

An diesem Tag ging unser Wasservorrat endgültig zur Neige.

»Für jeden ein großer Schluck«, sagte Tavo. »Es weiter zu rationieren, hat keinen Sinn. Besser, wir trinken es jetzt.«

Inas, die kaum fähig schien, auch nur aufrecht zu sitzen, schüttelte den Kopf.

»Rania braucht es«, sagte sie. »Wir müssen es ihr geben.«

Woher sie die Kraft und den Willen nahm, das zu sagen, ist mir ein Rätsel. Denn in diesem Moment war mein einziger Gedanke die Zielsetzung, einen möglichst großen Teil davon zu bekommen. Ich war nahe daran, Tavo die Flasche aus der Hand zu reißen.

»Wir alle müssen trinken«, sagte er. Es klang so schwach, dass ich ihn anblickte. Sein Kopf zitterte, man sah, dass er gegen Schmerzen ankämpfte. Seine Verletzung, dachte ich, wohl irrtümlich, denn bei mir kam erst später, was bei ihm schon begonnen hatte: die entsetzlichen Krämpfe, die der Genuss des Fischfleisches verursachte, ein unmäßig großer Schub Nahrung nach tagelangen Entbehrungen.

Inas schüttelte den Kopf, so energisch es ihr möglich war, unter diesen Umständen.

»Sie braucht es nötiger als wir. Wenn wir ihr nicht helfen, dann …«

Tavo nickte. »Also für jeden von uns einen kleinen Schluck. Und der Rest für sie.«

Gott vergebe mir, dass ich in diesem Augenblick Zorn, beinahe Hass auf Inas empfand. Warum konnte sie nicht ihre Klappe halten? Wir – und auch ich – hatten Rania schon so viel geopfert, schon so viel, warum konnten wir nicht jetzt die Ration gerecht aufteilen? Warum konnten wir nicht sogar mehr bekommen, wo wir Rania doch zuvor schon so viel zugeteilt hatten?

Tavo goss jedem von uns einen Mundvoll in den Becher. Dabei zitterte er so stark, dass ich befürchtete, er würde die Flasche fallen lassen, und ich machte Anstalten, sie ihm abzunehmen. Doch er wich mir aus und goss etwas ein, das er jeweils an einen von uns weitergab. Schließlich, als wir alle getrunken hatten, goss er den Rest ein, der übrig blieb, ein Becher voll, den Lilith Rania einflößte. Die es mühsam schluckte, kaum bei Bewusstsein.

Dann lagen wir da und überließen unsere Körper dem Kampf der Verdauung. Ich hatte geglaubt, Sättigung zu empfinden, ein Ende des bohrenden Gefühls im Bauch, in den Eingeweiden. Aber unsere ausgetrockneten Leiber waren auch damit überfordert: jetzt wieder verdauen zu müssen, rohes, faseriges Fleisch, ohne ausreichende Wasserzufuhr. Ich lag da und wand mich vor Übelkeit und Schmerz. Kaum wurde mir bewusst, dass Inas sich erbrach. Während es mir gelang, alles bei mir zu behalten.

Es wurde Nacht, dann wieder Tag. Wir lagen da, unter unserem Sonnensegel. Das Floß zu steuern war niemand mehr in der Lage, oder sich auch nur dafür zu interessieren. Die Sonne brannte herab, wir blieben bloß liegen, notdürftig geschützt. Nur noch manchmal blickten wir übers Meer. Denn da musste doch irgendetwas kommen.

Einmal sahen wir in der Ferne Regen niedergehen. Ich erinnere mich, dass ich weinte, vor Wut und Verzweiflung.

Zeitabstände waren kaum noch zu bestimmen. Jedes Erwachen aus dem Dämmer bedeutete Bewusstwerden und mühsames Rekapitulieren der Ereignisse. Ich spürte Inas an meiner Seite, das allein gab mir Sicherheit. Ich zog sie an mich, wenn die Kühle der Nacht kam, vor Morgengrauen, dann lagen wir dicht beieinander, wie eingeigelt. Manchmal tastete ich nach ihr, spürte eine Bewegung, wie sie sich regte, eine meiner Hände nahm. Aber alles entfernte sich. Nur der Schmerz weckte mich manchmal aus einem Dämmerzustand, der entsetzliche Druck in meinem Kopf, das Brennen in meinen Eingeweiden, das Schmerzen meiner sich verkrampfenden Muskeln, besonders in den Beinen.

Ich hob den Kopf, versuchte mich umzublicken. Etwas hatte sich gerührt. Kaum konnte ich die Augen öffnen, erkannte Lilith, die sich über Rania beugte und dann wieder zurücksank.

»Wie geht es ihr?«, fragte ich.

»Sie ist okay.« Was eine seltsame Art war, ihren Zustand darzustellen. Denn sie lag da, heftig atmend, ihr Brustkorb hob und senkte sich in schnellem Rhythmus, ihr Gesicht war rot und schweißbedeckt, ihre Gesichtszüge in Schmerz verzerrt.

Es gelang mir, mich zu erheben, in eine Sitzposition. Ich blickte übers Meer, das ruhiger war als je zuvor auf unserer Fahrt, zum Horizont, nach allen Seiten. Und sah nichts als Wasser.

Nur ein bisschen davon, dachte ich mir. Nur einen kleinen Schluck. Ein kleiner Schluck konnte doch nicht schaden. Tavo hatte es uns eingeschärft, gleich am Anfang, für den Fall, dass unser Vorrat zu Ende ging: Sich nie dem Drang ergeben, Meerwasser zu trinken! Ich kannte dieses »Problem« aus diversen Büchern oder Filmen, ohne überhaupt recht sagen zu können, woher genau. Dass Schiffbrüchige irgendwann Meerwasser tranken, war sozusagen Standard. Aber mir, dachte ich, würde so etwas nicht passieren, dazu war ich nun wirklich zu klug. Natürlich durfte man Salzwasser nicht trinken. Denn Salzwasser zu trinken machte ja alles nur schlimmer und besiegelte das Ende.

Aber ein bisschen, nur eine Handvoll konnte doch so viel Schaden nicht anrichten. Nur gerade, dass man den Mund befeuchtete. Vielleicht auch: es nur in den Mund nehmen und wieder ausspucken. Nur einen verdammten Mundvoll.

Vielleicht habe ich es bloß nicht getan, weil ich so schwach war und zusammensackte. Ich weiß es nicht. Ich lag wieder da, grübelte aber noch eine ganze Weile an dem Entschluss, es zu tun: heimlich, wenn niemand hinsah – und alle dämmerten ja vor sich hin, ebenso wie ich – einen ganz kleinen Schluck zu trinken. Eine Handvoll. Beide Hände vollgeschöpft. Herrgott, das war doch nichts, und was machte das schon aus?

Dunkel, ganz dunkel, erinnere ich mich noch an einmal, dass ich erwachte und mich mühsam erhob, wenigstens auf einen Arm gestützt: sich bewusst werden, wo man überhaupt war, warum man so entsetzlich litt, sich so unglaublich quälte. Sich so aufzustützen, war eine ungeheure Kraftanstrengung. Die Augen wie verklebt, kaum fähig, etwas zu erkennen. Und was da im Kopf noch vorging, waren kaum noch zusammenhängende Gedanken.

Ich sah die anderen daliegen und verstand. Verstand, dass der Albtraum noch immer nicht zu Ende war. Aber dass er bald zu Ende sein würde.

Doch wo war Tavo? Ich konnte ihn nirgends entdecken.

Das war komisch. Tavo ... Er musste doch da sein.

Später, in völliger Dunkelheit, erwachte ich noch einmal, ein letztes Mal. Nicht wirklich, nur bis in einen Dämmerzustand. Nur so weit, dass ich überhaupt begriff, wo ich war. Tastete nach Inas, die noch immer an meiner Seite war. Ich tastete nach ihr, aber sie reagierte nicht. Sie lag neben mir, ganz starr.

Merkwürdig, dachte ich noch. Ganz merkwürdig.

Dass sie sich so gar nicht rührt.

Epilog

Strahlend blauer Himmel. Nicht eine einzige Wolke.

Es war einer der wenigen Tage, an denen diese Stadt wirklich aussah wie das irdische Paradies. So, wie ich sie mir immer vorgestellt hatte. Denn angeblich regnete es in Kalifornien doch nie. Jedenfalls, wenn man dem Text eines uralten Schlagers glauben wollte.

Doch San Francisco war keine Stadt des ewigen Sonnenscheins. Es konnte hier Tage am Stück regnen, es gab Monate, da war der Himmel fast ständig grau. Und dann der Nebel, der von der Bucht her über die Stadt kroch und sich über sie schob wie ein Oktopus ... Es gab Tage, da verlor er sich erst in den Abendstunden. Und es gab Tage, da verzog er sich überhaupt nicht, senkte sich über alles und schien alles zu durchdringen.

Träume, die man verwirklicht, sind nie so, wie man es sich vorgestellt hat. In der Fantasie ist etwas herangewachsen zu einer Idylle, die vor der Realität unmöglich bestehen kann.

Und doch war – auf andere Art – alles viel aufregender, als ich es mir jemals hatte ausmalen können. Wirklich und wahrhaftig in dieser Stadt zu leben, am anderen Ende der Welt. Dort, wo ein anderer Kontinent zu Ende ging und fast eine halbe Erdkugel weit nichts anderes kam als das Meer, der Pazifik in seiner ganzen Weite. Das Bild meiner Träume verblasste, aber es erstand ein anderes, ein wahres, und indem ich in der Stadt meiner Träume lebte, wurde sie zu meiner eigenen und ich ein Stück von ihr. Schon das war aufregend: in eine Stadt einzutauchen und im selben Augenblick unweigerlich ein Stück von ihr zu werden. So ist es immer, wenn wir einen Ort aufsuchen. In dem Moment, da wir ihn betreten, werden wir ein Teil davon und kreieren ihn. Als nähmen wir einen Platz ein in einem Bild, das längst gemalt ist und sich doch ständig verändert. Erst durch uns wird die Stadt real, erneuert sich und ersteht überhaupt erst in unserem Empfinden und Erleben. Zweifellos hatten an dem Tag, als ich ankam, andere sie verlassen, waren für lange oder für immer fortgezogen. Ich hatte einen Platz eingenommen, ohne ihn auszufüllen wie etwas, was man bloß übernimmt. San Francisco, wie ich es erlebte, war nie zuvor so gewesen, nie genau so wie an dem Tag, als ich am Flughafen die Maschine verließ und in ein Taxi stieg. San Francisco konnte nie so sein wie in meinen Träumen, die sich von Zeiten nährten, die lange vergangen waren und eigentlich auf nichts beruhten als zufälligen Zeugen einer Existenz: Bilder, Filme, Bücher, Lieder. Erst, als ich in einem Taxi über eine der Einfallstraßen dorthin vordrang, wurde San Francisco Wirklichkeit.

Oft hört man, es sei schöner, einen Traum sein Leben lang zu behalten, als ihn zu verwirklichen.

Indem man den Traum verwirkliche, zerstöre man ihn. Das ist ohne Zweifel wahr. Doch es ist wie ein Rausch, in eine Stadt zu ziehen, so wie man es sich lange erträumt hat, und sie damit zum Leben zu erwecken. Selbst wenn das Erste, was man erlebt, ist, von einem Passanten angepöbelt zu werden, weil man ihm, staunend um sich blickend, den Weg versperrt hat.

Die Tage und Wochen und Jahre vergehen, und die Stadt verändert sich in uns und mit uns. Sie ist anders, als sie es ohne uns gewesen wäre. Wir haben eine Wohnung bezogen, und Menschen grüßen uns und bedienen uns an Supermarktkassen, und weil der Hund aus dem Nachbarhaus an einem Freitagmorgen stehen geblieben ist, um uns anzubellen, ist er zu spät an der nächsten Ecke gewesen, um die Katze zu bemerken, der er in diesem Fall nachgelaufen wäre, sodass ein Auto hätte bremsen müssen, um ihn nicht zu überfahren, und ein Laster wäre hinten draufgeknallt, und vielleicht hätte es Tote gegeben oder jemand wäre ins nächste Hospital eingeliefert worden, wo ein Arzt, der eigentlich schon im Begriff war, nach Hause zu gehen, seine Schicht hätte verlängern müssen, und daraufhin hätte seine Frau, des ewigen Wartens und Verschiebens von Verabredungen müde, die Scheidung eingereicht. All das und vieles mehr habe ich verhindert – wenigstens möglicherweise. Die Welt merkt es nicht, doch ich habe San Francisco verändert, an jedem Tag, den ich dort lebte. Und die Stadt hat mich verändert, ebenso unmerklich. Wenn ich sie eines Tages verlasse, wird sie nie mehr so sein, wie sie vorher war, und sie wird auch nie sein, wie sie es gewesen wäre, hätte es mich dort nie gegeben.

Natürlich sprachen wir auch über San Francisco, an jenem sonnigen Septembertag, auf der Terrasse eines Lokals in Buena Vista, mit Blick über die Stadt, die Skyline der aufragenden Türme und dahinter, bruchstückhaft, die Höhenzüge jenseits der Bucht.

Wir sprachen über San Francisco, aber auch über andere Städte und Teile der Welt, die wir erlebt hatten. Manche von ihnen sogar gemeinsam. Sprachen auch über ganz nichtige Dinge – und wussten doch, dass wir das Wesentliche nicht würden ausklammern können.

Ich betrachtete sie, wie sie vor mir saß: aufmerksam, niemals den Blick abwendend, wenn sie zuhörte, während sie einen kaum jemals ansah, solange sie sprach. Blickte – gerade dann – fasziniert in ihr Gesicht, das mir so vertraut war. Und doch immer noch fremd. Immer noch, nach all der Zeit.

Mehr als zwei Jahrzehnte hatten ihre Spuren hinterlassen, aber vermutlich würde sie niemals alt aussehen. Graue Fäden mischten sich in ihr immer noch langes dunkles Haar, ich war erstaunt darüber, dass sie es nicht färbte, aber nicht einmal das hatte sie nötig. Sie hatte es nicht nötig, jünger auszusehen. Ihre Gesichtszüge waren immer noch glatt, nur die Linien um den Mund traten schärfer hervor, und wenn sie ins Licht blickte, zeigten sich um die Augen kleine Falten. Wenn ich sie ansah, war da immer noch die gleiche stille Faszination wie damals, vor langer Zeit. Sie anzusehen, war seltsam beruhigend und gleichzeitig aufwühlend.

Ob unsere Begegnungen auch in ihr diesen Sturm der Gefühle auslösten? Ein unüberschaubares und unkontrollierbares Chaos aus widerstreitenden Regungen. Eine überschäumende Freude, aber auch eine tiefe Furcht. Etwas wie Erleichterung, und doch fühlte es sich ernüchternd an. Mein Herz schien sich zu öffnen und gleichzeitig zu verkrampfen.

»Du hattest recht«, sagte sie, »es ist eine aufregende Stadt. Eine besondere Stadt. Nur ein bisschen weit weg.«

»Nah beieinander haben wir ja noch nie gewohnt.«

»Ja. Aber einen Ort, der noch weiter entfernt ist, konntest du wohl nicht finden.«

»Ich habe mein Bestes gegeben.«

»Du siehst gut aus«, sagte sie. Was mich natürlich verlegen machte, dagegen kann man nichts tun. »Es ist ungewohnt, ohne Bart, aber es steht dir.«

»Du siehst auch gut aus. Und auch ungewohnt.«
Ihre Kleidung war modern und schlicht, ganz
okzidental, Rock und T-Shirt, in überraschend
dezenten Farben. Sie trug nicht mal Ohrringe. Nie
wäre man, trotz der Silberfäden im Haar, auf den
Gedanken gekommen, dass sie schon beinahe
fünfzig war. »Und jetzt sag mir, wie es Sanjay
geht. Und Rajesh. Wollte er nicht eigentlich
mitkommen?«

»Ja, wollte er. Aber er ist in dringenden Ge-
schäften in Singapur.«

»Es ist doch alles in Ordnung bei euch, oder?«

Sie lächelte, ein wenig mütterlich. »Ja, alles bes-
tens. Und bei dir? Ich meine: Was ist denn aus
dieser ... Shirley geworden?«

»Shirl lebt jetzt glücklich auf einer Ranch nicht
weit von Sacramento. Jedenfalls soviel ich weiß.
Es ist jetzt ein Jahr her und ich habe seitdem
nichts von ihr gehört, der Kontakt ist abgerissen.«

»Es hörte sich damals so an, als hättet ihr andere Pläne.«

Ich zuckte mit den Schultern. »Was soll ich sagen? Es war halt nicht für die Ewigkeit – mal wieder. Ich fürchte, es ist nicht ganz einfach, mit mir
zu leben.«

»Aber ihr habt doch gar nicht zusammen gewohnt.«

»Nein, das haben wir irgendwie aufgeschoben.
Es hat sich bald so ergeben, dass sich das meiste
bei ihr abgespielt hat, aber unsere getrennten

Wohnungen wollten wir dann doch nicht aufgeben.«

»Das heißt, du wolltest deine nicht aufgeben.«

»Wie auch immer. Und jetzt lebe ich wieder alleine, und ich kann nicht mal sagen, dass mir was fehlt. Vielleicht werde ich auch langsam zu alt für so was.«

Oder du hast es einfach nie verwinden können, sagte Ranias Blick, allzu deutlich.

»Komisch, dich so amerikanisch sprechen zu hören«, sagte sie stattdessen. »Ich erinnere mich, dass dein Akzent früher eher britisch war. Du bist jetzt hier zu Hause, nicht?«

»Ja«, sagte ich, und so spontan, wie es kam, klang es vermutlich ein bisschen stolz. »Ich habe hier gefunden, was ich brauche. Diese Stadt ist groß und laut und hässlich und trotzdem schön und so alt, wie eine Stadt in diesem Teil der Welt nur sein kann. Ich kann hier leben und arbeiten. So gut, wie ich es sonst nirgendwo könnte.«

»Und es ist das, was du gewollt hast?«

»He, ist das ein Verhör?«

»Nein. Aber ich frage mich, ob du wirklich gefunden hast, was *du* willst.«

Ende des Satzes, und ihre großen dunklen Augen hefteten den Blick an meine. Dieser Blick hatte sich nicht verändert, und unweigerlich huschten Bilder durch meinen Kopf: Rania, so wie ich sie früher gesehen hatte, in Wien, in Kalkutta, in London, wo wir uns zum ersten Mal wiedergesehen hatten. Und auf der Insel. Damals, in einem anderen, früheren Leben. So kam es mir jedenfalls heute vor.

»Wegen meiner Arbeit?«

Vermutlich habe ich wütend ausgesehen, oder gekränkt, denn sie nahm über den Tisch hinweg eine meiner Hände und drückte sie.

»Ich habe mich bloß gefragt ...«

»Was?«

»Als ich hörte, du wolltest nach Kalifornien, habe ich mich zuerst gefragt, ob du es für Tavo tust, seinetwegen.«

Wie oft wir es vermieden hatten, die Namen auszusprechen! In all den Jahren hatten wir es geschafft, uns dreimal zu sehen, und hatten einige weitere Male miteinander telefoniert, und immer hatten wir dabei stillschweigend ausgeklammert, was uns wirklich und eigentlich verband. Tatsächlich hatten wir trotz all dieser Gelegenheiten kaum über die Ereignisse von damals gesprochen.

»Ich mache mir bloß Sorgen, dass du vielleicht versuchst, für andere zu leben anstatt für dich selbst. Auf ihren Spuren oder so.«

»Nein«, sagte ich, »damit hat es nichts zu tun. Es ist so, wie ich es dir erzählt habe, ich wollte es schon immer. Das mit San Francisco. Tavo war niemals hier, er war in San Diego. Tatsächlich war ich einmal dort, vor drei oder vier Jahren. Bin in die Berge gefahren und habe mir den Damm angesehen, an dem er gebaut hat. Aber das ist alles. Nicht wegen Tavo bin ich hierhergekommen. Und was meine Arbeit betrifft: Hier finden die entscheidenden Dinge statt, hier kann man Projekte und Träume verwirklichen. Wir arbeiten an einem ganz neuen Programm zur Kontaktaufnahme mit autistischen Kindern. Es ist ein völlig neuer Ansatz. Wie in so vielen Dingen ist man hier einfach weiter. Es gibt Gelder für neue Projekte. Ein eigenes Institut nur für *DBC*-Forschung.«

Ich nahm ihre Hand, die meine losgelassen hatte, drehte sie auf den Handrücken und öffnete sie. Sie ließ es geschehen und sah mir geduldig zu, wie ich mit meinen Fingerspitzen sacht Handfläche und Fingerpartien antippte.

»*Deafblind Contact*«, erklärte ich. »So hätte ein Taubblinder dir gesagt, dass er sehr erfreut ist, dich kennenzulernen.«

Sie betrachtete mit großen Augen ihre Hand, die immer noch offen dalag.

»Es war ihr Traum, ich weiß. Natürlich weiß ich das. Und ich verwirkliche ihn an ihrer Stelle. Was ist dagegen einzuwenden?«

»Nichts«, sagte sie leise. »Gar nichts.«

Als sie den Kopf hob und mich anblickte, sah ich, dass ihre Augen feucht geworden waren.

»Ich tue es für sie. Und für mich. Sie hatte so recht! Es ist wunderbar zu sehen, wie ein Kind nach und nach seine Isolation verlässt und seinen Weg in die Welt findet und sie auf seine Art erleben lernt. Anders als wir, aber nicht schlechter und nicht weniger. Nur anders. Es ist so viel besser, als Werbefilme zu drehen. Denn mehr hat mein früherer Weg mir nicht eingebracht. Vermutlich nicht zuletzt, weil ich mit wenig Eifer bei der Sache war. Damals war ich dumm und eingebildet. Und hielt mein Glück für gemacht. Ohne großes Zutun, ohne dass ich mich dafür anstrengen musste. Dachte, das bliebe immer so. Eine Weile hab ich's noch versucht. Heute ist mir so was von klar, warum diese Karriere nie eine geworden ist – und nie werden konnte. Es war nichts, was mir wichtig war. Nicht im Geringsten. Und glaubst du, ich wäre jetzt so weit gekommen, wenn ich das nur aus Pflichtgefühl gemacht hätte?«

Sie lächelte. »Nein, sicher nicht ... *Dr. Leonard Erwin*. Du hast es ziemlich weit gebracht.«

»Es war ein langer Weg. Auch von Europa hierher. Hier kann ich wirklich etwas bewirken. Und da ich spät dran war, musste ich mich ordentlich reinknien.«

Mein kindlicher Stolz war mir augenblicklich peinlich. Auch weil Rania mich genauso gönnerhaft betrachtete – wie ein aufgeregtes Kind.

»Möchtest du noch etwas?«, fragte ich, weil die Kellnerin mich im Näherkommen übertrieben freundlich angrinste.

»Lass uns ein Stück gehen«, sagte sie. »Und dann suchen wir uns vielleicht ein Lokal, wo wir was essen können.«

Wir gingen eine Zeit lang durch den Park und betrachteten die Spaziergänger: Paare, jüngere und ältere, einsame Alte, Leute mit Hunden, Mütter mit ihren Kindern, setzten uns auf eine der Bänke. Eine Weile schwiegen wir, aber das Eis war gebrochen. Zum ersten Mal nach all den Jahren konnten wir über die Dinge sprechen, die unser Leben für alle Zeit überschatteten, ob wir das wahrhaben wollten oder nicht.

»Du hast einmal kurz erwähnt, dass du in Frankreich warst«, sagte sie. »Bei ihrem Vater. Aber ich hatte den Eindruck, du wolltest nicht darüber reden.«

»Ja, ich habe ihn besucht und mit ihm gesprochen. Das war sehr seltsam. Aber er hat mich sehr freundlich empfangen. Ein großer, gut aussehender Mann. Ich war sehr nervös und kam mir dumm vor, ihm die ganze Geschichte zu erzählen, die er bis dahin nicht kannte. Er konnte ja nicht wissen ... Eine denkwürdige Situation. Es kommt jemand in dein Haus und erzählt dir, dass er deine verstorbene Tochter liebt. Ich habe auch lange gezögert, diesen Schritt zu tun, weiß Gott. Aber ich hatte doch nichts von ihr, nicht mal ein Foto. Es hat mich wahnsinnig gemacht, dass ich in manchen Nächten, wenn ich wach lag, nicht mehr wusste, wie sie ausgesehen hatte. Da war kein Bild. Ich konnte mich nicht an ihr Gesicht erinnern. Das war so grausam. Es hat mich innerlich fast zerrissen. Er hat mir Fotos gezeigt, wir gingen zu dem Haus, wo sie zuletzt gewohnt hat. Ich habe ihre Schwester kennengelernt und eine ihrer Freundinnen. Das war sehr merkwürdig. In ihr Leben einzudringen, so nachträglich. Ich hatte das Gefühl, ich werde in die Familie aufgenommen. Als hätte ich schon immer dazugehört. Wir haben uns so herzlich verabschiedet. Aber ich bin seitdem nie mehr hingefahren.«

»Hast du nicht den Wunsch verspürt, dortzubleiben?«

»Was hast du gedacht? Dass ich ihre jüngere Schwester heirate? So was passiert nur in Kitschromanen. Natürlich hatte ich eigentlich fest vor, schnell zurückzukommen. Da habe ich mir wohl eher Wochen als Monate vorgestellt. Aber wie das so geht – es wurde nichts daraus. Einmal haben wir noch Briefe geschrieben. Das war's. Ihr Vater ist vor drei Jahren gestorben, an Krebs. Ich hab's erst viel später erfahren.«

»Und ... hast du ein Bild von ihr bekommen?«

»Ja. Warte, ich habe es immer bei mir.«

Ich fischte es aus meiner abgestoßenen Brieftasche, sie nahm es und betrachtete es, eine ganze Weile. Ich hörte, wie ihr Atem ging. Ich ließ ihr Zeit.

»Es ist ganz zerknittert!«, sagte sie schließlich, mit ehrlichem Entsetzen, sehr anklagend.

»Keine Angst«, sagte ich, »es ist nicht das einzige.«

»Könntest du ... es mir schicken?«

»Natürlich.« Ich nahm es zurück und warf einen Blick darauf. Eine sehr junge Frau blickte ernst und etwas verträumt in die Kamera, fast noch ein Mädchen.

»Es steht etwas auf der Rückseite.«

»Ja«, sagte ich, »es stand auf einem Zettel in einem ihrer Bücher, die mir ihre Freundin überlassen hat. Ich habe es abgeschrieben.«

»Was bedeutet es?«

»Es ist ein Spruch oder eine Art Gedicht. Ich habe nachgeforscht, konnte es aber nirgends finden, also ist es offenbar von ihr. Übersetzt heißt es:

Am Ende deines Arms ist eine Hand
mit der du nehmen oder geben,
schlagen oder streicheln kannst.
Entscheide dich
fürs Leben.«

Rania starrte ins Leere, eine ganze Weile, sie beugte sich vor und verbarg das Gesicht halb in den Händen. Ich sah, wie ihr eine Träne die Wange herabrann, die sie hastig wegwischte.

»Einen Moment«, sagte sie. »Es geht gleich wieder.«

Wir gingen weiter, noch eine Weile, durch den Park und dann die Straßen hinunter zum Panhandle. Aber das Gehen ermüdete, in ein anderes Café wollten wir nicht (es war auch weit und breit keins zu sehen), und so riefen wir ein Taxi, fuhren damit kreuz und quer durch die Stadt und dann zu ihrem Hotel. Dass das ein Heidengeld kostete, gehörte zu den Dingen, die Rania nicht interessieren mussten.

»Sei nicht böse«, sagte sie. »Ich bin hundemüde. Nach meiner Zeit wäre es jetzt schon spät nachts. Ich werde mich eine Weile hinlegen und du holst mich heute Abend ab, so um sieben. Okay? Komm dann rauf in mein Zimmer.«

***

Ihr »Zimmer« sah mehr aus wie eine Suite und kostete vermutlich so viel wie meine Monatsmiete. Als ich kam, war sie noch verschlafen, ihr Haar unordentlich. Es war ein echter Freundschaftsbeweis, dass sie mir trotzdem öffnete.

Und während ich sie betrachtete, wie sie in diesen Räumen herumging, vor dem Spiegel ihr Haar in Ordnung brachte, überblendeten sich unwillkürlich die Bilder, und ich sah sie am Strand sitzen, am Lagerplatz; im Dunkeln in der kleinen Bucht, an meiner Seite; wie sie schleppte und schuftete, nach dem Sturm; sah sie daliegen, auf dem Floß, im Schutz des Sonnensegels, müde, erschöpft, schwer atmend. Es war unwirklich, sie hier zu sehen, in einem kalifornischen Nobelhotel, so unwirklich, wie es gewesen war, sie zu Hause zu erleben, in diesem Haus in Kalkutta, das einem kleinen Palast glich. Die alten Bilder drängten sich mir auf, ich konnte es nicht verhindern. Ich hasste sie dafür, dass sie jener Zeit entstammte, an die ich nicht denken wollte, und ich liebte sie unendlich, zu gleicher Zeit. Sie war wie ein Anker, sie verband mich mit diesen Wochen meines Lebens, die entsetzlich waren – und entscheidend, alles entscheidend.

»Komm, setz dich hierher«, sagte sie und lotste mich zur Sitzgruppe, auf einen rot gepolsterten Sessel mit geschwungener Lehne. Sie war bleich. Und immer noch wie schlaftrunken.

»Ich habe von damals geträumt«, sagte sie. »Gerade eben. Das ist mir lange nicht passiert. Sicher, weil ich dich heute wiedergesehen habe, nach langer Zeit.«

»Von der Insel?«

»Wir waren auf dem Floß. Oh, mein Gott!« Sie rieb sich mit beiden Händen die Wangen. »Einzelheiten weiß ich überhaupt keine mehr. Nur dass wir dort waren.« Sie lächelte gequält. »Eigentlich habe ich an das Floß auch nicht viele Erinnerungen. Ich habe keine Ahnung, wie es zu Ende gegangen ist. Als man uns gefunden hat. Ich weiß gar nichts. Das erste, woran ich mich überhaupt wieder erinnere, ist das Krankenhaus auf Nuku Hiva.«

»Ja«, sagte ich. »Mir geht es genauso. Keinerlei Erinnerung daran, wie sie uns heruntergeholt haben. Dieses Schiff sehe ich überhaupt nicht. Meine Erinnerungen setzen vier Tage nach unserer Rettung ein. Ich weiß noch, als Allererstes fragte ich nach Tavo.«

Sie blickte mich an, mir halb gegenüber auf dem kleinen Sofa an der Wand.

»Hast du dich je gefragt, was eigentlich passiert ist? Mit ihm, meine ich.«

Eine Million Mal hatte ich mich das gefragt, immer in diesen Wachnächten, wenn ich dalag, mit offenen Augen; diese Nächte, die mich bis heute begleiteten, die immer wieder kamen, wenn man hoffte, sie gehörten der Vergangenheit an. Drei Therapien, und alle nutzlos. Die Wachstunden-Nächte blieben. Mir ist klar, dass sie mich für den Rest meines Lebens begleiten werden.

»Wir werden es nie erfahren«, sagte ich. »Vielleicht ist er über Bord gegangen, bei einem weiteren Versuch zu fischen. Aus Versehen. Oder aber mit Absicht. Vielleicht war das seine Art, die Dinge zu beenden. Vielleicht hat ihn der Durst verrückt gemacht. Oder die Schmerzen. Vielleicht wollte er, dass wir irgendetwas nicht sehen. Etwas, in das er sich verwandelte. Vielleicht wollte er übers Wasser gehen, vielleicht hat er getan, wovor er uns alle gewarnt hat. Ich weiß nichts mehr, ich habe kein klares Bild. Als ich erwachte, war ich überrascht zu leben.«

Alles sei gut, sagten sie uns damals, alle hätten überlebt. Um uns zu schonen. Das mussten sie wohl, sie hielten es für das Beste.

Es dauerte eine Weile, bis wir die ganze Wahrheit erfuhren.

Nein, verwunden habe ich es nie. Nur so weit, dass ich weiterleben konnte. Ich denke nicht täglich daran und weine nicht immerzu, ich lache herzlich über dumme Witze und Karikaturen. Klar, ich bin ein Träumer und ich neige zum Grübeln, aber es gibt Tage, da bin ich aufgedreht und albern, und ich sehe mir im Fernsehen gern alte Filme an und lache mich kaputt über Schauspieler, die lange tot sind. Es ist nicht so, dass ich mein Leben bloß noch zu Ende lebe und innerlich zerbrochen bin. Anfangs sah es so aus. Während der Wochen und Monate, in denen ich überhaupt nichts mehr empfinden konnte, alles war wie abgestorben. Aber dann hat mich das aufrecht gehalten: Dinge, die ich noch tun wollte, glaubte tun zu müssen. Und ich habe sie getan. Bin zurück nach Tahiti gegangen und habe auf Bora Bora Inas' Verwandte besucht, an ihrer Stelle. Es hat mich aufrecht gehalten, dieses Gefühl, das für sie zu tun, und dass es mich ihr näher brachte und sie damit irgendwie immer noch da war. Nicht wirklich, ich weiß. Ehrlich. Ich weiß es.

Aber irgendwie eben doch.

Ich habe die Familie ihrer Mutter besucht und habe mit Menschen geweint und gelacht, gegessen und getrunken, die ich überhaupt nicht kannte. Habe ihren Vater und ihre Schwester besucht, mit denen mich eigentlich nichts verband.

Ich wurde einer von ihnen, all dem zum Trotz, so wie man Kinder adoptiert und es dann die eigenen sind, und zum Teufel mit genetischen Faktoren und Abstammung. Ich führte ihre Reise zu Ende. Das war großmütig und edel, aber deshalb habe ich es nicht getan. Es gibt eben diese Dinge, die man einfach tun muss. Denn sie nicht zu tun, würde man den Rest seines Lebens bereuen. Wenn es einem doch nun mal eingefallen ist, dass man sie tun könnte.

»Jetzt erzähl mir endlich von Sanjay«, sagte ich. »Und Karisma. Wie geht es ihnen?«

Ihr Gesicht veränderte sich, alle Anspannung und Mattigkeit verschwand binnen einer Sekunde.

»Karisma ist inzwischen eine junge Dame. Sie hat angefangen zu studieren, ich sehe sie nicht mehr oft.«

»Sie studiert? Wie alt ist sie denn jetzt?«

»Neunzehn.«

»Neunzehn ... Lieber Gott! Als ich sie zuletzt gesehen habe, war sie dreizehn. Und dann muss Sanjay ... dreiundzwanzig sein.«

»Warte, ich zeige sie dir.«

Sie holte ein Gerät hervor, das ich zuerst kaum als solches erkannte, legte es auf den Tisch und erweckte es zum Leben. Es war nur so groß wie eine Zeitschrift und ebenso flach, man konnte es ohne Weiteres für ein Stück Pappe halten, und völlig ohne sichtbare Bedienelemente, sodass ich mir nicht ausmalen wollte, was es wohl gekostet hatte.

»Hier«, sagte sie. »Das ist Karisma. Vor drei Monaten, beim Geburtstag ihrer Großmutter.«

Ich sah eine strahlend lächelnde junge Frau, die Rania sehr ähnlich sah, jetzt noch ähnlicher, als sie es schon als Kind gewesen war.

»Unfassbar!«, sagte ich. »Sie ist noch schöner als du.«

»He, sei vorsichtig!« Sie verpasste mir einen rechten Haken an die Schulter, dann wischte sie über den Sensor, es erschienen weitere Bilder von Karisma, und plötzlich war Sanjay zu sehen, in einer Porträtaufnahme, Sanjay in einem weißen Hemd, das oben offen stand. Ich erkannte ihn natürlich, aber mit dem siebzehnjährigen Burschen, den ich zuletzt gesehen hatte, war das kaum noch in Einklang zu bringen. Ich schnaufte gewaltig und betrachtete lange das Bild.

»Er sieht gut aus«, sagte ich. »Richtig gut. Hat sich gut entwickelt.«

»Ja, so gut, wie ich es vor seiner Geburt nie zu hoffen gewagt habe.«

»Und, wie geht es ihm? Was treibt er?«

»Es geht ihm gut. Sehr gut. Er wird nächsten Monat heiraten.«

»Heiraten?«

»Ja. Hier.« Das nächste Bild erschien, Sanjay in der Mitte zwischen Rajesh auf der einen und einer jungen Frau auf der anderen Seite. Sie war einen

Kopf kleiner als er, ein hübsches Ding mit einem niedlichen Gesicht und einer frechen halblangen Frisur.

»Mit dreiundzwanzig? Da hat er's aber eilig.«

»Ja«, sagte Rania, »sogar sehr eilig. Pooja ist nämlich schwanger.« Sie grinste mich an, amüsierte sich offensichtlich köstlich über mein dämliches Gesicht.

Ich lehnte mich im Sessel zurück. »Gut, dass ich sitze«, sagte ich. Ich betrachtete, jetzt mit etwas Abstand, erneut das Bild. »Und ist die Mutter mit ihrer Schwiegertochter einverstanden?«

»Sie ist ein nettes Mädchen. Sicher hätte ich mir gewünscht, dass er damit wartet und erst etwas aus seinem Leben macht, wie alle Mütter dieser Welt. Aber das Schicksal schreibt seine Geschichte selbst. Ich versuche nicht mal, darüber nachzudenken, ob etwas anderes vielleicht besser wäre.«

»Dann wirst du ja Großmutter!« Ich machte mich auf einen weiteren Boxhieb gefasst.

»Ja«, sagte sie stattdessen, leicht versonnen. »Und weißt du was? Ich freue mich darauf!«

Es war spät geworden, der Bequemlichkeit halber aßen wir im Hotel. Verschiedene Kellner brachten alle möglichen Dinge, auf dem Tisch lag ein Haufen Besteck, und Gläser auf langen Stielen standen wie die Orgelpfeifen.

»Glaubst du, es geht in die Annalen ein, wenn ich mir bloß ein Bier bestelle?«

Rania blickte etwas streng. »Meinetwegen«, sagte sie. »Aber es wäre nett, wenn du mich heute mal nicht blamierst. So wie damals in London. Denk dran, die Zitronenscheiben in den Wasserschalen sind nicht zum Essen!«

»Ach, in solchen feinen Lokalen juckt es mich immer, die Schuhe auszuziehen und mir eine Zigarre anzuzünden.«

Aber natürlich benahm ich mich ordentlich und für meine Verhältnisse war ich sogar ziemlich gut gekleidet. Sakko zu T-Shirt und Jeans.

Als serviert war und wir beide aßen, wurden wir schweigsam. Nicht nur, weil man beim Essen nicht sprechen soll. Ich betrachtete sie immer wieder, irritiert, fast schon peinlich berührt, und vielleicht ging es ihr ebenso. Es war auch nicht bloß ihr Lebensstil, der mir zwangsläufig immer fremd bleiben würde, im Grunde verachtete ich den Reichtum ihrer Familie, und sie wusste das. Es war etwas anderes. Ich glaube, ich werde mich nie daran gewöhnen, sie essen und trinken zu sehen, an einem Tisch, mit Messer und Gabel. Es gehört zu den Dingen, die man kaum jemandem erklärlich machen kann, der unsere Erfahrungen nicht teilt. Es wäre auch sehr viel verlangt. Wir waren damals miteinander fast verhungert und verdurstet. Jetzt an einem reich gedeckten Tisch in einem guten Restaurant zu sitzen, zu sehen, wie Rania trank und Gabel für Gabel dem Mund zuführte, löste etwas in mir aus, was schwer zu beschreiben ist. Es war, als sei uns das peinlich, als schämten wir uns ein wenig dafür. Es war nichts, was wir jemals aussprechen würden. Aber ich glaube, sie empfand wie ich, und ahnte dasselbe von mir.

Auch das erwähnte ich nicht: dass ich bis heute in meiner Wohnung ein Notpaket mit Konserven (und einem Öffner) habe, und hinten im Wagen liegt immer ein Kanister. Ein Kanister mit Wasser. Ich tausche es aus, alle paar Wochen, das vergesse ich nie.

»Weißt du noch«, sagte sie plötzlich, »als Carmichael diese blöde Fahne gemacht hat und ich versucht habe, sie zu zerfetzen?«

»Tatsächlich? Davon weiß ich ja gar nichts.«

»Aber das musst du doch noch wissen.«

»Vermutlich war ich nicht dabei.«

»Doch, warst du. Ich bin ziemlich sicher.«

»Also, ich erinnere mich nicht.«

»Na ja, es ist alles lange her. Eigentlich müsste man heute drüber lachen. Ich wollte sie zerfetzen, aber es ging nicht. Der Stoff war viel zu dick. Oder ich zu schwach. Es hat mich nur noch wütender gemacht. Ich sehe das blöde Ding noch vor mir. Er hat violette Streifen draufgemacht, akribisch, wie ein Kind.«

»Violett? Also, ich könnte schwören, sie waren rot.«

»Manchmal tut es mir leid, wie ich ihn behandelt habe. Er tut mir leid.«

»Ich glaube, dazu gibt es keinen Grund. Er hat Glück gehabt. Den Verlust seines Auges hat er gut verschmerzt. Man sieht ihm gar nichts an, das Imitat ist hervorragend. Wenn man's nicht wüsste …«

»Hast du ihn nochmal gesehen?«

»Nicht direkt. Seit damals in Oklahoma nicht mehr. Aber neuerdings am Bildschirm. So bleiben wir immerhin in Kontakt. Er ist mittlerweile ganz grau – und ziemlich kahl. Hat versprochen zu kommen, im nächsten Frühjahr.«

Carmichael. Der mir fast jedes Mal, wenn wir sprachen, von den Fischschwärmen erzählte, die aufgetaucht waren, sobald wir uns auf die Fahrt ins Ungewisse begeben hatten. Tausende von silbernen Fischen, die durch die Buchten gezogen seien.

»Und du, hast du Lilith wiedergesehen? Wie geht es ihr?«

Sie grinste. »Lilith geht es immer blendend. Um die musst du dir keine Sorgen machen. Ihre Existenz ist zerstört, wenn sie eine Laufmasche hat, doch die großen Probleme erträgt sie mit Leichtigkeit.«

»Aber sie ist nicht schon wieder schwanger?«

»Nein, damit ist es Gott sei Dank vorbei – hoffe ich jedenfalls. Fünf Kinder reichen ja wohl. Sie ist Mutter mit Leib und Seele – und außerdem noch Geschäftsfrau, denn nebenbei führt sie die Firma ihres unfähigen Mannes. Unfassbar!«

»Ja. Aber wenn ich an sie zurückdenke ... so richtig wundert es mich nicht.«

»Schreib ihr doch«, sagte sie, »sie wird sich sehr darüber freuen. Sie könnte dir Bilder schicken, das macht sie gern.«

»Ja«, sagte ich. »Das wäre schön.«

»Du könntest sie sogar wiedersehen. Und zwar schon ziemlich bald. Sie möchte zu uns kommen, zur Geburt des Kindes. Dann könntest du auch kommen, es würde höchste Zeit. Es sind dann sieben Jahre seit dem letzten Mal. Und wir leben doch nicht ewig.«

»Nein, das wohl nicht.«

»Es war so schön, dich dazuhaben. Wir können wieder in das tibetische Café gehen, das du so mochtest.«

»Hauptsache, nicht wieder zum Holi-Fest. Ich habe jetzt noch Farbe in den Ohren!«

Sie lächelte mich an, ein bisschen aufmunternd.

»Also, kommst du?«

»Na ja, ich versuch's.«

»Kannst du's nicht versprechen?«

Ihr Blick war merkwürdig eindringlich und hatte auch etwas Kindlich-Enttäuschtes. Eigentlich hatte ich keine große Lust darauf, wieder in diesem imposanten Haus zu sein – und auf der Fahrt dorthin die Menschen in unsäglicher Armut zu erleben. Menschen, die am Straßenrand hockten, den Dreck in Füßen und Händen eingefressen. Kinder, die nicht mal Schuhe hatten. Weil sie einfach keine besaßen. Und vielleicht nie im Leben welche besitzen würden. Diese Gegensätze von bitterer Armut und Reichtum waren so bedrückend, dass ich mich nicht darum riss, das noch ein weiteres Mal zu erleben. Ich machte Rania und Rajesh keinen Vorwurf. Sie waren eben sehr reich. Dafür mussten sie sich eigentlich nicht schämen. Aber ich tat es an ihrer Stelle, ob ich wollte oder nicht.

»Wenn es dir so wichtig ist«, sagte ich, »meinetwegen. Aber es wird immer wieder merkwürdig sein. So wie jetzt. Und uns immer wieder an damals erinnern.«

»Es sind nicht nur schlechte Erinnerungen.«

»Ja. Und das macht es nicht einfacher.«

»Vielleicht wird es uns sogar gelingen, mit der Vergangenheit abzuschließen. Denn es wird um die Zukunft gehen. Wir feiern die Geburt des Kindes. Sanjays Tochter.«

»Es wird also ein Mädchen?«

»Ja, das wissen sie schon. Und sie würden sich sehr freuen, wenn du bei der Namakarana-Zeremonie dabei wärst.«

»Was ist das? Eine Taufe?«

»So ähnlich. Nur etwas ... bunter. An diesem Tag wird dem Kind sein neuer Name ins Ohr geflüstert.«

»Sein neuer Name?«

»Na, es wird doch wiedergeboren. Die Eltern müssen dem Kind seinen Namen geben. Sanjay und Pooja werden das auch tun.«

Deshalb also war sie gekommen: um mir das zu sagen. Deshalb hatte sie mich so plötzlich besuchen wollen. Erst jetzt wurde es mir klar: Sie war in einer Mission hier. Eine Mission, die ihr sehr wichtig war.

»Und sie möchten mich dabeihaben?«

»Ja. Sie möchten es, sogar sehr gerne, und ich möchte es, noch mehr als sie. Denn sie haben vor, ihrer Tochter einen ganz besonderen Namen zu geben.«

Sie machte eine Pause. Um die Spannung zu erhöhen, dachte ich zuerst, aber dann sah ich, dass sie schlucken musste.

»Sie haben sich entschlossen, sie Inas zu nennen.«

Für einen Moment saß ich da wie betäubt. Jetzt war ich es, der schlucken musste, und zwar kräftig. Sehr kräftig. Meine Augen wurden feucht, und wahrscheinlich deshalb beugte sich Rania vor und nahm wieder meine Hand, über den Tisch hinweg. Sie betrachtete mich, ein wenig ängstlich; vielleicht befürchtete sie, sie habe mich verletzt und zu tief in eine Wunde gerührt, und fragte sich, ob der Moment so gut gewählt gewesen war, im Restaurant eines Nobelhotels, wo der Kellner immer im falschen Augenblick kam, so wie genau jetzt.

Aber vielleicht war das gerade gut, weil es mir über den Moment hinweghalf, und nachdem wir ihn kopfschüttelnd hinwegbefohlen hatten, holte ich tief Luft, so lange, bis ich meinte, sprechen zu können, und dann gelang es mir endlich zu lächeln.

»Ich werde kommen«, sagte ich. »Ganz bestimmt. Nichts wird mich davon abhalten, an diesem Tag dabei zu sein.«

Die Welt an ihrem schönsten Tag ...

Lucien Deprijck

Ein letzter Tag
Unendlichkeit
Geschichte einer Lustfahrt

Roman
Unionsverlag

... so überschwänglich empfindet der junge Dichter Friedrich Gottlieb Klopstock seine Lustfahrt auf dem Zürichsee im Sommer 1750. Mit an Bord sind die Stadthonoratioren – und jedem ist eine Dame zugeteilt, in einem spielerischen Partnertausch. Klopstock verliebt sich Hals über Kopf in die erst 17-jährige Anna und ist eifrig bemüht, den Ausflug zu einem amourösen Abenteuer zu gestalten.

„Ein Stück Literaturgeschichte. Fantasievoll, lustvoll, kunstvoll und etwas pathetisch im Stil von damals erzählt." *Buchkultur*, Wien

„Deprijck liefert nicht nur einen Einblick in Klopstocks Biographie, sondern auch ein Sittenbild Zürichs im 18. Jahrhundert. Dies mit einer wohltuenden Leichtigkeit." *Küsnachter Zeitung*

„Lucien Deprijck nimmt uns mit auf eine spannende Zeitreise – eine Geschichte, die uns anspricht, die uns berührt." *Domradio*, Köln

»Ein letzter Tag Unendlichkeit«
Roman, Hardcover, 240 Seiten
Unionsverlag, Zürich
ISBN 978-3-293-00483-2

Außerdem bei ML Books:

Giertochter, Gespensterkind

Ein Coming-of-Age-Roman über eine ungewöhnliche Sucht

Eigentlich ist Lena glückliche Architekturstudentin in einer festen Beziehung. Doch dann macht ihr Freund Schluss und Lena versucht die plötzliche Leere mit Essen zu füllen. Die Fressanfälle verselbständigen sich, Essen wird ihre Droge und ihr dicker Körper zum Anstoß der Familie. Denn die hat mehr zu verbergen als ein paar Kilo zu viel.

Lena findet heraus, dass es für ihr Verhalten einen Namen gibt: Binge Eating. Trotz der Essstörung schafft sie es, sich selbst und andere mit einer perfekten Fassade zu belügen. Doch wie lange kann man all seine Gefühle hinunterschlucken?

Marina Mare
Giertochter, Gespensterkind
Roman
Paperback, 304 Seiten
ISBN 978-3-7543-1519-4